소명

my Calling

이 도서의 국립중앙도서관 출판시도서목록(CIP)은 e-CIP홈페이지(http://www.nl.go.kr/ecip)에서
이용하실 수 있습니다. (CIP제어번호 : CIP2010002546)

소명

한인 최초의 미 세리토스 시장,
조재길 자서전

한울

추천사 기적 같은 꿈

사랑하는 나의 후배 조재길 시장의 지난 삶의 기록은 조국을 떠나 새로운 땅에서 뿌리를 내리고 살아가는 수많은 이민 가정과 그들의 자녀에게 좋은 책이 될 것입니다.

저는 한국 정치계에 수년간 몸담고 있으면서 정치인들의 자서전을 많이 읽어보았으나, 대부분 자기 자랑이거나 소위 정치 생명을 연장하기 위한 목적으로 쓰인 것들이라 흥미를 느끼지 못한 적이 많았습니다. 그러나 조재길의 책에는 성공담보다 실패담이 더 많습니다. 조재길은 자신의 이야기를 진솔하고 겸손하게 그리고 마치 가족들에게 이야기하듯 적고 있습니다.

기적 같은 꿈을 이룬 그가 자신의 지난 삶을 책으로 정리한 까닭이 정치적 목적에 있지 않고, 하느님과 사람에 대한 신뢰를 강조하고 있음을 발견하고 그가 깊은 신앙을 가진 사람이라는 것을 새삼 깨달았습니다. 조재길은 오늘의 영광이 자신의 노력보다는 하느님의 은혜라고

추천사

합니다. 자기의 의지나 능력으로 이룬 것이 아니라 하나님께서 인도하셨기 때문이라는 것을 거듭 얘기하고 있습니다. 그리고 많은 사람들이 불가능하다고 했던 이민 1세로서의 시장 당선이 많은 선배, 동료, 친구, 가족 들의 도움으로 가능했다며 감사하는 마음과 끝까지 겸손하고자 하는 자세가 돋보입니다. 그러나 이 책이 더욱 값지게 느껴지는 것은 미국의 주인으로 살기 위해 어떻게 살아야 하는지 후배들에게 보여 주고 싶은 그의 마음이 고스란히 책에 나타나 있어서입니다.

조재길 시장과 저의 인연은 미국에서 시작되었습니다. 그가 ≪코리안스트릿저널≫을 발간하던 1981년부터 제가 한국으로 귀국하던 1990년대까지, 우리는 신문발행인과 집필자로 함께 일했습니다. 그때 당시 저는 '이민법 해설'이라는 고정 칼럼을 기고하면서 10여 년간 조재길 시장을 곁에서 봐왔습니다. 그가 나와 같은 공군장교 출신인 것을 알게 되면서 친해졌고, 공통의 관심사를 나누며 마음을 열고 토론을 벌이기도 했습니다. 그 후 저는 한국에서 국회의원이 되었고 조재길은 미국에서 민주화운동, 언론운동, 통일운동을 꾸준히 펼치다가 세리토스 시의회의원, 그리고 시장이 되었습니다. 그는 불가능을 가능케 만드는 뚝심의 사나이로 의지와 인내심으로 아메리칸드림을 이룩한 주인공이 된 것입니다.

신기하게도 우리는 비슷한 면이 많습니다. 첫째로 우리 둘 다 한국 공군장교 출신이며, 공군을 무척 사랑하는 사람들이라는 것입니다. 저는 2000년에 설립된 공군학사 장교회 초대 회장을 지냈고, 조 시장은 남가주지회 이사장을 맡았었습니다. 그래서 지금도 만나면 우리의 대화 중 상당 부분은 공군 이야기입니다. 둘째는 슬하에 삼 남매를 두었다는 것과, 공교롭게도 아이들이 변호사를 하고 있다는 것입니다. 셋째로 우리의 미국 이름이 같다는 것입니다. 미국인들은 조 시장과 저를 Jay라 부릅니다. 넷째로 대학 시절에 등록금을 벌기 위해 가정 교사를 했는데, 우리 둘 다 인기 교사였다는 점입니다. 다섯째로 조 시장은 사법 시험에서 6번 떨어졌고 시의원 선거에서는 2번 낙선했는데, 저도 미국 변호사 시험을 6번 이상 낙방한 기록이 있습니다.

비슷한 점은 그저 재미로 적어본 것이고, 정말 제가 부러워하고 배우고 싶은 점은 우리의 다른 점이자 조재길의 장점입니다. 첫째, 그는 용기 있고 정의로운 사람입니다. 소신과 신념을 가지고 있으며, 공동체를 위해 자신을 희생할 줄 아는 정의의 사나이입니다. 둘째, 그는 원칙에 충실한 줏대가 센 사람입니다. 유혹과 감언이설에도 흔들리지 않는 그의 분별력은 큰 장점입니다. 특히 1983년 김대중 전 대통령이 정치 입문을 권했을 때 유혹을 뿌리치고 로스앤젤레스 한인 커뮤니티를 지킨 그의 결단은 김경재 전 의원과 정철기 전 의원 등 아는 이들은 알고 있는 사실입니다.

남들보다 더 많이 좌절했고 더 많은 어려움을 겪었으나 포기하지 않고 자기 일을 개척해온 조재길에게 "너의 꿈은 헛되고 불가능하다"라고 말하는 사람들이 분명 많았을 것입니다. 그러나 조재길은 그들의 말에 흔들리지 않았습니다. "성공과 실패는 마음먹기에 달렸다"라며 긍정의 힘을 강조했던 미국의 국민 시인 에드거 게스트(Edgar A. Guest)의 시, 「사람들은 그것이 불가능하다고 말하지」가 조재길의 인생관을 잘 표현한 것 같습니다.

누군가 그런 일은 불가능하고 말한다

하지만 그는 껄껄 웃으면서 대답한다

그럴지도 모르죠

그는 자신이 해보기 전에는 알 수 없다고 생각한다

그래서 그는 싱긋 웃으며 덤벼든다, 걱정하는 기색조차 없이

누군가 비웃는다

네가 그 일을 한다고? 아무도 한 적이 없는 그 일을?

하지만 그는 소매를 걷어붙인다, 그리고 시작한다

턱을 들고 미소를 지으며, 어떤 의심도 변명도 없이

노래를 부르며 할 수 없다고 하는 일을 해낸다

늘 자신이 가진 능력의 10%밖에 쓰지 못하는 것을 안타까워하는 사람과, 잠자고 있는 자신의 능력 90%를 깨우려고 홀로 애쓰는 용기 있는 사람들에게 이 책을 권합니다. 이 책에서 하는 이야기는 '할 수 있고, 될 수 있고, 가질 수 있는 사람들의 목표와 꿈을 발견하는 데 필요한 실제적인 것'들입니다. 그렇기 때문에 여러분의 꿈이 헛되지 않고 가능하다는 것을 보여줄 것이라 확신합니다.

한국 UNESCO협회연맹 회장

유 재 건

조 사장, 조 박사, 그리고 조 의원

누군가 내게 조재길에 대해 물어온다면 나는 이렇게 대답할 것이다. "네, 알지요, 잘 압니다." 나에 대해 조재길에게 묻는다면 그도 나와 같은 대답을 할 것이다. 그만큼 그와 나는 가까운 사이다. 지난 30여 년 동안 우리는 함께 세상을 바라보며 뜻과 행동의 궤적을 같이해왔다. 그리고 세상에 부대끼며 시간이 흐를수록 우리 사이의 간격은 더욱 좁아졌다.

그런데 나는 그의 진솔한 고백과 회고를 읽어 내려가면서 적잖이 당황했다. '아, 그랬구나', '저런, 그런 일이 있었나' 하며 신음에 가까운 감탄을 하는 자신을 발견했다. 그것은 내 가슴을 향한 못질이기도 했다. 사람이란 그런 것인가? 사람과 사람 사이란 그런 것인가? 나는 조재길을 잘 알고 있다고 생각했는데 실은 잘 몰랐다. 노자의 말을 빌리자면, 조재길은 조재길이지만 꼭 조재길이 아니었던 것이다. 사람들은 이름을 통해 그 사람을 보게 된다. 그리고 그 틀은 사람마다 다를 수밖에 없다. 그 틀을 만드는 눈이 근시이거나, 원시 또는 난시일 수 있고 때로는 색이 덧칠되기도 한다. 사람을 포함해서 사물은 이름에 갇혀 있는 게 아니라 그 틀을 벗어나 존재하는 것이다. 그래서 조재길의 진솔한 고백을 읽어보길 권한다. 뻔한 이야기구나 하면서 한쪽 구석으로 밀어놓지 마시길 부탁드린다. 조재길을 잘 안다고 생각하는 분일수록 허실을 가릴 겸 한번 읽어보시길 바란다.

조재길에게는 호칭이 세 가지다. 조 사장, 조 박사, 그리고 조 의원. 그 호칭들은 인간 조재길의 결단과 뚝심의 결실이다. 신문사를 세워 운영하면서 조 사장이 되었고, 뒤늦게나마 학위를 얻으며 조 박사가 되었으며, 시의원에 당선되었기에 조 의원으로 불린다.

그런데 나에게는 그의 세 가지 호칭이 자못 아픔이다. 나는 조재길이 새로운 호칭을 얻고자 할 때마다 그의 결심에 회의적이고 부정적이었다. 하나같이 무모하다고 볼 수밖에 없는 결심에 어찌 동의하고 부추길 수 있었겠는가? 신문사가 쉬운 사업인가? 힘은 힘대로 드는 위험한 사업이 아닌가? 아니나 다를까, 그는 부동산으로 번 돈을 몽땅 날렸다. 그렇지만 그의 신문 《코리안스트릿저널》이 역사에 한 획을 그었다는 사실은 아무도 부인하지 않을 것이다. 1980년 5월, 지금은 역사의 한 장이 되었지만 그때는 다급한 현실이었다. 모두가 울분을 토했다. 하지만 피로 얼룩진 정권이 굳어지자 너도나도 그쪽으로 몸을 돌렸다. 언론들도 진실을 외면하고 헛소리만 해댔다. 그 어둠 속에서 조재길이 언론의 횃불을 들었다. 우리들은 눈치 보지 않고 글을 쓸 수 있었다. 그러나 시대의 어둠이 조금씩 가시면서 조재길의 횃불은 빛을 잃어갔다. 그는 10년 만에 신문사 문을 닫았다. 시대의 몫을 나름대로 톡톡히 해낸 정론이 사라지는 현실과 빈털터리가 된 조재길의 야윈 모습에 가슴이 아팠다. 다행스럽게도 세상살이가 단판 승부로 끝나지 않는 까닭에 그는 인쇄업에 뛰어들어 다시 큰돈을 벌었다.

신문사 문도 닫고 그는 사회운동에서 뜸해졌다. 진력이 날 만도 했다. 진이 빠질 때도 되었다. 그런데 그가 느닷없이 연변대학에 가서 박사 공부를 하겠다는 것이 아닌가? 박사 공부야 미국에 건너온 애초의 목적이었으니 그렇다 치고, 연변대학? 연변에서 미국으로 공부하러 오는 판에 미국에서 연변으로 간다? 선뜻 그리 하라고 하고 싶지 않았다. 엉터리 박사가 얼마나 많은가? 두고 볼 일이었다. 그러나 조재길은 부리나케 중국과 미국을 오가더니 과정을 마치고 논문을 끝냈다. 「북핵위기와 한반도 평화의 길」이라는 실팍한 논문집을 접하고 나서야 나는 생각을 바꾸었다. 어디에 내놓아도 평가받을 만한 학문적 성과였다. 미국의 대학에서 버젓이 학위를 받고도 논문 발표조차 못하는 박사가 어디 한둘인가?

시의원에 출마한다는 그의 결심을 듣고 나의 대답은 전에 없이 단호했다. NO! 망설일 필요가 전혀 없었다. 옳은 사람 그른 사람 가리지 않고 거짓 웃음을 지으며 악수를 해야 하는 선거판이 애당초 마뜩찮을 뿐더러, 정치는 곧 '말'인데(불과 3분 만에 제 뜻을 기막히게 풀어놓는 미국 정치인을 보라!) 우선 영어가 달린다. 무엇보다도 여태껏 살아온 삶, 언론으로 시작한 사회운동의 결실을 저버린다는 것이 참을 수 없었다. 다른 사람도 아닌 조재길이 미국 정치에 뛰어든다는 것은 자기 삶을 스스로 저버리고 끊어버리는 일이라고 생각했다. 실제로 선거 때마다 그의 과거 사회활동을 두고 빨갱이 모함이 일어나 얼마나 곤욕을 치렀

던가? 그는 동족의 모함을 이겨내고 백인 틈바구니에서 시의원에 당선되었다. 조재길은 당선되던 그날부터 밤낮없이 시정 공부를 하더니 존경받는 시의원이 되었고 시장도 되었다. 이제 나는 그가 더 큰 정치판으로 나아가 더 큰 성과를 향해 실천할 수 있는 힘과 기회를 얻길 바란다. 그래야만 이곳저곳에 맴도는 삶이 아닌 한 흐름으로 이어지는 삶이 되겠기에.

조재길의 그 무서운 저돌성과 끈질긴 뚝심은 어디서 나오는 것일까? 근본적으로는 조재길 자신이다. 그리고 그 저돌성에 항상 정당성을 부여하고 뚝심에 힘을 보태는 이가 있으니 바로 그의 아내 권숙혜다.

미시즈 조로 불리는 여인, 세수할 때마다 세월 따라 늙어가는 자기 모습에 한숨짓는다는 여인. 그녀는 무슨 이야기든 나눌 준비가 되어 있다. 그녀는 검소하고 부지런하다. 신문사를 운영할 땐 굴러다니는 볼펜을 직접 하나하나 챙겼다. 생활이 어려울 땐 잔디 깎는 일도 마다하지 않았다. 무엇보다도 그녀는 남편을 사랑하고 따른다. 남편의 결단에 늘 힘을 보탠다. 그가 힘들어할 때는 더욱 밀어붙인다. 그게 어디 쉬운 일인가? 신문사를 운영할 때도, 학위 공부를 할 때도, 인쇄소를 할 때도, 시의원에 출마할 때도, 권숙혜는 늘 남편의 편에 서서 밤을 새워가며 용기를 북돋고 힘을 보탰다.

조재길이 시의원 선거에서 두 번째 떨어졌을 때다. 당연히 조재길은 지쳐버렸다. 그러나 그녀는 달랐다. 이튿날 새벽부터 선거 홍보 팻말을 거두어들이기 시작했다. "다음 선거에 다시 써야 하는데" 하면서. 덩치 큰 남편 조재길이 쓰러질 때마다 가냘픈 몸매의 아내 권숙혜는 그 큰 눈을 부릅뜨고 남편을 일으켜 세워왔다. 한참 전 조재길 내외와 더불어 몇몇이 산행을 하고 돌아오는 길에 내 아내가 지나가는 투로 말을 건넸다. "있잖아요, 미시즈 조가 글쎄 내세에서도 조 사장과 부부로 살고 싶대요." 나는 순간 말문이 막혔다. 구름 속을 벗어난 늦가을 오후의 해가 강력한 햇살을 한꺼번에 쏟아내고 있었다.

미국의 흑인 민권운동을 선도했던 마틴 루서 킹 목사는 늘 "우리에겐 꿈이 있습니다"라고 말했다. 흑인도 백인과 동등한 권리를 누리면서 살 수 있다는 꿈을 가지라고 힘주어 말했다. 꿈, 설사 엉뚱하고 어설프더라도 꿈이 있어야 산다. 인류의 역사는 꿈이 현실이 되는 과정이라고 할 수 있다. 그 과정이 조직적인 사회성을 띨 때 사회변혁운동이 되며, 개인적인 노력의 결실로 맺어질 땐 성공이 된다. 조재길의 삶은 사회적인 꿈과 개인적인 꿈을 모두 아우르고 있다. 이제 더 큰 정치판으로 진출해 두 가지의 꿈이 온전히 포개지길 바랄 뿐이다.

시사평론가

은 호 기

머리말 축복받은 삶

누구의 삶이든 고비가 있기 마련이다. 나의 삶도 마찬가지다. 게다가 우리 세대의 삶을 관통하는 시대는 격동 그 자체였다. 일제강점기 말에 태어나 해방, 6·25전쟁, 4·19혁명, 5·16군사쿠데타, 5·18민주화운동, 6월민주항쟁 등 거센 파도에 맞서야 하는 삶이었다. 나는 여기에 이민이라는 새로운 도전을 덤으로 안고 살아야 했다. 아련하기만 한 지난날을 용케 헤쳐 오늘에 이르렀다는 생각이 든다.

나는 참으로 많은 축복을 받았다. 전쟁과 빈곤으로 어려웠던 시기에 태어나 어린 시절을 보냈지만 고난에 대한 기억보다는 아름다운 추억을 더 많이 간직하고 있다. 격동기를 온몸으로 부딪치며 살아온 한국의 젊은이들을 4·19세대, 6·3세대, 386세대 등으로 구분하곤 하는데 1960년대에 대학을 다닌 나는 6·3세대에 속한다. 나는 사회의식이 강했지만 시위와 투쟁의 대열에서는 한발 물러서 있었다. 그러나 암울했던 한국의 정치 상황은 그 후 태평양을 건너 미국으로 온 나와 우리

가족 모두의 삶을 바꾸었다.

위스콘신대학의 입학허가서를 들고 미국 땅을 밟았지만 나는 위스콘신 주는 가보지도 못한 채 로스앤젤레스에 정착했다. 그리고 청소부와 주유소 종업원으로 미국 생활을 시작했다. 로스앤젤레스 카운티 전산국에서 컴퓨터 오퍼레이터로 출발해, 프로그래머로 미국인들이 10년 이상 걸린다는 매니저 직급의 작업조정관까지 3년 만에 초고속으로 승진했다. 그 뒤 '유리천장(여성이나 소수계의 고위직 진출을 가로 막는 회사 내 보이지 않는 장벽을 뜻하는 말)'에 회의를 느껴, 한국인 최초로 매니저가 될 수 있는 기회를 박차고 나와 말똥 냄새 나던 세리토스 시에 한국인 최초의 부동산회사를 세웠다. 내가 내건 'LA의 베드룸 세리토스'라는 구호는 세리토스를 지칭하는 대명사가 되었다. 부동산 사업이 성공하자 KBS 프로그램 <세계 속의 한국인> 1호로 선정되었으나 5·18민주화운동은 나를 반독재·민주화운동의 한가운데로 몰아넣었다.

정치는 나에게 운명이었다. 하루빨리 고국으로 돌아가기 위해 의식적으로 정치와 거리를 두려고 노력했지만 나는 정치의 굴레를 벗어나지 못했다. '빨갱이'란 소리를 지겹게 들으며 반독재·민주화투쟁, 민족화해와 통일운동에 젊음을 바쳤다. 평생 일하지 않고 편히 살아도 될 정도의 전 재산을 반정부신문 발행에 쏟아붓고 파산 직전까지 갔다.

1990년대에는 사회주의의 몰락과 독일 통일이란 세계사적 변화와 맞물려 통일운동의 전면에 나섰다. 한국의 민주화가 어느 정도 진전되자 미국에서 연변으로 유학길에 올랐다. 그러나 이것이 미국 주류사회 정치를 향한 새로운 도전으로 이어지리라고는 그때는 예상하지 못했다. 이제 나는 세리토스 시장에 취임해 한국계 미국 정치인으로서 새로운 인생을 시작하고 있다.

나는 '내가 무엇이 되기 위해서'가 아니라 '모두와 함께하기 위해서' 정치를 한다. 경상도 출신 가운데 유일한 충청도 출신, 서울과 대도시의 일류고 출신들 사이에 외톨이였던 산골 촌놈, 소수민족 중에서도 정치력이 가장 뒤떨어진 한국계 미국 시민, 이렇듯 나는 항상 주류보다는 비주류에 속해 있었다. 그래서 누구와 특별히 더 친하지도 않고 특정 인물을 배척하지도 않으며, 내 파벌을 만들기보다 어느 한 사람도 포기하지 않고 모두를 아우르려 노력했다. 그러다 보니 내 주위에는 소외되고 사회에 적응하지 못하는 사람도 많았다.

나는 평생 치열하게 싸웠다. 정부라는 탈을 쓴 무한 폭력에 대항해 싸웠으며 나를 매장하려는 독재정권의 하수인과 맞서 싸웠다. 빨갱이라는 오도된 편견으로부터 나를 지켜야 했으며, 용공분자라는 중상모략에 맞서 시의원 선거에서 승리했다. 나는 정의를 위해 싸우는 데 주저하지 않았으며 올바르지 않은 일에는 타협하지 않았다. 소신과 신념을 지키기 위해, 내가 꿈꾸는 세상을 위해 싸웠다.

나는 모두가 더불어 잘 사는 세상을 꿈꿨다. 낮에 힘든 농사일을 하시고 밤새 앓으시던 부모님의 신음 소리를 듣고 자란 어린 시절, 나의 꿈은 농민이 잘 사는 세상이었다. 5월 광주의 어둠을 몰아내고 자유가 강물처럼 흐르는 자랑스러운 조국을 위해 젊음을 바쳤다. 한반도 상공을 맴도는 짙은 핵구름을 걷어내고 남과 북 7천만 동포가 한데 어울려 어깨춤을 덩실 추는 세상을 꿈꿨다. 그리고 태평양 너머 아시아의 작은 나라 한국에서 온 우리의 후손들이 주인으로 살아가는 아름다운 미국과, 다음 세대는 전쟁과 재앙으로부터 자유로울 수 있도록 나름대로 최선을 다하고 있다.

"그저 당신은 감사해야 할 일만 남았다"는 아내의 말처럼 나는 주님의 특별한 은총과 많은 분들의 도움으로 여기까지 올 수 있었다. 가난하지만 항상 여유로운 마음을 갖고 살 수 있었던 것은, 힘든 집안 사정에도 부족함을 느끼지 않고 어린 시절을 보낼 수 있도록 보살펴주신 부모님 덕분이다. 반항하던 나를 바로잡아 주신 나동성 선생님의 격려에 힘입어 대학을 졸업할 수 있었으며, 부조리한 사회에 대한 분노와 피 끓는 청춘을 제어하지 못하고 몸부림치던 초급장교 시절에는 공사 1기 김익순 대령의 배려로 무사히 군복무를 마치고 미국 유학의 길에 오를 수 있었다.

군사독재정부의 탄압에도 바른 언론의 길을 걸을 수 있었던 것은 정신적 스승이신 함석헌 선생님, 송건호 선생님, 고종옥 마태오 신부님의 가르침과 이활웅, 은호기, 김중산, 문갑용 등 많은 동지들과 독자들의 성원이 있었기에 가능했다. 파산 직전에 처했던 내가 인쇄소를 시작해 재기할 수 있었던 것은 생면부지의 한 여성 사업가가 스스로 찾아와 보증을 서주었기 때문이다. 태평양을 사이에 두고 10여 년간 서신을 주고받았던 김구춘 교수와의 인연으로 중국 연변대학 박문일 교장, 김성호, 강용범, 이종훈 교수를 만났고, 그들의 성심 어린 지도 덕분에 대학을 졸업한 지 40여 년이 지난 60대에 박사학위를 받을 수 있었다.

세리토스 시의원에 끝내 당선될 수 있었던 것은 오로지 세 차례 선거 내내 후원회장을 맡았던 정호영 전 가든그로브 시 부시장, 이청광 박사, 차종환 박사, 오구 박사와 석태운 목사, 제임스 오, 유석희, 최동원, 김덕호, 김홍식, 케네스 차, 이정섭, 사무엘 김, 안충모, 하워드 김, 피터 김, 헨리 박, 에메랄드빌라 한인상조회 여러 어르신, 김봉건 회장, 민병용 등 이루 헤아릴 수 없는 자원봉사자들의 헌신적인 노력과 남문기 로스앤젤레스 한인회장, 존 안 오렌지 카운티 한인회장을 중심으로 '이제는 한인 시의원이 당선되어야 한다'는 한인사회의 한결같은 염원이 모아진 결과였다.

영어를 제대로 하지 못하는 내가 미국 주류사회에서 정치활동을 계속할 수 있는 것은 린다 산체스, 주디 추, 존 게리멘디 연방하원의원, 존 치엥 주 재정감독관, 마이크 잉, 토니 멘도자 주 하원의원을 비롯해 알론 발리비 박사, 래리 카바예로, 파람짓 싱, 브라이언 탐, 크리스 푸엔테, 샌드라, 안델라 자야스 등 세리토스 시 주민들의 성원과 세계사를 주도하고 있는 미국의 포용성 덕분이다. 시의회에 한 번도 참석해보지 않았던 나를 세리토스 시장이 되도록 이끌어준 부르스 베로스, 잔 크로리, 로라 리, 짐 에드워드, 캐럴 첸 등 동료 시의원들과 아트 갈루치 시 매니저에게 진심으로 감사한다.

힘들고 어려웠던 시간도 많았지만 이 글을 쓰는 몇 개월간 지나온 내 삶을 되돌아보며 참으로 행복했다. 어려운 고비마다 옆에서 묵묵히 지켜준 아내 루시아가 고맙고 대견스럽기 그지없다. 어느 날 아내에게 인생의 어느 순간으로 돌아가고 싶으냐고 물어본 적이 있었는데, 아내는 내 기대와 달리 '신혼 시절'이 아닌 '대학생 시절'이라고 대답해 무척 실망했다. 나는 서울의 묵동에서 시작한 신혼 시절로 돌아가고 싶다. 그러나 그때 아내는 찾아오는 빚쟁이들과 실랑이하느라, 또 김치 하나로 겨울을 나느라 무척 힘들었던 모양이다. 군사독재정부에 맞서 반정부신문을 발행하느라 "숙제는 했느냐"며 살뜰히 챙겨주지도 못했는데, 저희들끼리 아침밥 챙겨 먹고 학교에 다니며 모두 변호사로 반듯하게 자라준 세 아이도 정말 고맙다.

내가 책을 쓴다는 것을 알고 아이들은 아빠가 이민자로서 성공한 것은 자랑스럽지만 회고록을 쓸 정도는 아니라며 반대했다. 나도 내 성공담을 늘어놓을 생각은 없다. 다만 내가 걸어온 지난 세월은 나 혼자만의 삶이라기보다는 격동기를 함께했던 우리 모두의 역사로, 한인 이민사의 한 페이지에 기록되어야 한다고 생각한다. 그리고 미국 주류사회에서 정치인으로 새로운 인생을 시작하며 미국에 살고 있는 한인들이 이 땅의 주인으로 살기 위해 어떻게 살아가야 하는가에 대해 이야기해보고 싶다. 부족하기 짝이 없는 글을 다듬어 출판해주신 김종수 사장님, 그리고 항상 친절히 이메일을 보내주신 기획실 윤순현 과장님, 편집부 원경은 님을 비롯한 도서출판 한울 가족 여러분에게 감사를 드린다.

2010년 4월 부활절 아침, 미국 세리토스 시장실에서

조 재 길

차례

제2부 참언론, 민주화운동의 한가운데에서

1. '바른 언론'을 지향하다 •

2. 민주화운동의 대변지 ≪코리안스트릿저널≫

3. 민족화해와 통일의 지렛대

제1부

농민의 아들, 세계 속의 한국인 1호가 되다

1. 농민의 아들

동화 속의 학가산

나는 파란만장한 내 삶대로 시대와 상황에 따라 다른 이름으로 불렸다. 호적상 나는 1944년 2월 16일 충북 단양군 단성면 북상리 97번지에서 출생한 것으로 되어 있다. 그러나 실은 그보다 1년 앞서 1943년에 일본 규슈(九州)에서 조선인 노무자 조룡환과 전경애의 장남으로 태어났다. 아버지는 조씨의 본관인 배천(白川)을 일본 이름의 성으로 쓰고 내게 '청일(清一)'이란 이름을 지어주셨다. 그래서 어린 시절 나는 '청일'로 불렸다. 지금 이름인 '재길'은 할아버지가 집안 항렬에 맞게 호적에 올리신 이름으로, 학교에 입학하면서 불리기 시작했다. 아버지는 나에 대한 기대가 크셔서 유명한 작명가에게서 좋은 이름을 여러 차례 받아다 벽에 붙여놓기도 하셨는데 지금은 기억나지 않는다. 나는 이름 덕을 볼 생각이 없다고 아버지가 새로 지어주신 이름들을 모두 마다했는데, 대학생 시절 그중 하나의 한자를 쉽게 바꾸어 '석산(石山)'이란 아호로 사용했다. 미국 생활 초기에 미국인들은 내 이름의 영문 첫 자를 따서 '제이'라고 불렀으며, 가톨릭교회에서 영세를 받고 '요셉'이란 영세명을 받았다. 그리고 미국시민권을 받으며 '조셉'으로 개명했다.

세 살 위인 누나는 어렸을 적 일본 생활을 조금 기억하지만 나는 일본에서 살 때의 기억이 전혀 없다. 미국이 일본 본토를 공습하면서 1944년에 부모님이 첫돌을 막 지난 나를 데리고 한국으로 돌아오셨기 때문이다. 우리 가족은 고향에 돌아와 내가 4살이 되던 해까지 북상리 개천 건너 큰길가에 있던 외딴집에서 살았다. 돌다리를 건너다니던 일, 담배를 마는 도구를 가지고 놀던 일, 아버지가 역전 파출소에 불려 가 뺨을 맞았는지 피를 흘리시는 것을 보고 나중에 커서 순사를 혼내 주겠다고 다짐하며 울먹이면서 아버지를 따라오던 기억 등이 어슴푸레 난다.

나의 어린 시절 추억은 언제나 충주시 주덕읍 신양리 삼거리에서 시작된다. 초등학교 1학년 때 나뭇가지 울타리에 올라가 놀다 다쳐 소풍을 가지 못한 적이 있다. 동무들이 고물고물 산을 오르던 모습을 집에서 바라보기만 했는데, 그때의 학가산은 가장 아름다운 기억으로 남아 있다. 삼거리 서쪽 동리 맨 끝에 있던 우리 집 옆에서부터 넓은 들이 펼쳐지고 멀리 요도천 너머로 학가산이 보였다. 누나와 나는 그 넓은 들을 뛰어다니며 놀았다. 누나는 논에 들어가 메뚜기를 잡아오고 나는 논두렁에 서서 메뚜기를 날로 먹었다. 누나가 말리다 못해 날개와 다리는 떼고 먹으라고 했던 기억이 난다. 삼거리에서 우리 집 앞을 지나 서쪽으로 쭉 뻗은 신작로를 따라가면 개천 건너 내가 3학년 때까지 다녔던 주덕초등학교가 나온다. 밤에 학교 변소에서 도깨비가 나온다고 해서 모두 무서워했다. 학교 앞에서 학가산 쪽으로 난 신작로에는 플라타너스 가로수가 울창했다.

우리 집 건너편에는 아버지와 외삼촌이 함께 운영했던 정미소가 있었다. 내 평생 처음이자 마지막으로 커다란 누렁이를 길렀던 그때는 집안 살림이 그나마 안정적이었고 경제적으로 어려움이 없었다. 아버지는 나에게 여러 가지를 곧잘 만들어주셨는데 그중 반들반들한 나무 칼집이 있던 칼을 무척 좋아했다. 또 집 앞 큰길가에 있는 미루나무 위에 집을 만들어주셔서 옆집에 살던 또래의 영일이와 함께 나무 위에 올라가서 놀기를 좋아했다.

주덕에 살 때 우리 민족의 비극인 6·25전쟁이 일어났다. 전쟁이 시작된 직후 우리 가족은 잠시 인근 산골로 피난을 갔다가 돌아왔다. 그때 나는 동무들과 야산에 앉아 인민군이 진군해오는 모습을 바라보았다. 오토바이(제2차 세계대전을 다룬 전쟁 영화에서 독일군이 타고 나오던 것으로 운전자 옆에 한 명이 탈 수 있는 기구가 달려 있음)를 탄 정찰병이 마을을 한 바퀴 돌아보고 간 후 얼마 되지 않아, 멀리 학교가 있던 서쪽에서부터 신작로를 따라 인민군이 질서정연하게 행진하며 마을로 들어왔다. 전투 없이 인민군이 들어왔기 때문에 전쟁이라는 것을 전혀 느끼지 못했다. 인민군이 들어온 다음 날부터 젊은 인민군 누나들이 우리를 모아놓고 김일성 장군의 노래를 가르쳐주기 시작했다.

전쟁을 실감하기 시작한 것은 미군의 공습이 시작되면서였다. 인민군 부대가 주덕역 부근에 주둔하고 있었는지 밤낮을 가리지 않고 폭격과 기총소사가 있었다. 우리가 '쌕쌕이'라고 불렀던 미군 전투기가 하늘에서 기총소사를 할 때는 금방 내 머리 위로 총알이 떨어질 것만 같았다. 우리는 들판에서 놀다가 공습이 시작되면 모두 논두렁 옆에

납작 엎드리거나 다리 밑에 숨어서 고개를 치켜들고 구경했다. 사다리 비행기라 불렸던 B-29가 지나간 뒤에는 멀리서 쿵쿵하는 소리가 들려왔다. 밤에는 불을 켜지 말아야 했고, 부득이 불을 켤 때는 불빛이 새어나가지 않도록 두꺼운 천으로 문을 모두 가렸다. 지난 밤 내내 폭격이 심했던 어느 날은 크게 파인 구덩이를 구경하러 주덕역 부근까지 다녀오기도 했다.

총소리 한 번 없이 어느 날 갑자기 인민군이 물러가고 미군이 들어왔다. 미군 부대가 학교에 주둔하는 바람에 우리는 바닥에 가마니를 깐 창고에서 공부를 했다. 부대에서 제일 가까웠던 우리 동리는 미군들이 "색시, 색시" 하며 들이닥칠까 봐 떨었다. 방 윗목에 쌀가마니를 쌓아두었다가 밤에 멀리서 차 소리가 들리거나 밖에서 인기척이 나면 여자들은 그 안에 들어가 자정이 될 때까지 숨어 있었고, 심지어 낮에도 집 밖에 나다니지 못했다. 미군 부대에 가서 껌이나 깡통을 얻어오는 아이들도 간혹 있었지만, 우린 미군이 무서워 학교 부근에 얼씬도하지 않았다.

1·4후퇴 때에는 온 가족이 옥천, 진천 쪽으로 피난을 가다가 제2국민병이 청주에 집결한다는 소식에 되돌아오기도 했다. 한겨울 추운 날씨에 눈도 무척 많이 와 고생이 많았지만 어린 우리 남매는 가는 곳마다 버려진 물건들을 장난감 삼아 신나게 놀곤 했다.

피난길에서 돌아오자 곳곳에 장티푸스가 만연했다. 나도 장티푸스에 걸려 이불을 뒤집어쓰고 땀을 내느라 한바탕 곤욕을 치르고 일어났는데, 고향에 계시던 할아버지는 장티푸스로 그만 돌아가셨다. 할아버지 장례를 마치고 오신 아버지는 동업하던 정미소를 외삼촌에게 넘기고 고향으로 돌아가기로 결정하셨다. 산골로 아이들을 데리고 가면 공부를 제대로 시킬 수 없다며 어머니가 반대하셨지만, 결국 우리 가족은 아버지의 고향인 단양으로 이사를 갔다. 그렇게 우리 가족의 짧고 아름다웠던 동화 같은 시절이 끝나고 고생스러운 농촌 생활이 시작되었다.

몰락한 양반의 후예

내 고향 단양은 소백산 자락에 위치해, 전에 살던 주덕과는 달리 산이 높고 들이 넓지 않은 산골이었다. 군 소재지의 인구는 천 명 정도밖에 되지 않았고, 군청·면사무소·학교 등 관공서와 장터를 제외하고는 집들이 모두 산등성이에 있어 더 이상 발전할 여지도 없었다. 그러나 단양팔경으로 잘 알려진 것처럼 산세가 아름답고 남한강이 내려다보이는, 참으로 아름다운 고장이었다.

우리 집은 버스 정류장에서 내려서 놋재를 넘어 10리 정도 더 걸어가야 하는 뒤뜰이라는 촌에 있었다. 뒤뜰은 지명이 말해주듯 들이 넓고 토질이 좋으며, 예로부터 원님이 부임하면 가장 먼저 뒤뜰 조씨와 성씨 집안을 찾아와 인사를 했다고 할 정도로 양반이 대를 이어 살아온 농촌 마을이었다. 성씨 집안이 살던 아랫마을 북하리는 중앙선이 개통될 때 단양역이 들어서면서 약 200여 호의 집이 생겨나 제법 큰 마을이 되었으나, 우리 가족이 살던 윗마을 북상리는 내가 미국으로 이민 가던 1970년대까지도 집이라곤 30호 정도 있던 작은 마을이었다. 북상리는 장씨가 대대로 살았다고 해서 '장촌말'이라고도 했는데,

일본이 한반도에 세력을 뻗치기 시작했던 한말에 전의와 역관을 지내시던 나의 고조부 형제가 낙향해 자리를 잡으면서 배천 조씨 집안의 마을이 되었다. 10여 년 전까지 동리 한복판에 있던 ㅁ자형 큰 기와집이 우리 배천 조씨 집안의 종갓집이었고, 그 주위에 우리 집안의 대소가와 하인들이 사는 초가집이 있었다. 정월 대보름에 쥐불놀이를 할 때 고종황제가 하사하신 친필 '농자천하지대본'이란 농악대 깃발을 앞세우고 나서면 다른 마을 청년들이 감히 접근을 못했다고 어른들이 늘 자랑하셨는데 6·25전쟁 중에 소실되었다.

고조부께서 "신식 공부를 하면 일본 놈 종노릇을 한다"고 자손들을 학교에 보내지 말라는 유훈을 남기셔서 할아버지 대까지 집안의 누구도 학교에 다니지 못했다. 몰래 숨어서 소학교를 다니다 일찍 고향을 떠난 친척 조부님을 제외하고 우리 고향에서는 아버지가 처음으로 소학교를 마치셨고 대학을 졸업한 남자는 집안에서 내가 처음이었다. 그러다 보니 집안 어른들은 세상 물정에 어두울 수밖에 없었고, 점차 가세가 기울어 조씨 가문은 할아버지 대에 완전히 몰락하고 말았다. 친척들이 모든 가산을 정리해 고향을 뜨면서 결국 집안이 전국 각지로 뿔뿔이 흩어졌고, 우리 할아버지만 단칸방에 어린 육 남매를 데리고 밭 한 고랑 없이 고향에 남았다.

할아버지는 양반집 자제로 평생 호미자루 한번 잡아본 적이 없을 정도로 생활력이 없으셨다. 장남인 아버지는 집안의 반대를 무릅쓰고 숨어서 소학교에 다녔고 결국 가계를 떠맡으시게 되었다. 아버지는 말수가 적고 잔정이 없으신 분이었다. 그래서 어머니가 편찮으실 때 지극정성으로 수발을 드시는 모습을 보고 가족 모두 의외라고 생각했다.

몇 년 전 아버지께서 "너의 어머니가 복이 많아 우리 집안이 다시 일어섰다"고 말씀하시는 것을 보고서야 어머니에게 항상 고마운 마음을 갖고 사신 것을 알게 되었다.

아버지는 해방 후에도 계속 타향살이를 하다가 할아버지가 돌아가시자 고향에 돌아와 정착했다. 농촌 생활은 힘들었지만 아버지는 동리 이장으로 고향을 지키는 것을 사명으로 생각하셨던 것 같다. 평소에는 말씀을 하지 않으셨지만 술을 드시면 누구는 몇 대째 우리 집안 하인이었으며, 누구는 어느 할머님의 몸종이었다는 이야기를 하셨던 것을 보면 조씨 집안과 마을을 지킨다는 생각이 무척이나 강하셨던 것 같다. "자손들을 동경 유학 보냈던 아랫마을 성씨 집안은 해방 후 빨갱이 바람에 풍비박산이 났지만, 공부를 하지 않아 무지렁이로 산 우리 집안에는 전쟁 통에 비명횡사한 사람이 하나도 없다"고 신식공부를 하지 않아 집안이 몰락했던 것조차 자랑스럽게 생각하셨다.

나의 외가는 구인사로 유명한 단양군 영춘면 하리에 있었다. 어머니가 어렸을 적에 외할머니께서 돌아가신 탓에 나는 외가를 한 번밖에 가보지 못했는데, 외가에 엄청나게 책이 많았던 기억이 난다. 한약방을 하셨던 외할아버지께서는 혼자서 딸 셋과 외삼촌을 키우면서 평생을 학문연구에 바친 재야 사학자셨다.

외할아버지는 내가 초등학교에 다니던 당시 환갑이 넘으셨고, 완전히 허리가 굽어 지팡이를 짚고 다니면서도 일 년에 몇 차례씩은 서울에 다녀오시는 길에 우리 집에 머물다 가시곤 했다. 외할아버지는 해방 후 편찬된 우리나라 역사 교과서에 고대사가 잘못 서술되었다고 이를 바로잡기 위해 문교부 장관과 대학의 역사전공 교수들을 찾아다니기도 하셨고, 우리나라 옛 문자라는 독특한 글씨로 책도 쓰셨다. 초등학교에 다니던 나를 불러 앉혀놓고 옛 문자와 우리나라 역사를 가르치셨는데 학교에서 가르쳐준 역사와는 다른 부분이 많았다. 내가 대학생이 된 후 외사촌 형에게 할아버지가 갖고 계시던 책에 대해 물어보았더니 그 귀중한 고서들을 다 고물상에 넘겼다고 해서 몹시 화가 났다. 외할아버지께서 초등학생이었던 나보다 당시 초등학교 교사였던 외사촌 형에게 역사를 가르치셨더라면 우리 고대사 연구에 귀중한 사료들이 지금까지 전해질 수 있었을 텐데 아쉽기 그지없다.

가난한 농민의 아들

단양의 상황은 주덕과 완전히 달랐다. 소백산 일대에서 인민군 패잔병이 게릴라전을 펼치고 있어서 공비토벌작전을 벌이는 전투가 휴전협정이 체결된 후에도 오랫동안 계속되었다. 동리 뒤편 두악산은 삿갓봉을 거쳐 소백산과 연결되어 있어 게릴라들의 이동경로였다. 밭에서 일하다 공비와 마주치는 일들이 자주 벌어지자 깊은 산의 밭들은 아예 묵히는 경우가 많았다. 동리마다 자체적으로 야간경비를 섰지만 우리 마을에서는 하룻밤에 세 사람이 공비에게 살해당하는 일이 벌어져 민심이 흉흉해지기도 했다. 그 후 해마다 같은 날 세 집이 제사를 지냈는데 그날은 온 동네 사람이 한마음으로 애도를 표했다. 불발탄을 주워서 놀던 내 또래 아이들 셋이 폭탄이 터져 처참하게 죽는 사고도 발생했다.

부모님은 할아버지가 사시던 집과 논밭을 형제들에게 모두 나누어

주고 정미소를 정리해 집과 약간의 농토를 마련해 농사일을 시작하셨다. 고향에 돌아오지 않고 주덕에서 정미소를 계속했으면 고생하지 않고 여유 있게 사셨을 텐데 뒤늦게 몸에 배지 않은 농사일을 시작한 부모님은 고생을 많이 하셨다.

6·25전쟁으로 피폐했던 그때 당시 농촌에 춘궁기가 찾아오면 사람들은 소나무 껍질을 벗기고 칡뿌리를 캐서 초근목피로 끼니를 이어야 했다. 산나물이나 초봄의 느티나무 새순을 뜯어다 밀가루에 섞어 범벅을 해 먹기도 했다. 그때 우리 집은 화전이라고 해서 야산을 개간한 밭을 만들었다. 경사가 심하지 않은 국유지나 주인이 관리하지 않는 야산에서 나무나 잡초를 제거하고 풀을 베어 말린 뒤 불을 지르고, 땅을 파 돌을 골라내고 옥수수, 고구마, 고추 등을 심었다.

초등학교 3학년 때 한번은 벽에 걸어놓은 아버지 조끼 주머니에 든 돈에 손을 댄 적이 있었다. 아버지는 나를 집 뒤뜰에 있던 대추나무에 묶어놓고 매를 드셨다. 아무리 다그쳐도 내가 입을 굳게 다물고 있자 누나는 이러다 애 잡겠다고 울면서 매달렸고 어머니도 그만하면 알아들었을 것이라고 아버지께 사정을 했다. 그 일이 있은 후로 나는 부모님의 기대에 어긋나는 일을 하지 않았고 아버지도 내게 언성을 높이지 않으셨다. 아버지는 어린 나에게 "모래사장에서도 쌀농사를 지을 놈"이라고 하셨다. 평소에는 과묵한 아버지가 술을 드시면 사람들과 시비를 벌이거나 실수를 많이 하셨는데, 다른 이가 말릴 땐 막무가내지만 어린 내가 가면 아무 말 없이 따라오셨다. 내게 보여주신 아버지의 믿음은 평생 나를 지탱해준 큰 힘이다.

3학년 때 전학 간 단양초등학교에는 운동장과 건물 사이에 높은 언덕과 아주 긴 계단이 있었다. 운동장 둘레에는 일제 때 심었던 벚꽃나무를 베어낸 그루터기가 많았고, 학교 뒤편에는 아카시아 나무가 있어 꽃이 필 무렵에 향기가 좋았다. 군청 소재지에 있는 학교였지만 남녀합해 반이 하나였다. 담임이었던 여선생님이 나를 상당히 귀여워해주셨는데 이 때문에 친구들에게 놀림도 많이 받았다. 아이들은 선생님이 질문을 하면 내가 늘 대답을 하고 정옥란이라는 친구가 '맞았다'라고 맞장구를 친다고 나를 '맞았다'라고 부르며 놀리기도 했다.

가난한 농촌에서 자란 나는 백일사진과 졸업사진 두 장 외에 초등학교와 중학교 시절의 사진이 한 장도 없다. 그때 담임선생님이 학생 몇 명을 모아놓고 사진을 찍어 나누어 주셨다. 나는 처음으로 생긴 내 사진을 항상 주머니에 넣고 다니며 수시로 꺼내 보곤 했다. 친구들 앞에서는 나를 편애하셨던 담임선생님을 싫어하는 것처럼 먼저 흉을 보기도 했지만 사실은 선생님에게 첫사랑의 감정을 갖고 있었다. 선생님이 찍어주신 사진은 닳아 없어졌지만 선생님에 대한 아련한 그리움은 그 사진과 함께 아직도 내 마음속에 생생히 남아 있다.

학교수업을 마치면 읍내 아이들은 학교에 남아서 어울려 놀았지만 나는 한 동리에 살던 수룡이, 재학이 형과 곧장 집으로 와서 부모님의 농사일을 거들었다. 전학생에 촌놈이라 반장은 못했지만 성적은 항상 1등이었다. 6학년 때 어린이은행이 처음 생겼는데 은행장으로 뽑혀 조회시간에 단상에 올라가 발표를 하기도 했고, 문예반에 들어가 여름방학이면 매일 시를 몇 편씩 쓰기도 했다. 5월 어린이 달에는 경찰국장 표창장을 받고, 졸업식에서는 최고상인 도지사 상을 받았다.

나는 우리 동리에 새로 생긴 서당에 다니며 천자문을 떼고 동몽선습

(童蒙先習)을 배웠다. 한자를 배우면서 신문을 읽기 시작하자 아버지는 매일 신문을 구해다 주셨다. 당시 신문은 한자를 많이 사용해 초등학생들이 읽기에는 꽤 어려웠다. 그래서 나는 신문을 읽고 아이들에게 설명을 해주곤 했다. 6·25전쟁 중 이승만 대통령의 지원으로 함태영이 이범석을 누르고 부통령에 당선되었던 1952년 부통령선거 기사를 진지하게 읽고 정치에 관심을 갖기 시작했다. 요즘 아이들은 장래 희망으로 연예인이나 운동선수를 꼽지만 건국 초기였던 당시에는 많은 어린이들이 장래 희망으로 대통령을 꼽았으며 나도 그중 하나였다. 그러다 6·25전쟁을 거치면서 장군이 되겠다는 아이들이 많아졌고 사관학교 지원자도 늘어났다. 나도 중학생 때는 대학 갈 형편이 못 되어 막연히 단양공고를 거쳐 육사에 진학해야겠다고 생각했다.

누나는 단양으로 이사한 후 얼마 되지 않아 단양중학에 합격했으나 가정형편상 진학하지 못하고 집안일을 도왔다. 아들인 나를 위해 누나가 희생한 것 같아 지금까지도 미안한 마음을 갖고 있다. 내 바로 밑의 동생은 나와 나이 차이가 열두 살이나 난다. 내 밑으로 여럿을 실패하면서 어머니는 산후조리도 제대로 하지 못한 채 힘든 농사일을 많이 해 늘 편찮으셨다. 내가 중학교에 입학하던 해에 여동생 연숙이가 태어나고 고등학교 때 남동생 재설이, 대학 입학하던 해에 막내 동생 원석이가 태어났다. 어린 시절에는 어울려 놀 동생들이 없었다. 그리고 커서는 타지로 학교를 다니면서 어린 동생들을 보살필 시간이 부족했다. 동생들은 나를 방학 때나 집에 다니러 오는 좋은 학교 다니는 사람 정도로 생각했다. 그래서 형제가 친구처럼 지내는 집안이 제일 부러웠다.

초등학교 4학년 때 아버지가 제2국민병 보국대로 징병되는 바람에 어머니가 혼자서 농사일을 하게 되자 나는 집안일을 돕기 시작했다. 초등학생일 때는 소와 돼지에게 먹일 풀을 베고 누나와 함께 산에 가서 나무를 했고, 중학생 때는 지게로 밭에 거름을 나르고 밭을 매며 농사일을 거들었다. 여름에는 산에서 풀을 베다 퇴비를 산더미처럼 만들고, 겨울이면 같은 반 수룡이와 함께 아름드리 크기의 나무들을 베어 장작을 만들어 팔았다. 농사일 중에 가장 힘든 것이 논이나 밭을 갈아엎는 쟁기질과 모심기 전 논에 물이 고르게 차도록 고르는 써레질이다. 지금은 기계가 보편화되어서 누구나 할 수 있지만 그 당시에는 써레질을 할 수 있는 사람이 한 동리에 몇 사람밖에 없었다. 안동에서 사범학교를 다닐 때 나는 주말마다 집에 와서 부모님을 도왔는데 써레질을 잘한다고 상일꾼 대접을 받았다.

집안 형편은 점차 나아졌지만 부모님은 낮에 힘들게 일한 탓에 밤새도록 앓으셨다. 내가 직접 구슬땀을 흘리며 농사일을 한 데다 밤마다 부모님의 앓는 소리를 듣다 보니 나의 어린 시절 꿈은 농민이 잘 사는 세상을 만드는 것이었다. 시의원에 당선된 지금은 항상 정장에 넥타이를 반듯이 매고 다니지만 사실 나는 평생 시계도 차지 않고 특별한 경우를 제외하고는 넥타이를 매지 않았는데, 이것은 농민의 아들임을 잊지 않으려는 다짐 때문이다.

남들은 논밭을 팔아가며 자식 공부시킨다고 하지만 우리 부모님은 내 뒤로 두 남동생을 모두 대학에 보내면서도 농토를 늘리셨다. 내가 미국에 온 뒤에는 제천과 서울 아현동에 동생들이 공부할 수 있도록 집까지 장만하셨다. 두 분이 억척같이 일을 하시기도 했지만 어머니가 남보다 앞서 행동하신 덕분이었다. 내가 대학에 진학하겠다고 입시공부를 하자 부모님은 별로 돈이 되지 않는 보리와 밀 대신 마늘 농사를 시작했다. 오늘날 전국적으로 유명해진 단양 마늘이 그때부터 재배되기 시작했는데, 당시 어머니가 뿌린 마늘 씨가 300접이나 되었다. 어머니는 재배한 마늘과 마늘종, 마늘잎을 원주나 영주에 갖다 팔아 돈을 마련하셨다. 소학교를 중퇴한 어머니는 배운 것이 많지 않으나 사리에 밝은 여장부셨다. 누나는 항상 "우리 어머니는 공부만 제대로 하셨으면 국회의원은 물론 장관을 하고도 남을 분이시다"라고 말했다.

열한 살 초등학생의 가출

초등학교 졸업을 앞두고 외할아버지가 돌아가셨다. 외삼촌이 일찍 돌아가셨기 때문에 뒷정리를 위해 부모님 모두 외가에 상당히 오래 머무르다 오셨다. 그 사이 나는 5학년 때부터 담임이신 나광춘 선생님의 권유와 큰 도시에 있는 학교에 가고 싶다는 생각에 충주사범 병설 중학교에 입학원서를 제출했다. 원서에 찍을 아버지 도장이 없어 선생님이 등사판으로 도장을 그려 인주를 묻혀 찍어주셨다. 그러나 나는 충주로 유학을 갈 여유가 없는 것을 알고 있었기에 입학시험을 보러 가는 날까지 부모님께 말씀을 드리지 못했다. 신체검사를 한다는 거짓말로 목욕물을 데워 몸을 깨끗이 씻고 새 옷을 챙겨 입고 학교에 갔다. 그리고 수업이 끝나자마자 같은 동리에 사는 수룡에게 책가방을 넘겨주며 부모님께 시험 치러 간다고 전해달라고 한 후 충주행 버스를 탔다.

남한강을 따라 가파른 산비탈을 깎아 만든 충주 가는 국도는 옥순봉, 구담봉을 지나 경치가 아름답기로 유명하지만 버스표만 달랑 들고 떠난 나는 그날 잠자리 걱정에 경치가 눈에 들어오질 않았다. 그나마 한 가닥 희망은 3년 전 단양으로 이사 올 때 잠시 들른 적인 있던 먼 친척 집이었다. 버스정류장 부근에서 이발소를 하셨는데 이사를 가지는 않았는지, 찾을 수는 있을지 걱정이었다. 이런 사정도 모르고 옆자리에 앉은 아저씨가 자꾸 말을 걸어왔다. 처음에는 몇 마디 대답을 하다가 이내 잠든 척하고 일부러 눈을 감았더니 전날 밤에 잠을 설친 탓에 충주에 도착할 때까지 잠이 들어버렸다. 깨어나 보니 어두컴컴한 초저녁이라 더럭 겁이 났다. 마땅히 갈 곳이 없다고 사정해볼까 생각하는 사이 옆자리에 앉았던 아저씨는 시험 잘 보라며 등을 두드려주고 가버렸다. 3년 전 기억을 더듬어 찾아간 골목에서 이발소 간판을 발견했을 땐 무척이나 반가웠다.

사정을 알 리 없는 친척 아저씨는 반갑게 맞아주셨고 준비물까지 챙겨 학교에 데려다주셨다. 시험을 치고 있는데 우리 학교 선생님 한 분이 다급히 찾아오셨다. 내가 부모님 허락도 없이 입학시험을 보겠다고 혼자 버스를 타고 갔다는 사실이 알려지자 학교에 일대 소동이 벌어진 것이다. 결국 나는 충주사범 병설중학교에 합격했지만 부모님이 충주로 보낼 형편이 못 된다고 만류하셔서 단양중학교로 진학했다.

중학교 동창들은 내가 공부를 제일 잘했던 것으로 기억하고 있지만 사실 나는 중학교에 입학하면서부터 1등을 한 번도 해보지 못했다. 학과 성적은 좋았지만 음악, 미술, 체육 등 예체능과목의 성적이 좋지 못했기 때문이다. 나는 운동을 잘하지 못했다. 달리기에서 꼴지를 면하려고 죽을힘을 다해 달려도 뒤를 돌아보면 아무도 없었다. 항상 꼴지를 하다 보니 전교생과 학부형은 물론 군민 모두가 기다리는 축제였던 운동회가 아주 싫었다. 입학시험 과정에 있던 턱걸이를 중학교 때는 한 번, 고등학교 때는 있는 힘을 다해 겨우 두 번 했다. 사범학교를 졸업할 때까지 뜀틀 5단을 넘지 못한 학생은 동기 중 나뿐이었다.

중학교에 입학하면서 나는 반장이 되었다. 군 소재지 학교인 단양초등학교 출신이 수적으로 우세했기 때문이었다. 단양초등학교 출신 아이들은 입학정년에 학교에 들어온 어린 연령층이 많았는데 다른 면 소재지 학교 출신들은 대부분 나이가 우리보다 몇 살 더 많고 체격도 좋았다. 중학교 1학년 때 같은 반 동무였던 송해준이 장가를 들어 몇 명이 신랑 친구로 잔칫집에 간 적이 있었는데, 우리를 어른으로 대접해주셔서 재미있으면서도 쑥스러웠다.

중학교 1학년 때 담임이셨던 이계담 선생님이 우리 학년에 교내 웅변대회에 나갈 학생이 없으면 반장이 나가야 한다고 해서 웅변반에 들어가게 되었다. 나는 웅변에 별로 소질이 없어 지금도 단상에 오르기 전에 항상 가슴이 쿵쾅거린다. 심지어 너무 말을 길게 한다고 집사람한데 자주 핀잔을 듣기도 한다. 한 학년 위인 홍창헌 선배가 웅변을 잘해 1등을 도맡아 했고 한 학년 후배지만 나보다 나이가 몇 살 위였던 최용환도 실력이 좋아서 나는 한 번도 1등을 하지 못했다. 3학년 때는 학도호국단 위원장(지금의 학생회장)이어서 1등상을 받을 기회가 있었는데, 월사금이 밀린 학생들을 집으로 돌려보내는 바람에 출전하지 못했다. 웅변대회가 시작될 때까지 그 사실을 몰랐던 지도 선생님은 몹시 서운해하셨다. 하지만 그때 연설집을 외우면서 연습을 하고 웅변 원고를 직접 쓰기 시작한 것이 훗날 공군장교 시절 참모총장 비서실에서 연설문 작성을 담당하고 지금까지 글을 쓰며 살아오게 된 밑바탕이

된 것 같다.

3학년에 올라가면서 학도호국단 운영위원장 선거운동을 하기 위해 여학생 반에 들어가 단상에 선 적이 있다. 그때 나는 여학생들이 일제히 나를 주목하자 무척 당황한 나머지 말을 제대로 하지 못했다. 정옥란이 맨 뒤에 앉아 고개를 푹 숙이고 있는 데다, 여학생들이 일제히 "'맞았다"라고 합창할 것 같아 허둥대는 바람에 여학생 반에서는 남상호가 몰표를 받았다. 그렇지만 남학생 반에서 표를 많이 받은 덕에 결국 나는 위원장으로 뽑혔다. 운영위원장인 내가 제일 어리고 키도 중간 정도였던 데 비해 부위원장 남상호, 대대장 조성권 그리고 영어를 잘해서 유엔학생부장을 했던 이성도 등 모두 나보다 나이도 많고 키도 훨씬 컸다. 훗날 고등학교를 마치고 동창들을 다시 만났을 땐 모두 나보다 키가 작아서 무척 이상했다.

2006년에 박사학위를 받고 고향에 들렀을 때 모교 교장을 역임하며 고향을 지키고 있던 노수웅 덕에 동기동창회를 열어, 중학교를 졸업한 지 48년 만에 그리운 친구들을 만날 수 있었다. 친구들은 세월에 따라 환갑을 넘기고 대부분 정년퇴직을 했다. 노년에 다시 만난 우리가 철없던 10대로 돌아가 회포를 풀기에 1박 2일은 너무도 짧았다. 10대 소년이었던 내 얼굴을 붉게 만든 옥란이는 이미 이 세상 사람이 아니었으며, 말 한마디 건네지 않았던 여학생으로부터 나를 짝사랑했다는 뒤늦은 고백을 듣기도 했다. 이 흥겨운 자리에서 부산에서 파출소장을 지낸 조성권이 내가 북한을 방문한 것을 두고 시비를 걸어 친구들의 눈살을 찌푸리게 했다. 사실 성권이는 객지에서 외로울 때 나를 떠올리며 내 소식을 수소문했지만 듣지 못하다, 자신의 기대와는 달리 미국에서 민주화와 통일운동을 했다는 사실에 심통을 부린 것이었다. 나에 대한 기대와 원망이 엇갈린 이런 심정을 성권이 말고도 여러 친구가 토로했다.

나는 이처럼 초등학교와 중학교에 다니면서부터 고향 어른들과 학교 선후배의 주목을 받고 성장했다. 아버지가 바쁘실 때 한 집에 한 사람씩 동원되었던 각종 부역에 중학생인 내가 나가면 어른들은 어린 내게 존대하고 내 의견을 항상 존중해주었다. 길을 가다 군수나 지방 유지들을 만나면 아버지의 안부를 물으며 인사를 건네는 경우가 많았고, 촌로들도 나에게 예를 갖추곤 했다. 선생님들은 내가 졸업한 후 오랫동안 후배들에게 내 이야기를 했으며, 타 지방으로 이사한 분이 고향을 찾는 길에 내 소식을 듣기 위해 일부러 우리 부모님을 찾아오는 경우도 종종 있었다고 한다. 사범학교와 대학에 다닐 때 고향에 들르면 어른들은 내게 "선생님"이라고 존대하며 깍듯이 인사를 하기도 했다. 나는 이처럼 많은 분들이 멀리서 나를 지켜보고 있다는 것을 항상 의식하며, 쉽고 편한 길을 가지 않고 힘들고 어렵더라도 바르게 처신하려고 노력했다. 그리고 고향 어르신들의 기대에 제대로 보답하지 못해 항상 빚진 사람의 심정으로 살아왔다.

모범생이었던 반항아

돌이켜보면 참으로 우연한 일들로 인생의 갈림길에서 선택이 바뀌는 경우가 여러 번 있었다. 장래에 대한 꿈을 키울 새도 없이 여름에는 농사일을 거들고 겨울에는 나무장사를 하며 중학생 시절을 보냈다. 대학에 진학할 형편이 되지 않아 막연히 단양 읍내에 있는 단양공고에 진학해 육군사관학교에 지원할 생각이었지만 달리기, 턱걸이 등 운동을 잘하지 못해 망설이고 있었다. 그러던 어느 날 아버지가 동네 사랑방에 가셨다가 같은 반 송범식이 입학원서를 사다놓고 시험을 포기했다는 이야기를 들으셨다. 그 입학원서를 갖고 오신 아버지가 시험이나 한번 쳐보라고 권해 생각지도 않게 안동사범학교에 다니게 되었다.

철도청 보선사무소에 다니시던, 한 학년 선배인 김영동의 아버지가 안동 시내 변두리 철로부지에 방 한 칸짜리 작은 집을 지어주셔서 김 선배와 둘이서 자취를 시작했다. 사범학교는 국립이라 다른 고등학교와 달리 등록금이 없고 오히려 약간의 장학금이 전교생에게 지급되었다. 학생회비와 교재비 등을 납부했으나 크게 부담이 되지 않는 정도였으며 쌀과 반찬은 주말마다 집에서 가져다 먹었다. 자취집이 철로와 도로 사이에 있어 기차가 지날 때 시끄럽기는 했지만, 안동대교 바로 동쪽 법흥동에 문화재로 지정된 아흔 아홉 칸짜리 한옥과 강가가 시원하게 내려다보여 경치가 아주 좋았다. 그때 당시 3학년 위인 홍성창 선배가 졸업을 몇 달 앞두고 군에 입대했다가 휴가를 나와 군복을 입은 채 학교를 다니며 잠시 이 집에서 우리와 함께 숙식을 했는데, 이때 인연으로 훗날 나의 누님과 결혼을 하게 되었다.

한 반에 정원이 50명이었는데 호적에 나이가 한 살 적게 오른 나는 우리 반에서 제일 끝 번호였다. 그래서 출석을 부를 때 나를 '막내'라고 부르는 선생님들이 많았다. 한번은 담임선생님이 중학교에서 1등으로 졸업한 학생들은 손을 들어보라고 한 적이 있었는데 손을 든 학

1961년도 안동사범학교 졸업앨범에서. 나동성 선생님(오른쪽 위)은 대학진학의 꿈을 심어주셨다. 필자(뒷줄 왼쪽 끝) 는 전교에서 유일하게 군화에 군복을 입고 다녔다.

생이 반 이상이었다. 경상북도 북부 지방의 수재들은 다 모인 것 같았다. 모범생들만 모인 데다 성적에 따라 졸업 후 교사발령을 받는 순위가 결정되었기 때문에 모두 열심히 공부했다. 초등학교 교사가 되는 일에 별로 관심이 없던 나는 공부보다 음악시간을 더 좋아했다. 시골 중학교에는 한 대밖에 없던 풍금을 각자 한 대씩 갖고 연습할 수 있었기 때문이다. 운동회 때마다 꼴찌를 도맡아 하던 내가 5천 미터 달리기에서 1등을 하면서 체육시간에도 재미를 붙였다. 또 수도여사대를 갓

1. 농민의 아들

졸업한 무용선생님을 좋아해 곤봉체조와 무용연습도 열심히 하며 그럭저럭 한 학기를 보냈다.

그런데 1학기 말 성적이 반에서 3등이어서 스스로 무척 놀랐다. 노력하면 1등을 할 수 있다는 자신감이 생겨 2학기에는 내 평생에 처음이자 마지막으로 학교공부를 정말 열심히 했다. 사범학교에서 3년간 우등상을 받고 1등으로 졸업하면 졸업식에서 금시계를 받고 대구 시내로 발령을 받아 야간대학에 진학할 수 있었다. 희망을 품고 열심히 공부해서 2학기에는 전교에서 1등을 했으나 1, 2학기를 모두 합산한 학년 말 성적이 6등이라 우등상은 받지 못했다.

야간대학 진학의 꿈을 잃어버린 나는 2학년이 되면서 완전히 다른 사람이 되었다. 교과서는 한 권도 사지 않고 아침에 신문배달을 하고 남은 신문 한 장만 달랑 들고 학교에 왔으며 늘 지각을 했다. 교복 대신 군복을 염색해 입고 운동화는 뒤축을 접어 신고 질질 끌며 다녔다. 수업시간에는 신문을 뒤적거리다 수업이 끝나면 신문배달하는 다른 학교 학생들과 어울려 다녔다. 그때 나는 정부기관지 격인 《서울신문》을 배달했는데 국회의원의 동생인 지국장이 주는 명단대로 신문을 넣기만 하면 되었다. 반강제적으로 《서울신문》을 받아 보는 독자들이 다른 신문의 구독을 중단하는 사태가 자주 발생하자, 우리는 다른 신문 배달원들의 미움을 사 종종 패싸움을 벌이기도 했다.

이렇게 비뚤어진 학교생활을 한 지 석 달 정도 지난 어느 날이었다. 그날도 1교시 수업이 시작된 뒤에 뒷문을 요란스럽게 열고 들어가 맨 뒤에 앉아 신문을 보고 있는데, 갑자기 교실 안이 조용해졌다. 고개를 들어보니 앞에서 수업을 하시던 선생님이 어느새 옆에 와 서 계셨다.

졸업을 앞두고 함께 교생실습을 했던 동급생들. 왼쪽 옆이 동요작가가 된 권용철, 오른쪽은 김상홍, 앞에 앉은 친구는 권재기다.

지학담당 권오범 선생님은 학생들에게 항상 존댓말을 쓰고 야단 한 번 치지 않으시던 분이었다. 그런 선생님이 나를 일으켜 세워놓고 수업을 다시 시작하시려다 화를 다스리지 못하셨는지, 두 손으로 교과서를 두 동강이 나도록 찢어 바닥에 내동댕이치고는 호통을 치기 시작하셨다. 나의 지난 학기 성적이 특출해 크게 기대했는데 2학년에 올라와 하는 행동을 보니 사람이 되지 않았다는 게 요지였다. 나는 교실 밖으로 뛰쳐나가려 했으나 옆에 앉은 급우들이 양쪽에서 바지를 꽉 잡고 놓아주지 않는 바람에 꼼짝없이 서 있었다. 평소 온화하시던 선생님이 공부를 잘하는 것보다 인간부터 되어야 한다고 호되게 야단치는 말씀을 한 시간 내내 듣는 동안 내 등줄기에서는 식은땀이 줄줄 흘러내렸다.

그다음 시간부터 수업에 들어오시는 선생님마다 출석을 부르고 나서는 나를 일으켜 세워놓고 일장 훈계를 하셨다. 선생님들 모두가 나에게 야단을 치려고 벼르고 계셨다면서 한마디씩 하셨다. 사범학교 학생은 졸업 후 초등학교 교사가 되기 때문에 그 전까지 선생님들은 학생들을 인격적으로 대하고 야단치지 않았다. 더욱이 당시 안동사범학교는 미국의 피바디교육대학의 지원을 받아 미국식 교육방법을 시험하고 있어 학생들의 자율성을 특히 강조하고 있었다. 그런데 전교생이 모두 모범생인 사범학교에서 나 혼자 튀는 행동을 했으니 모든 선생님들이 야단을 치지는 못하고 주시하고 있었던 것이다.

며칠 후 교무주임인 나동성 선생님이 상담실로 부르셨다. 나 선생님은 내게 대학에 가는 것이 어떻겠냐며 적극적으로 권유하셨다. 당신이 단신으로 월남해 동대문시장에서 군복 장사를 하며 고려대학교를 다닌 경험담을 들려주시며, 뜻만 있으면 고학으로 대학을 마칠 수 있다고 격려해주셨다. 학교공부를 열심히 하다가는 인문계 학교 학생들을 따라가기 힘드니 대학입시과목을 중점적으로 공부해서 꼭 대학에 진학하라고 당부하시며, 대학에 합격하면 어떻게든 도와주겠다고 약속까지 하셨다. 감히 서울 유학은 엄두도 내지 못했던 내게 선생님은 새로운 세상을 열어주셨다.

그날 이후 고려대학은 내 인생의 새로운 지향점이 되었고 나는 완전히 다른 사람이 되었다. 그때부터 학교에 지각이나 결석하는 일 없이 맨 뒷자리에 조용히 앉아 입시준비에 전념했고, 선생님들은 수업시간 중에 내가 다른 과목을 공부해도 묵인해주셨다.

때마침 내가 신문배달을 하던 구역의 한국벨트회사 도한복 사장댁

사모님이 가정 교사를 제의해 그 댁에 입주하면서 신문배달도 그만두었다. 당시에는 미처 생각하지 못했으나 지금 와서 생각해보면 어느 선생님이 배려해주신 것이 아닌가 싶다. 나는 초등학교 6학년이던 화동이를 주로 가르쳤는데 5학년이던 화순이가 나를 잘 따라 같이 놀러 다니기도 했다. 사모님을 비롯해 시내에서 대리점을 하던 사장님 동생 내외분들까지 모두 나를 한가족처럼 대해주었다.

3학년이 되면서 입시준비에 전념하기 위해 동기생 신대석, 고향 후배인 박화서와 함께 자취를 시작했다. 일 년이 채 되지 않는 짧은 기간이었지만 나에게 많은 정을 베풀어주신 도한복 사장댁 분들에 대한 고마움에 몇 년 전 일부러 안동으로 찾아갔으나 회사를 다른 곳으로 옮기시는 바람에 아직까지 찾아뵙지 못했다.

초등학교 교사 양성기관인 사범학교는 영어, 수학, 국어는 일주일에 3시간만 수업하고 체육, 미술, 음악은 5~7시간씩 수업했다. 학교공부와 입시준비를 병행하는 것이 어려워 입시과목 위주로 혼자 독학을 했다. 당시 《향학》이라는 대학진학 관련 월간지에 영어와 수학문제를 풀어서 보냈는데 잡지에 이름도 실리고 잡지도 무료로 받곤 했다.

내가 대학입시를 준비하자 부모님은 걱정이 많으셨다. 어머니는 어떻게든지 뒤를 봐주겠다고 하시고 더 이상 다른 말씀을 하시지 않았지만, 아버지는 사범학교를 졸업하고 초등학교 교사로 일하기를 은근히 원하셨다. 당시 50대이시던 아버지는 "우리 집안에서 환갑을 지낸 남자가 없었다"고 말씀하시며 생전에 손자를 안아보고 싶다고 결혼을 서두르셨다. 사범학교는 졸업 후 교사발령이 보장되기 때문에 실제로 여러 곳에서 중매가 들어왔지만 나는 못 들은 척하고 그저 공부만 했다.

그때 아랫마을 성씨 집안 출신으로 일본 메이지대학을 나와 서울에서 경기대학 교수를 하시던 아버지의 소학교 친구인 성기춘 교수님이 방학 때면 우리 집에 들러 나를 대학에 보내야 한다고 아버지를 설득해주셨다. 그리고 작은삼촌은 일부러 안동까지 찾아와 적으나마 돈을 건네며 "우리 집안에서도 대학생이 나와야 한다"고 격려해주셨다. 그분들의 고마움을 잊을 수 없다.

고등학교 3학년 2학기에 나는 서울대 법대를 목표로 한 달 동안 물리와 생물 두 과목을 벼락치기로 공부하는 바쁜 나날을 보냈다. 그러나 입학원서를 받아들고 보니 학교에서 가르치지 않는 제2외국어가 필수과목이었다. 재수를 결심하고 성 교수의 권고에 따라 연습 삼아 사범대학 일반사회과 입학시험을 쳤는데 과수석으로 합격했다. 이 일이 신문에 나자 부모님은 어렵게 등록금을 마련해주셨다. 나는 동대문 밖 용두동에 있는 청량대에서 대학생활을 시작했다.

사범학교에서 대학에 진학한 학생들은 많지 않았고, 더욱이 나처럼 내놓고 입시준비를 한 학생은 별로 없었다. 나에게 대학진학이라는 새로운 세상을 열어주신 나동성 선생님은 내가 군 복무를 마치고 도미하기 전 보성고등학교에 근무하도록 소개해주시는 등 많은 도움을 주셨다. 2007년 세리토스 시의원에 당선된 후 제1회 해외한인정치인포럼에 참가하기 위해 귀국했을 때, 은퇴 후 경기도 하남시에서 양계장을 하시던 선생님을 찾아뵙고 인사를 올린 적이 있다. 그때 선생님은 로스앤젤레스에 살고 있는 사촌동생을 통해 내 소식을 전해 들으며 항상 나를 멀리서 지켜보고 계셨다고 하셨다.

2. 청춘, 멈춰버린 시한폭탄

5·16군사쿠데타로 좌절된 4·19혁명

어느 나라, 어느 시대나 마찬가지이지만 한국 현대사에서 청년학생
운동은 역사의 고비마다 크게 소용돌이치며 국가발전의 원동력이 되
어왔다. 해방 후 건국과 신탁통치 찬반을 둘러싸고 전개되었던 좌우익
의 대립과 6·25전쟁에서 피 흘린 선배들의 뒤를 이어 4·19혁명, 6·3한
일회담 반대시위, 유신체제 반대시위, 5·18민주화운동, 6월민주항쟁
등 한국의 청년학생들은 역사의 선봉에서 젊음을 불살랐다. 나는 6·3
세대에 속하지만 이런 투쟁의 대열에서 한발 비켜서서 청년기를 보냈
다.

1960년 4·19혁명 당시 나는 경북 안동에서 학교를 다니는 고등학교
3학년 학생이었다. 대구 시내 고등학생들이 주동했던 2·28대구학생의
거를 시발로 3·15부정선거를 규탄하는 학생운동이 전국으로 번져갈 때
안동은 조용했다. 고대생들의 4·18시위에 이어 전국의 학생이 총궐기
했던 4·19혁명 당시에도 조용하기만 했던 안동에서 시위가 시작된 것

은, 이승만 대통령이 하야하고 자유당 정권이 무너진 뒤 며칠이 지나서 였다.

안동고, 안동농고, 경안고, 안동여고 등 시내 각 고등학교 학생들과 함께 우리 학교 학생들도 플래카드를 들고 경찰서, 자유당 지구당사를 돌아 그동안 기세가 등등했던 자유당 김익희 국회의원의 집에 불을 지르고 학교로 돌아왔다. 그런데 정작 학교가 소란스러웠던 것은 오효근 교장선생님이 아침조회 시간에 김주열 군의 죽음을 개죽음이라고 비하하는 바람에 교장축출운동이 벌어지면서였다. 한 달 이상 계속된 학생들의 교장반대운동은 결국 오효근 교장선생님과 청주사범 안택수 교장선생님이 서로 자리를 맞바꾸면서 가라앉았다.

1961년 산골 촌놈인 내가 용두동 청량대에 첫발을 내디뎠을 때 한국의 대학가는 4·19혁명 1주년을 맞아 민족통일의 열기가 넘쳐흐르고 있었다. 외세에서 벗어나 우리 민족이 주체적으로 통일을 이룩하자는 대의 아래 "가자 북으로, 오라 남으로"라는 구호를 외치며 청년학생들은 판문점을 향해 달려갔다.

당시 사범대학의 학생운동은 일반사회과가 주도하고 있었다. 과 수석으로 학교에 들어온 나는 선배들의 집중적인 포섭 대상이었고, 나도 모르는 사이에 몇 개의 조직에 가입되었다. 선배들의 권유에 응답했을 뿐 집회에는 별로 나가지도 않았는데 5월 16일에 박정희 군사쿠데타가 일어나고 검거선풍이 일자 피하라는 연락이 왔다. '민족주체성 확립'이란 용어가 조직 강령에 포함된 서울 시내 여러 대학이 연대한 조직에 내가 1학년 책임자로 올라 있다는 것이었다. "너는 괜찮다"는 연락을 받은 것은 그로부터 일주일이 지난 후였다.

5·16군사쿠데타 이후 대학가는 그야말로 적막강산처럼 분위기가 바뀌었다. 나를 입회시키려고 하루가 멀다 하고 불러내어 열변을 토하던 선배들이 하나둘 교정에 다시 나타났으나 더 이상 누구도 민족과 통일에 대해 말하지 않았다.

학교에서 학생운동이 새롭게 틀을 갖추기 시작한 것은 향토개발회가 발족하면서였다. 발족 당시 나는 1학년생의 주축이었다. 그러나 남녀 대학생이 함께 농촌을 찾아가 농사일을 돕는 농촌계몽운동은 도시 출신 대학생에게는 학창시절의 낭만적인 추억일 수 있었으나 농촌 출신인 나에게는 그렇지 않았다. 드러내놓고 내색하지는 않았지만 농촌 실정과는 동떨어진 도시 출신 학생들의 언행이 거슬렸고, 마치 내가 계몽의 대상이 되는 것 같아 자존심이 상했다. 마침 학교에서 실시한 종합검진에서 결핵 진단을 받아 나는 농촌봉사활동에 참가하지 않고 고향에 돌아가 일손이 부족한 부모님을 도와드리며 요양 생활을 했다.

나는 대학 1학년 때 농촌계몽운동보다는 일요일마다 묵정동 세계대학봉사회 강당에서 열린 함석헌 선생님의 성경강좌에 더 열심히 참여했다. 사범대 역사과에 입학한 진영일 군과 친해져 함께 함석헌 선생님의 강좌에 나가기 시작했는데, 선생님은 매주 10명이 채 되지 않는 학생들을 상대로 성경을 해석해주시고 때로는 시국에 관한 말씀도 하셨다. 하루는 선생님을 모시고 용문산의 천년 묵은 은행나무를 보러 갔는데 그때의 일은 평생을 두고 잊지 못할 추억이 되었다. 당시 선생님은 회갑의 나이에도 불구하고 누구보다 체력이 좋아 가볍게 산을 오르셨다. 결국 다른 일행들은 모두 뒤에 처지고 나이가 어린 나와 진군만이 선생님과 나란히 걸으며 많은 이야기를 들을 수 있었다.

함석헌 선생님이 미 국무성 초청으로 미국으로 건너가 세계일주 여행을 떠나실 때까지 이 모임은 거의 일 년 동안 이어졌다. 그런데 나는 이 모임에서도 조금 이질적인 존재였다. 당시 불교신자였던 내가 성경을 받아들이기 어려웠던 점도 한 이유였다. "생각하는 백성이라야 산다"는 선생님의 논설에 심취했고 정부를 호되게 비판하는 선생님의 투쟁성을 존경했다. 그러나 예수가 이스라엘의 왕이 될 것이라 굳게 믿고 따르다 실망했던 제자들처럼 "나는 정치인이 아니다. 비판만하지 말고 직접 정치를 해보라고 하면 나는 못한다"라고 약한 소리를 하시는 선생님을 다른 학생들처럼 따르지 못했다. 그래서 함 선생님을

1961년 가을, 함석헌 선생님을 모시고 용문산에 올랐다(가운데 두루마기 차림이 함 선생님). 뒷줄 왼쪽에서 네 번째가 필자고 그 옆이 대학 동기 진영일이다.

따르던 학생들이 선생님의 원효로 자택을 찾아갈 때 빠지기도 했다. 그러나 가톨릭에서 영세를 받은 지금까지 여전히 나는 선생님의 가르침에 따라 성경을 해석하는 경향이 있다. 선생님의 저서를 열심히 탐독했음은 물론이다. 사상적으로 내게 가장 많은 영향을 주신 분은 함석헌 선생님이라 할 수 있다.

미국 방문 후 선생님께서 "미국 사람들은 아마 정부를 비판하는 소리를 듣기 위해 나를 부른 모양이야. 그런데 내가 욕을 안 하니 모두 이상하게 생각하더란 말이야. 집 안에서야 머리가 터져라 싸우지만 나가서 왜 내 집 흉을 봐"라고 하시던 말씀이 지금도 귀에 생생하다. 그러나 정작 나는 미국에 와서 한국 정부를 비판하고 있는 것을 보면 선생님의 제자 중에서 삐딱하기는 그때나 지금이나 마찬가지인 것 같다. 그래도 함 선생님께서 1980년대 초·중반 강연을 위해 세 차례 로스앤젤레스에 들르셨을 때 인터뷰를 하기 위해 찾아간 나를 꾸중하지 않으셨던 것으로 보아 내가 선생님의 가르침을 크게 그르친 것은 아닌가 보다.

멈춰버린 시한폭탄

사범대학 일반사회과는 한 학년에 15명씩, 1학년생부터 4학년생까지 합쳐도 60명에 불과해 야유회도 같이 갔고 일 년에 한 번씩 여행도 함께 다녀 선후배 사이가 절친하고 돈독했다.

동기생 15명은 나이가 제일 많았던 경남고 출신 허덕수 형과 경기고 출신 김창선, 최무길, 대전고 출신 원대섭, 이창훈, 인천고 출신 유홍

철, 최용학, 광주일고 출신 조우길, 서울고 출신 신창수, 성남고 출신 송하진, 전주고 출신 안창섭, 철도고 출신 고경순, 그리고 홍일점으로 수도여고 출신 고길자가 있었다. 부산 출신 김유우는 한 학기 마치고 마도로스가 되겠다며 해양대학으로 갔다. 홍일점이었던 고길자는 나보다 나이가 위였는데 내가 장난삼아 누나라고 불러도 화내지 않고 곧잘 받아주곤 했다. 서울이나 대도시 출신 학생들의 영어 실력은 시골에서 독학한 나보다 우수했으며, 특히 고전음악, 문학 등 교양 실력은 거의 문외한인 나와 비교가 되지 않을 정도였다.

지금은 한국의 대학교육 수준이 크게 향상된 것으로 알고 있으나 1960년대 대학의 강의 수준은 참으로 한심하기 짝이 없었다. 우리 학과 몇몇 교수님의 사례를 들어 서울대학 전체 수준을 평가하는 것이 적절하지는 않겠지만, 어떤 교수님은 몇 년을 우려먹은 노트를 일방적으로 몇 줄 읽어주고는 아무 상관도 없는 이야기를 하다 강의를 마치는가 하면 교재의 3분의 1을 넘기지 못하고 한 학기가 끝나는 경우도 많았다. 그나마 나는 강의를 잘 듣지 않고 학기말 시험을 적당히 치르거나 리포트를 제출하고 학점을 받았기 때문에 대학에서 공부한 것보다는 오히려 자취하며 가정 교사하러 다니던 일이 더 생생하다. 열심히 공부하지 않으면 학점을 제대로 받을 수 없는 미국의 대학과는 너무 대조적이었다.

서울에 처음 올라왔을 땐 전농동에 있는 외가 친척 전창길네 집에서 묵으며 입학시험을 쳤다. 그리고 대학에 입학한 후에는 낮에는 버스회사에서 일하며 동대문상고 야간부에 다니던 중학교 동창 김선재와 함께 버스회사 사무실에서 의자를 모아놓고 자면서 몇 달을 지냈다. 그

후 답십리에서 자취 생활을 시작했다.

전화가 귀하던 시절이라 선재가 다니던 회사 전화번호로 신문에 광고를 내 가정 교사 자리를 구했다. 박덕배 교수님의 소개로 장위동에 있던 한 염색회사 사장댁에 입주해 가정 교사를 한 적도 있으나 부잣집에 입주해 사는 것이 편안하지 않아서 주로 시간제 가정 교사로 한 학기씩 일하고 방학이면 고향으로 내려가 지냈다.

김선재와 마찬가지로 동대문상고를 다니던 고향 후배 백병주와 창신동 산꼭대기 판자촌에서 자취를 한 적도 있었다. 방에 누우면 지붕의 판자 사이로 하늘의 별이 보일 정도라 여름에는 늘 비가 샜고, 겨울에는 산 밑에 있는 수도에서 지게로 물을 길어다 밥을 지었다. 산동네에 물을 져다 주는 일을 아르바이트로 하기도 했다.

5·16군사쿠데타 이후 쌀 소동이 났을 때는 배급으로 받은 밀가루로 수제비를 끓여 먹었는데, 끓이는 방법을 몰라 수제비가 다 풀어져 한동안 밀가루 풀을 먹고 살았다. 3학년 때는 다른 과에서 전과해온 내성적인 성격의 박민홍과 종묘 부근의 식당 한쪽 방에서 하숙을 했는데, 밤마다 취객과 작부가 주고받는 농지거리를 듣다못해 한 달 만에 옮기기도 했다.

시골 출신으로 집안 사정이 나와 비슷했던 안창섭이란 친구가 있었는데, 우리는 동대문시장에 가서 검정색으로 물을 들인 군복을 사서 입고 다녔다. (창섭이는 가정형편상 2학년을 마치고 육군 간부후보생에 지원했다. 3사관학교를 거쳐 중령으로 예편해 서울에 살고 있다는데 아직 만나보지 못했다.)

사정이 이렇다 보니 나는 연애는커녕 같은 과였던 고길자 말고 다른

2. 청춘, 멈춰버린 시한폭탄

대학 1학년 시절에는 주말마다 동기들과 서울 근교 산에 올랐다. 그리고 4년 내내 변함없이 군복, 군화에 큼직한 채권장수 가방을 들고 다녔다.

여학생들과는 거의 이야기도 해보지 못하고 대학생활을 보냈다. 당시 서울대 향토개척단 단장으로 나의 우상이었던 가톨릭 신자 갑표 형을 통해 알게 된 독어과 이영자가 고길자 외의 거의 유일한 여자 친구였는데, 우리는 한동안 도서관에서 만나 이야기를 나누었던 것이 거의 유일하다. 가톨릭 계통인 인천 박문여고 출신의 영자는 천사 같은 친구였다. 내가 휴학한 후 그녀는 오스트리아로 유학을 떠났는데, 지금 생각해보면 유학 후 수녀가 되고자 독어를 전공한 것 같다. 지금쯤 아마 고운 수녀님이 되어 있지 않을까 싶다.

대학 4년 내내 나처럼 양복 한 벌 없이 군복과 군화를 신고, 채권장수가 많이 들고 다녔던 큼직한 가죽가방을 들고 다닌 사람이 또 있을지 모르겠다. 졸업식에도 평소 입던 군복바지에다 남의 와이셔츠를 빌려 입고 갔다. 넥타이를 맬 줄 몰라 친구가 매어주는 것을 보고 박덕배 교수님은 군화 신고 졸업하는 학생은 처음 본다고 혀를 차셨다. 훗날 동기생과 우연히 이야기를 나눌 기회가 있었는데 그때 동기생들이 국문과 이홍섭, 영문과 최병태 그리고 나, 이렇게 세 사람을 3대 괴물로 꼽았다고 했다.

돌아보면 나의 대학생활은 5·16을 기점으로 마치 발화점을 놓치고 멈춰버린 시한폭탄 같았다. 4·19혁명에서 군사정변으로 급변하는 정세와 시골과 서울 생활의 격차, 가정 교사를 했던 부잣집과 창신동 판자촌, 그 공간을 오가며 괴리된 현실 속에서 고뇌하고 때로는 분노하며 서울 거리를 방황했다. 가정 교사 알기를 자기 집 하인 정도로 아는 말썽꾸러기와 승강이를 벌이기도 했고, 전차비가 떨어져 서대문에서 동대문 밖 창신동까지 걸어서 판자촌 산비탈을 올라가며 사회의 부조리에 대해 많은 생각을 했다. 언제 폭발할지 아슬아슬했던 내 벅찬 젊음을 제어할 수 있었던 것은 오만한 자존심과 사법시험이란 도피처가 있었기 때문이다.

낙방을 거듭한 사법시험

서울 생활 2년 동안 심신에 피로감이 쌓였고 약을 2년간 복용했지만 결핵 치료에 별 진전이 없어, 3학년이 되던 해 요양에 전념하기 위해 휴학을 하고 고향으로 내려갔다. 이때 단양읍에서 멀지 않은 단봉사에 기거하며 사법시험 공부를 시작해 자연스럽게 절에 다니게 되었다. 그러나 특별히 불경을 외거나 예불을 드리지는 않고 그저 초파일과 칠석에 절에 들러 스님들과 대화를 하는 정도였다. 한동안은 두악산 중턱 참산내기라는 외진 곳에 있던 초막을 수리해서 기거하기도 했다.

절에 있을 때 스님이 운세를 보는 그림책에서 집 뒤에 큰 노적가리를 쌓아놓은 그림을 내게 보여주며 초년에는 고생을 하나 50세가 넘으면 부자로 산다고 일러주었다. 나는 미신을 믿지 않고 한 번도 손금을 보거나 점을 치러 다닌 적이 없지만, 힘들고 어려운 고비를 만났을 때는 그 스님의 말씀이 생각나 큰 위로가 되었다. 특히 1980년대 중반 신문사를 운영하느라 무척 힘들었던 시절 아내와 나는 스님의 말씀을 떠올리며 서로 격려하곤 했다.

일 년간 휴학하고 청량대로 돌아와 보니 늘 함께 다니던 창섭이는 군대에 가고 독어과 이영자는 오스트리아로 유학을 떠나고 없었다. 거기다 후배들과 수업을 같이 듣게 되어 3학년 때부터는 강의시간에 많이 빠지게 되었고 학교 도서관보다는 독서실을 주로 찾았다.

사법시험 준비를 하는 동안은 청량리시장 부근에 있는 고시준비생들의 합숙소에서 살았다. 밥은 시장 국밥집에서 단체로 대놓고 먹었다. 주변에는 10년 넘게 고시공부를 계속하는 선배들이 많았는데 나는 그것이 썩 좋게 보이지 않았다. 그래서 '나는 대학 졸업할 때까지만 해야지' 하고 생각했는데 졸업 후 1년을 더 했다. 4학년 때는 신설동에 있던 대광고 학생들이 주로 이용하던 독서실의 관리를 맡아 독서실 사무실에서 생활하며 공부했다.

군사정권은 고등고시를 사법시험으로 바꾸고 일 년에 두 차례 시험을 실시했다. 사범대학 일반사회과에도 법학개론, 헌법, 민법 강좌가 있었으나 아주 초보적이었다. 독학으로 헌법, 민법, 형법을 공부하고 시험을 치기 시작했다. 1차에는 매번 합격했으나 2차에서 번번이 낙방했다. 보통 한 회에 약 20명 정도를 뽑은 것으로 기억하는데 3회인가 4회에는 합격자가 4명이었다. 불행하게도 그때 내 성적이 가장 좋았다. 10명 정도만 뽑았다면 최종 합격자에 속할 만큼 좋은 성적이었다. 그다음 시험은 걸렀는데 그 회에 무려 60여 명이나 무더기로 합격자가 나왔다. 그 후 두어 번 시험을 더 본 후 사법시험은 나와 인연이 아니라는 생각에 그만두었다. 그러자 그다음부터 사법시험 합격자가 대폭 늘어나기 시작했다.

사법시험에 큰 미련을 두지 않고 미국 유학으로 방향을 바꿀 수 있었던 까닭은 법조인이 되기를 간절히 바랐던 것이 아니었기 때문이다. 그 당시만 해도 한국 사회에서 가난하고 머리 좋은 사람이 신분상승을 가장 빨리 할 수 있는 방법은 사법고시를 보는 것이었다. 나도 그래서 시험을 봤던 것이다. 평생을 판검사나 변호사로 살 거라고 생각해본 적은 없다. 나는 법학, 철학, 윤리학보다 사회의 역동성을 파고드는 사회학, 정치학, 경제학에 더 흥미를 느꼈고, 그중에서도 경제가 사람이 잘사는 세상을 만드는 기본이란 생각에 경제학에 관심이 많았다. 그런데 쉽게 합격할 것이라 생각했던 사법시험에서 낙방을 거듭하자 자존심이 상해 미국으로 유학을 떠나 경제학을 전공하기로 했던 것이다. 그전까지만 해도 대학원 진학이나 미국 유학은 나에게 너무 사치스러운 일이라 엄두도 내지 못했다.

이런 사실을 전혀 알지 못하는 우리 세 아이들은 마치 아버지의 못 이룬 꿈을 대신하겠다는 듯이 모두 법대를 거쳐 변호사, 검사가 되었

2. 청춘, 멈춰버린 시한폭탄

경기도 화성군 오산고교에 재직
할 때. 학생회장이던 정태봉 군과
함께. 이때 교사들은 학생들과 등
산을 갈 때도 양복에 넥타이를
매고 구두를 신었다.

다. 그중 스물두 살에 예일 법대를 졸업하고 변호사가 된 딸아이가 적
성에 맞지 않는다고 다른 길을 가겠다고 선언했을 때 아내는 못마땅해
했지만 나는 그 심정을 충분히 이해할 수 있었다.

　내가 사법시험 공부를 그만두고 "군 복무를 마친 후 미국 유학을
가겠습니다"라고 하자 부모님께서는 무척 실망하셨다. 1967년 봄 학기
에 학교에서 추천해준 경기도 화성군 오산읍에 있는 오산고교에서 교
사로 일하기 시작하자 은근히 사법시험 준비를 다시 시작할 것으로
기대하시는 것 같았다. 더구나 내가 그만둔 다음부터 합격자가 매회
약 200명씩 나오자 다시 공부를 시작하라고 권하는 분들이 많았다. 나
는 미련을 떨쳐버리기 위해 8개월 만에 학교를 사직하고, 그해 11월
대전 공군기술교육단에 간부후보생으로 입대했다.

제1부_ 농민의 아들, 세계 속의 한국인 1호가 되다

사범학교 3년, 사범대학 5년 동안 교사양성기관을 다니면서도 교사가 되겠다는 생각을 해본 적이 없지만 군 입대를 전후해 총 3년간 교사 생활을 했다. 그때를 생각하면 교사로서 긍지와 사명감, 열정을 갖고 아이들을 가르친 것이 아니라 임시방편으로 일을 한 것 같아 학생들에게 큰 죄를 지은 기분이다. 특히 오산고등학교에서는 3월 신학기에 부임해 일 년을 채우지 못하고 학기 중에 떠나 학생들에게 더욱 미안한 마음이 들었다.

수업을 할 땐 나름대로 열심히 가르쳤지만 퇴근하면 곧바로 기차를 타고 서울로 올라가 종로에 있던 시사영어학원에서 공부를 하고 11시가 다 되어 하숙집으로 돌아왔다. 그러다 보니 방과 후에 학교에 남아 학생들을 지도하는 다른 교사들과 어울리지 못했다. 운동과는 담을 쌓은 처지이면서도 명목상으로 육상반 지도교사를 맡아 마라톤을 잘하는 선수들을 데리고 경기도 내 역전마라톤 대회에 출전해 우승컵을 받은 것 외에는 별다른 활동도 하지 못했다.

원칙에 충실한 초급장교

대한민국 남성들은 군대와 관련한 이야깃거리가 많은데, 나는 부대에서 참모총장 서한장교라는 특수보직을 맡았던 관계로 흥미로운 사건이 별로 없다. 훈련 기간 4개월이 그나마 군대 생활 같았다고 할 수 있는데, 그 역시 1968년 1월 김신조의 청와대습격사건으로 외출과 외박이 제한되었던 것 외에는 별로 어려움이 없었다. 장교 후보생들은 인격적으로 대해주는 편이었고 추운 겨울이라 훈련의 강도가 높지 않앉기 때문이다.

그러다 한번은 엉덩이에 매질을 당한 적이 있다. 일주일간 기초훈련을 받고 첫 점호를 받을 때였다. 대학교 1년 후배인 양정일이 나보다 앞서 입대를 해 소위로 있었는데 양 소위가 점호를 마치고 나를 따로 불렀다. 사람들 앞에서 모르는 사람인 척할 수밖에 없는 상황이 미안했던 것이다. 양 소위가 나를 대학 선배로 대우하자 나는 잠시 후보생이란 신분을 잊고 "나를 특별히 의식하지 말라"며 양 소위의 어깨를 두드려주었다. 그런데 이 장면을 구대장이 목격한 것이다. 구대장은 양 소위가 돌아간 다음 나를 내무반 침상에 엎드려뻗쳐를 시켜놓고 사정없이 몽둥이를 내리쳤다. 아마도 나는 동기생 가운데 훈련 기간 중 가장 매를 많이 맞은 축에 속할 것이다.

4개월간 훈련을 마치고 3월에 공군소위로 임관한 나는 대전 기술교육단 내 병무관리부에 배속되어 부대 앞에서 서울 법대 출신인 이래춘 소위와 함께 하숙했다. 병무관리부는 신병모집과 예비군교육 등을 담당하는 부서였다. 나는 공군본부 인사국, 안전감실 등 여러 부서에서 관리하던 공군 예비역의 병적 관련자료를 넘겨받아 일원화하는 작업을 담당하고 그 일환으로 증빙서류를 발급했다.

비행기록증명을 받기 위해 전역한 조종사들이 자주 찾아왔는데 무사고 비행시간을 늘려달라는 부탁을 많이 했다. 내가 이를 거절하자 안전감실에서 관리할 때는 조종사들의 취업을 도와주는 차원에서 협조했는데 병무관리부에서는 왜 해주지 않느냐고 불만이 많았다. 예편한 조종사들이 현역에 있는 자기 동기생들에게 부탁해 여기저기서 압력이 들어왔고, 급기야 공군본부 안전감실의 전임 담당 장교에게서 전화가 왔다. 나는 가짜 증명서를 발급할 수 없으니 비행기록을 공군본부로 다시 가지고 가서 마음대로 하라고 했다. 이런 전화가 오면 사무실의 모든 부원이 일손을 놓고 나를 지켜봤다. 상급자를 대라는데 내 뒷자리의 실장은 손사래를 쳤고, 나는 담당자인 내게 말하라고 바꾸어 주지 않았다. 대령 계급의 안전차감이 전화로 부장을 바꾸라고 호통을 쳐도 내가 꿈쩍도 안 하자 그 이후에는 아무도 그런 부탁을 하지 못했다.

또한 매달 제대 장병을 상대로 예비군교육을 실시하고 모병시험을 위해 한 차례씩 전국 각 지역 병무청으로 출장을 다녔다. 예하부대에서 선임병 생활을 하다 모인 제대 말년 장병들을 통솔해 예비군교육을

대전 공군기술교육단 병무관리실에서 근무하던 초급장교 소위 시절(왼쪽에서 세 번째가 필자).

하는 것은 여간 어려운 일이 아니었다. 그러나 나는 전역신고를 하는 순간까지는 현역이라는 점을 강조하며 3일간의 예비군교육을 신병교육 못지않게 원리원칙에 따라 철저하게 시켰다.

그 당시 공군 입대를 위한 시험은 엄격하고 경쟁이 심했는데 정원의 20%가량은 인사청탁으로 뽑혔다. 매월 참모총장부터 장군, 대령 들이 인사청탁 메모를 보내왔기 때문에 인사청탁을 잘 처리해야 유능한 인사장교라고 할 정도로 이는 공군 인사행정의 일부분으로 공식화되어 있었다. 아마 그 부서에서 오래 근무를 했으면 나도 인사청탁을 하게 되었을지 모른다. 다행히도 오래 있을 곳이 못 된다고 생각해 빨리 떠나야겠다고 마음먹고 있던 차에 공군본부 지휘관리실로 발령을 받아 서울로 올라왔다.

길지 않은 대전에서의 초급장교 시절 나는 두 사람과 인상 깊은 인연을 맺었다. 임관 후 첫 봉급을 받아 주택은행 대전 지점에 적은 액수지만 적금을 들었는데, 매달 은행에 들를 때마다 정병소 대리가 나를 안으로 불러 차도 대접하고 친절히 맞아주어 서로 친하게 지냈다. 정 대리가 서울 본점으로 먼저 올라가고 뒤이어 내가 공군본부로 전속되어 우리는 서울에서 다시 만났다. 마침 대전 지점에서 정 대리와 함께 근무했던 황 대리가 청량리 지점에 근무해, 나는 정 대리의 권유로 주택은행에서 융자를 받아 제대하기 전 해인 1971년 서울 묵동에 새 집을 지었다. 이 집이 우리 부부의 신혼 보금자리가 되었고 미국 생활의 기반으로 이어졌다.

그리고 또 한 사람 이운용 중령과의 만남으로 나는 민족분단의 아픔을 간접 체험했다. 대전 기교단에서 권총을 차고 당직부관 근무를 할 때였다. 밤늦도록 당직 총사령이 나타나지 않아 이상하게 생각하고 있는데 자정이 되었을 무렵 이운용 중령이 술에 취한 채 당직 사령실에 나타났다. 이운용 중령은 막걸리 한 병에 돼지 삼겹살과 새우젓을 건네주며 수고한다는 인사를 남기고 돌아갔다. 초급장교인 나로서는 도저히 이해가 되지 않는 이 일은 일주일 내내 계속 되었다. 그 이후 부대 앞 술집에서 혼자 술을 마시는 이 중령과 가끔 마주치고 술잔을 받으면서 이 중령의 기구한 사연을 알게 되었다.

이 중령은 당시 공군참모총장의 일본 소년비행학교 선배로, 북한에서 대좌로 군단장까지 역임한 사람이었다. 그러나 모종의 사건으로 강등되자 미그기로 훈련비행을 하던 중 기수를 남쪽으로 돌려 귀순했다고 했다. 그는 한국 공군에서 영관장교로 조종사 기장을 달고 수당을 받고 있지만, 월북할 것을 염려해 지상근무로 보직이 제한되어 있었다. 남쪽에서 새로 결혼한 부인과 그 사이에 어린 아들이 있으나 북에 두고 온 가족에 대한 걱정과 그리움으로 매일 술로 세월을 보내고 있었고, 군은 이를 묵인하고 있었다.

하루는 이 중령의 옆자리에서 술을 마시는데 대여섯 살 되는 아이가 들어와 엄마가 오란다며 이 중령을 끌었다. 그러자 이 중령은 나를 돌아보며 "이게 내 자식이라네, 북에 자네 같은 아들도 있는데"라며 따라 나섰다. 그때 주점 밖 모퉁이에 서 있던 젊은 부인을 바라보면서 그녀 역시 민족 분단의 피해자란 생각을 했다.

2. 청춘, 멈춰버린 시한폭탄

사고뭉치 서한장교

1968년 말 김성룡 참모총장의 서한장교(Speech Writer)로 공군본부 지휘관리실로 전속 발령을 받았다. 공사1기 김익순 대령이 지휘관리실장, 역시 공사1기 이관빈 대령이 참모비서실장으로 나의 직속상관이었다. 지휘관리실에는 실장 이외에 서울대 정치학과 박사과정 출신으로 후에 국방부 차관을 역임한 정준호 형이 보좌관(1급 문관)으로 있었다. 참모총장, 비서실장, 지휘관리실장과 비서실은 모두 2층에 있었고 나 혼자 당번병 한 명을 데리고 1층에 있는 독방을 썼다. 내가 맡은 일은 업무적으로 다른 부서와 연관이 없어 누구의 간섭도 받지 않는 별정직이었다.

참모총장의 업무 관련 서한은 각 담당부서에서 썼고 나는 의례적인 서한과 연설 원고를 한 달에 한두 건 정도 작성했다. 총장 이·취임사나 사관학교 졸업식 치사 외의 제출된 원고는 대게 수정 없이 통과되었다. 지휘관리실장이던 김익순 대령의 건강이 좋지 못해 참모총장이 주재하는 참모회의나 예하 사령관들이 참가하는 지휘관회의에 소위였던 내가 전속부관과 함께 배석하는 일이 잦았다.

한번은 해군함정이 북한에 납북되는 사건으로 1년 연임이 취소된 김성룡 총장의 전역식에 필요한 이임사 초안이 통과되지 않고 여러 차례 되돌아온 일이 있었다. 그래서 지적사항이 뭐냐고 했더니 맥아더 장군의 "노병은 죽지 않고 단지 사라질 뿐이다"와 같이 역사에 남을 명문장을 원한다는 것이었다. 나는 실장에게 "역사에 남는 명문장이란 자신의 업적과 시대상황에 맞물려 후세 사람들이 기억하는 것이지 스스로 남기려 해서 되는 것이 아니다"라고 했다. 일주일 정도 수정안을 올리지 않고 보류했더니 행사 전날 원안대로 가게 되었다.

나는 특별히 문학적 소양이 있지도, 글 쓰는 훈련을 받은 것도 아니어서 글이 매끄럽지 못하고 딱딱해 스스로 불만스러웠다. 그렇지만 내가 연설문 작성 전문가라도 되는 양 장성들은 주례사를 자주 부탁하곤 했다. 육군 예하인 여군단에서도 군단장 취임사와 같이 중요한 연설문을 일 년에 몇 차례 받아갔다. 후에 대령까지 진급해 여군단장을 지낸 여군 김 대위는 원고청탁을 위해 찾아와 소위인 나에게 먼저 경례를 했다. 연설문을 써주고 그 사례로 우리는 명동에 있는 맥주홀에 자주 갔다. 전역을 앞두고는 공군과 인연이 있던 두 명의 장관 비서실에서 오라는 제안도 받았다.

연설문 작성이 늘 있는 일이 아니라서 아침에 출근하면 공군본부를 한 바퀴 도는 것이 나의 일상 업무였다. 지휘관 회의실 옆에 있는 장군 휴게실 상황판 점검을 시작으로 각 국감실의 실장급 방들을 돌며 전날 있었던 주요 업무를 파악해서 11시까지 국방부 장관실로 보고하면 국방부에서 12시까지 청와대로 일일보고를 올리게 되어 있었다. 업무상 주로 영관장교들을 접촉했는데 대부분 나를 조 소위라 부르기보다는 조 박사라고 불렀다. 당시 직접 대면하지는 못했으나 국방장관 비서실 김봉건 특별보좌관은 이때의 인연으로 미국에서 나에게 각별히 대해주었다. 우리는 로스앤젤레스 한인사회에서 보수와 진보를 대표할 정도로 민족문제에서 의견을 달리하면서도 서로를 신뢰하고 존중했다.

나는 공군본부 비서실 근무를 시작하며 미국 유학 준비를 해야겠다고 생각하면서도 김방광, 이복한, 조남민, 박조평, 김순일, 최병만 등

2. 청춘, 멈춰버린 시한폭탄

동기생들과 어울려 다니며 술을 많이 마셨다. 원래 체력이 좋아 남보다 술을 많이 마시고도 항상 다른 사람들의 뒷마무리를 맡아서 했다. 그런데 대전 기교단에 근무할 때 공군본부 비서실에서 차출의향서가 왔는데 선임 대령인 기갑표 병무관리부장이 승인해주지 않아 회식석상에서 의도적으로 폭음을 하고 필름이 끊긴 상태에서 술상을 뒤집는 소동을 벌였던 적이 있다. 그 후로는 술을 마시고 자주 사고를 저질렀다.

공군본부로 올라온 지 얼마 되지 않았을 때였다. 경희대 부근 휘경동 삼거리에서 자가용 운전사와 시비가 붙어 승용차와 파출소를 파손한 뒤 수도경비사 헌병대를 거쳐 공군 헌병대로 이첩되는 대형 사고를 저질렀다. 박살난 자가용차의 소유주였던 예비역 육군 장성이 "우리 때는 그 정도는 아무것도 아니었다"고 대범하게 넘기면서 "너희 총장한데 안부나 전해라"고 해 참모총장에게까지 보고가 되었다.

또 공군사관학교 장교숙소에서 소란을 피우다 당직총사령을 위시해 여러 명의 영관장교들에게 행패를 부려 군법회의에 회부된 적도 있었다. 그때 지휘관회의에 앞서 참모휴게실 상황판에서 사고보고를 읽은 공군본부 국, 감, 실장들은 당사자가 나라고는 생각하지 않고 "비서실에 너 말고 사고뭉치 조 소위가 또 있냐?"고 물었다. 참모총장 비서실 소속이 아니었으면 불명예제대를 면할 수 없었겠지만 지휘관리실장 김익순 대령이 잘 수습해 매번 견책처분으로 마무리되었다.

1967년 장지량 총장 재직 중 공군에 입대했던 나는 이듬해 말 김성룡 총장부터 김두만 총장, 옥만호 총장까지 3대 총장을 서한장교로 보좌했다. 참모총장이 바뀌면 비서실은 완전히 개편되어 대부분 희망하는 보직으로 옮기는데 나는 전문직이라고 해서 매번 제외되었다. 결국 전역

신고를 한 1972년 2월 28일까지 3년 2개월간 비서실에서 근무했다.

공군장교 제복에 넘어간 아내

전역을 한 달 앞둔 1972년 1월 25일, 나는 지금의 아내 권숙혜와 처가가 있는 경북 김천에서 결혼식을 올렸다. 내가 고등학교 다닐 때부터 결혼을 재촉하시던 아버지는 물론 어머니도 무척 좋아하셨다. 나이가 들어가는 탓도 있었겠지만 결혼해서 가정을 꾸리면 미국 유학을 포기할 것이라고 생각하셨던 것 같다.

아내를 만나기 전, 마땅한 결혼 상대가 없던 터라 집을 먼저 짓겠다고 말씀드리고 부모님이 결혼자금으로 모아둔 40만 원을 받아 묵동에 땅을 샀다. 그리고 적금과 정 대리의 도움으로 주택은행에서 융자를 받은 돈을 합쳐 방 4칸, 부엌 2개, 지하실과 마루가 큼직한 새 집을 지었다. 공군본부 군수국에 근무하는 시설장교들이 그려준 설계대로 지으라고 했더니 공사를 책임진 대목수가 지금 세상에 그렇게 짓는 사람은 아무도 없다고 반대를 했다. 기초공사를 위해 3자 깊이로 땅을 파라고 했는데 1자도 안 되게 파고 벽돌을 쌓으려 해 인부들을 보내고 나 혼자 밤새도록 3자를 파놓고 다음 날 일을 시켰더니 그다음부터는 내 지시를 고분고분 잘 따랐다. 그 뒤에도 몇 차례 맘에 들지 않으면 헐어버리고 다시 일을 시켰다. 우물도 다른 집보다 배 이상 깊이 박아 장마철에 다른 집 우물에서 흙탕물이 올라와도 우리 집 우물만은 깨끗했다. 동네에서는 물맛이 가장 좋고 단단하게 지은 집으로 소문났다.

한창 건축공사로 바쁘던 1971년 8월, 공군대학에 근무하던 김길환

대위의 부인 이자실 선생의 소개로 아내를 만났다. 부천중학에 근무하던 정덕기 선생의 처조카였던 아내는 당시 경북 김천시 성의여고에서 가정과 교사로 근무하고 있었다. 아내의 할아버지는 김천에서 제생당이란 약방을 오래 하셨으며 장인은 철도청에서 역장으로 근무했다. 아내는 경제적으로 어려움을 모르고 살다가 나와 결혼해서 지금까지 고생을 많이 했다. 내 고향인 충북 단양에서 처가가 있는 경북 김천을 오가려면 철도편으로 중앙선을 타고 영주까지 가서 경북선으로 갈아타야 했다. 교통편이 몹시 불편해 서로 교류가 거의 없는 지역인데도 우리가 만난 것은 천생연분이었던 게 아닐까 싶다.

부천에서 처음 만난 날, 아내의 첫인상은 예쁘고 귀여웠다. 아내가 나를 무척 좋아하는 눈치여서 나는 기분이 좋았다. 결혼 후 사람들이 내게 "따님을 참 일찍 두셨습니다"라고 말할 정도로 어려보이고 순진했던 아내는 좋아하는 감정을 감추려 하지 않고 처음 만난 날부터 나를 잘 따랐다.

아내를 보기 위해 나는 매주 토요일 서울에서 통일호를 타고 김천으로 갔다가 일요일 밤차로 서울로 올라왔다. 근처에 직지사 외에는 데이트할 만한 곳이 없어서 온종일 다방에서 서로 얼굴을 보며 이야기를 나누다 돌아오기도 했다. 여학교 교사가 좁은 김천 시내에서 데이트하는 것은 사람들 눈에 잘 띄는 일이었다. 그러자 처가에서는 무척 신경을 썼다.

나는 아내와 결혼을 하기로 마음을 정하고 "내일 아침에 너의 집에 아침 먹으러 가겠다"고 했다. 이것이 나의 프러포즈였다. 아내는 이를 두고 지금까지도 불평을 많이 한다. "TV를 보면 젊은 남자들이 연인이

나 아내에게 멋진 이벤트를 잘만 하던데, 당신 청혼이 세상에서 제일 멋없는 청혼일 거예요"라고 말이다.

처가 부모님께 인사를 드리자 "밖에서 데이트를 하느라 쓸데없이 돈 낭비하지 말고 앞으로는 집에 와서 만나라"고 하셨다. 그다음부터 하루 종일 처가에서 놀다가 서울로 돌아오는 것이 주말 일과가 되었다. 그러다 보니 처가에서는 매주 토요일이 되면 대청소를 하느라 난리가 났고 처제들은 힘들어 죽겠으니 "언니 빨리 시집가라"고 눈치를 주었다.

아내는 그때 일을 두고 나에게 반한 것이 아니라 공군장교 제복에 넘어갔다고 둘러댄다. 그 말도 맞긴 맞는 것이 결혼 후 전역한 내가 양복을 입은 모습을 보고 아내는 적잖이 놀라는 표정을 지었다. 그래서 같은 장교복이라도 달랐던 소위 시절과 중위 시절의 사진첩을 보여주자 이해는 하면서도 한동안 실망한 눈치였다. 그래서 양복을 처음 입어 몸에 맞지 않아서 그렇지 조금 지나면 나름 멋지다며 달래주었다.

늘 남녀공학을 다녔지만 여학생들에게 말도 건네지 못하고 여자에게 어떻게 해야 환심을 사는지도 알지 못했던 나는 아내가 나를 좋아한다는 사실이 마음에 들었다. 또한 오 남매의 장녀라는 점도 좋았다. 그러나 아내 역시 우리 누님처럼 여동생 두 명, 남동생 두 명을 돌보고 장녀로서 부모님의 가사를 도우며 성장했을 것이라는 내 일방적인 생각은 완전히 빗나갔다. 아내는 집안의 첫 손녀로 할머니, 할아버지의 사랑과 보호 아래 성장한 공주였다.

아내는 유치원생 때부터 가톨릭 계통의 학교를 다니고 모교에서 교사로 근무한 독실한 신자였지만, 내가 불교신자이며 장손이라 제사를 지내야 한다는 데 동의했다. 그리고 결혼 후 몇 년간 성당에 나가지 않았다. 1978년 내가 가톨릭교에서 세례를 받고 난 후 1980년 어머니 회갑을 맞아 한국에 다녀온 이후부터 우리 부부는 미국에서 제사를 모시게 되었다. 일 년에 증조부 대 이후 삼 대의 기제사 여섯 번과 차례를 지내는 명절을 합쳐 모두 여덟 번의 상을 차려야 한다. 혹 내가 출장을 가고 집에 없어도 아내는 세 아이를 데리고 정성껏 제사를 지낸다. 우리 집안의 예에 따라 제사를 지내는데 제상을 물리기 전에 둘러앉아 가톨릭식으로 연도를 바치고 가족이 함께 식사를 하며, 집안과 한국의 전통예절에 대해 아이들과 대화를 나눈다.

아내는 보수적인 면이 있다. 내가 처가 어른들에게 정식으로 인사를 드리고 난 후 고향의 부모님께 인사를 드리러 단양으로 가자고 했을 때, 아내는 정혼도 하지 않은 처녀가 어떻게 따라가느냐며 버텼다. 하는 수 없이 나 혼자 부모님을 찾아가 아내의 사진을 보여드리고 장인어른과 처가댁에 대해 말씀드렸다. 어머니께서는 "나는 너를 믿는다. 네가 마음의 결정을 하기 전에 이 색시가 어떠냐고 묻는다면 내가 한번 만나볼 의향이 있지만, 이미 네가 마음을 다 정해놓았는데 내가 굳이 만나야 할 필요가 있느냐? 내가 만일 그 색시가 마음에 안 든다고 한다면 결혼을 안 할 거냐"라고 말씀하시곤, "궁합을 보니 토닥거리며 싸우겠지만 잘 산다더라" 하시며 결혼을 허락하셨다. 결국 아내는 결혼식장에서 부모님께 첫인사를 드렸다.

함진아비는 김창섭이 맡았고 대학 동기들이 함을 팔러 와주었는데 어찌나 요란스러웠는지 김천 시내가 떠들썩했다. 오죽하면 파출소에서 무슨 일이 벌어진 것으로 알고 순경들이 오는 바람에 친구들이 경

같은 날 결혼식을 올리고 수안보온천에서 만난 초·중학교 동기 김기환, 송영정 부부. 오른쪽 끝이 필자 부부다.

찰을 불렀다고 언짢아하는 작은 소동이 벌어지기도 했다.

결혼식 날이 길일이었던지 단양 초·중학교 동기인 김기환과 송영정도 그날 결혼을 했고, 신기하게도 신혼여행지도 수안보 온천으로 같았다. 재미있게도 우린 모두 첫날밤을 제대로 치르지 못했다. 기환이 부인이 경북 풍기에서 죽령을 넘어오는데 눈길이 미끄러워 결혼식장에 3시간이나 늦게 도착했고, 그 바람에 술을 마신 기환이가 정신을 차리지 못했기 때문이다.

나는 아내와 세 번 결혼식을 올렸다. 수안보에서 첫날밤을 지내고 바로 다음 날 고향으로 가 전통식으로 다시 결혼식을 하고 폐백을 드렸다. 그리고 1975년 로스앤젤레스 성 아그네스 한인성당에서 이종순 신부님의 주례로 관면혼배를 올린 것이다.

2. 청춘, 멈춰버린 시한폭탄

지금까지 우리 부부에게 힘들었던 시절이 없지 않았지만 서로 사랑하고 있다는 마음과 내가 아내에게 꼭 필요한 존재라는 믿음이 우리 부부를 지금까지 지켜주었다고 생각한다.

참담했던 유신 교사 생활

미국 유학 준비를 한다고 했지만 공군에 입대하기 전 경기도 오산에서 서울을 오르내리며 시사영어학원을 몇 달 다닌 것 외에는 공부를 하지 못했다. 공군본부에 근무했던 기간은 마음만 먹으면 공부할 수 있는 최상의 조건이었지만 초반에는 술 마시고 사고 치느라, 후반에는 집 짓고 아내를 만나러 주말마다 김천과 서울을 오르내리느라 제대로 해놓은 것이 없었다.

전역을 앞두고, 김익순 대령이 예편 후 인사부장으로 있던 경인에너지와 공군과 인연이 있던 장관비서실 등 몇 군데 오라는 곳이 있었지만 미국 유학에 대한 미련 때문에 마음에 내키지 않았다. 나를 대학에 진학하도록 이끌어주신, 당시 서울 오산고교 교장으로 재직 중이셨던 나동성 교장선생님의 격려와 추천으로 1972년 3월 신학기에 보성고교에 부임하면서 유학 준비를 본격적으로 시작했다.

교사 생활을 한 것은 평생 그 일을 하리라 생각해서가 아니라 단지 미국 유학을 떠나기 전 준비할 시간이 필요했기 때문이었다. 그렇지만 학생들의 수업지도만큼은 철저히 준비해 성의를 다하려고 했다.

수업시간 중에 예를 들면서 '검정 고무신'을 자주 거론해 내 별명은 검정 고무신이었다. 나는 학교에서 악필로 유명했다. 한번은 수업 중에 한 학생이 손을 들고 "선생님, 이제 그만 '손'으로 써주세요"라고 한 적도 있었다. 그때까지 칠판에 써 놓은 것은 '발'로 썼다고 할 정도였던 것이다.

그러나 1972년 10월 유신은 내게 청년교사로서의 최소한의 정열마저 앗아가 버리고 자포자기 상태에 빠지게 했다. 10월 유신이 선포되자 어떤 학생은 "한국의 민주주의는 죽었다"고 삭발을 하고 삿갓에 대나무 지팡이를 짚고 교실에 들어왔다. 교정에 은밀히 유인물이 배포되어 학생들이 동요하기도 했다. 학생들은 교과서에 나오는 민주주의와 상반되는 유신 논리에 대해 신랄한 질문을 하기도 했다.

하루아침에 유신 지지자로 변신할 수도 없고 그렇다고 민주주의를 외치며 학생들을 살벌한 교정 밖으로 뛰쳐나가도록 충동할 수도 없었던 그때가 교사 생활 중 가장 힘든 때였다. 더구나 사회과에서 가장 말단이던 나는 학부형들을 모아놓고 유신 합리화 강의를 해야 하는 유신 교사로 차출되었다. 과감히 교단을 박차고 뛰쳐나갈 용기가 없었던 나는 참담한 심정으로 유신 강의를 했다.

지나온 삶을 돌아볼 때 가장 부끄러운 때였던 그 당시, 평생에 단한 번뿐이었던 학급 담임을 맡았다. 교사 생활에 대한 한 가닥 열정마저 상실한 상황이었고 담임을 맡고 싶어 했던 선생님들이 여러 분 계셔서 나를 제외해달라고 요청했더니, 그 당시 국회의원을 빗대어 유행하던 "그럼 집에 가서 애나 보라"는 대답을 들었다. 차마 보따리를 싸들고 집으로 가지 못하고 마지못해 1973년 새 학기에 1학년 7반 담임을 맡았다.

나는 학생들이 반을 주도적으로 이끌어가도록 했다. 반장 김기석 군

처음이자 마지막으로 담임을 맡았던 1973년 보성고 1학년 7반. 미국 유학 준비로 제대로 해주지 못한 것이 평생 마음의 빚으로 남아 있다.

을 중심으로 학생들이 자율적으로 학급을 잘 운영했지만, 다른 반 담임들처럼 열심히 지도하지 못한 나는 아직도 학생들에게 큰 죄를 진 심정이다. 그럼에도 한국을 방문할 때마다 나를 반갑게 맞아준 학생들이 정말 고맙기 그지없다.

유신체제하의 한국을 떠나다

내가 보성고에 출근하면서 아내는 서울로 올라왔고 우리는 서울 묵동 집에서 신혼살림을 시작했다. 말이 신혼살림이지 시도 때도 없이 찾아오는 빚쟁이들을 달래는 게 아내의 주된 일과였다. 집이 완공된 후 방 4개 중 작은 방 하나를 내가 쓰고 방 3개는 전세금을 받아 빚 갚는 데 보탰는데도 건축비가 많이 모자랐다. 결국 그 집에서 살지 못하고 계속 공군사관학교 장교숙소에서 생활할 수밖에 없었다. 빚쟁이들이 공군본부까지 찾아왔으나 나를 만나지 못하다가 우리가 묵동 집에 들어와 살기 시작하자 매일 새벽부터 문 앞을 지키고 서 있었던 것이다.

아내는 내가 비록 시골 출신이지만 결혼 전에 서울에 살림집을 짓는다고 하니 제법 잘사는 집안인 줄 알았다며 속았다고 했다. 그러면서도 아내는 생활비를 최소한으로 줄이고 그 빚을 하나하나 갚아 나갔다. 우리는 도로변에 밭을 만들어 배추, 무, 고추, 상추 등 온갖 채소를 재배해서 여름을 나고, 김장철에는 배추 한 접(100포기)을 사와 김치 하나로 한겨울을 났다.

결혼하고 2년 이내에 미국 유학을 떠나기로 마음을 정한 우리 부부는 장롱 대신 철제 캐비닛을 들여놓고 이불, 밥상 등 꼭 필요한 가재도구만 마련하는 등 다른 살림을 장만하지 않아 신혼 생활이 꼭 아이들소꿉놀이 같았다. 나는 손재주가 없었다. 신혼 시절 아내에게 잘 보이려고 신발장을 만든다는 것이 높이를 똑바로 맞추지 못해 큰 편을 계속 잘라내다 보니 결국 처음 높이의 반으로 줄었다. 그 이후 아내는집에 못을 박을 일이 있어도 나를 부르지 않고 직접 하거나 아이들을찾았다.

간소한 살림살이에도 아내는 음악전공도 아니면서 피아노는 꼭 있어야 한다며 가구가 하나도 없는 안방에 호르겔 피아노 한 대를 덩그러니 들여놓았다. 결혼하고 바로 아이를 가진 아내는 태교를 위해 피아노를 치면서 내가 학교에서 돌아오기를 기다렸다. 일을 마친 내가 우리 집이 보이는 큰길에서부터 "숙혜야" 하고 부르면 아내가 부엌문을 열고 마중을 나왔다. 우리와 함께 살면서 서울에서 직장 생활을 시작한 동생 연숙이는 동네 사람들이 숙혜가 어린아이 이름인 줄 안다며 재미있어했다.

참담했던 유신체제하의 교사 생활로 인해 하루속히 한국을 떠나야겠다는 생각은 날로 커졌다. 유학 준비를 본격적으로 하던 어느 날, 퇴계로에서 우연히 대학 때 향토개발회에서 함께 활동했던 우기홍 선배를 만났다. 서울보건대학에서 한철수 선배와 함께 교수로 있던 우 선배는 내가 미국에 갈 준비를 한다는 말을 듣고, 아내가 가정과 출신이면 영양사 자격을 받아 가지고 가는 것이 좋다고 권유했다. 내가 석사과정을 마치고 돌아올 때까지 2년간 한국에서 기다려야 하는 것을 마땅찮게 생각하고 있던 아내는 다음 날 우 선배를 찾아가 서울보건대학에 편입했다. 그때부터 아내는 영양사 자격을 받기 위해 태릉에서 퇴계로까지 만원버스를 타고 학교에 다녔다.

우리 부부의 신혼 생활은 한마디로 '한국 탈출작전' 중이었다. 긴급조치로 숨 막힐 것 같은 당시 상황이 우리를 부채질했다. 나는 학교를 마치면 사설학원 강의와 과외지도를 한 후, 영어학원과 컴퓨터학원을 다니며 정신없이 뛰었다. 학교 교사가 사설학원에서 강의하는 것이 불법이었지만, 나는 개의치 않고 김정구, 김현곤 선배가 각각 단과반을 맡아 인기를 끌던 제일학원과 대일학원의 종합반에서 강의했다.

아내도 서울보건대학의 강의가 있는 날은 밤에 영어학원과 컴퓨터학원에 등록해 밤늦도록 공부한 후 나와 함께 버스를 타고 집으로 돌아왔다. 그리고 둘 다 운전학원에 다녀 국제운전면허증도 받았다. 밤 늦게 집에 돌아오다 피곤해 버스에서 잠들어 상계동 종점까지 갔다 되돌아온 적이 한두 번이 아니었다.

1973년 2월 28일 아내는 김천 처가에서 첫아들 광석이를 낳았다. 양가의 첫 손자였던 광석이는 식구들의 사랑을 듬뿍 받았다. 임신 중에도 입덧을 하지 않았던 아내는 처가에서 한 달간 산후조리를 하고는 곧바로 서울로 올라와 학교와 학원을 계속 다녔다.

내가 위스콘신대학 대학원 경제학과 입학허가를 받고 아내 역시 영양사로 미국 이민국으로부터 노동허가서를 받자 우리는 1974년 7월 6일에 도망치듯 김포공항을 떠났다. 처음부터 미국 유학을 반대하셨

미국 유학을 떠나는 필자를 배웅하러 나온 대학 동기들. "공부를 마치고 돌아오겠다"는 약속은 결국 지키지 못했다.

2. 청춘, 멈춰버린 시한폭탄

던 아버지는 돌아앉아 인사도 받지 않으셨다. 가더라도 집을 팔지 말고 가라는 간곡한 당부에도 불구하고 우리가 묵동 집을 정리하자 어머니께서도 기대를 접으셨다. 장인이 돌아가신 지 일 년도 되지 않아 맏딸과 맏사위가 미국으로 떠나자 장모님도 무척 허전해하셨다. 첫 외손자를 보시고 그렇게 좋아하셨던 장인은 광석이가 태어난 후 얼마 되지 않아 갑자기 간암으로 돌아가셨다. 장모님께 첫돌을 갓 지난 광석이를 맡기고 서울로 올라오며 우리는 말없이 차창 밖만 바라보았다.

공항에서 환송해주던 대학 동기들에게 "공부를 마치고 반드시 돌아오겠다"고 약속했지만, 사실은 나 자신도 귀국에 대한 확신을 갖지 못했다. 살면서 어쩌다 아이들이 우리의 뜻을 따라주지 않는다고 아내가 야단을 칠 때마다 나는 우리가 우리 부모님께 어떻게 했는지 생각해보라며 달랜다.

3. 새로운 삶의 터전에서

청소부로 시작한 미국 생활

우리가 한국을 떠나던 날은 여름이었지만 무덥지 않았다. 비행기에서 내려다본 한국은 무척이나 아름다웠다. 유신체제에 짓눌려 미쳐버릴 것만 같았던 한국이지만 막상 떠나려니 내 마음은 한없이 무겁기만 했다. 돌아앉아 계시던 아버지, 허망해하시던 어머니, 그리고 나에게 기대를 거셨던 주변의 모든 분들을 배신하고 혼자 잘 살겠다고 떠나는 것 같아 미칠 것만 같았다. 반드시 돌아오겠노라고 약속했지만 언제 돌아올지 기약할 수 없어 한없이 서글펐다.

이런 갈등은 대학원 입학허가서를 받으면서부터 이미 시작되었다. 경제학을 공부하고 돌아오면 결국 유신체제에 협조해야 하는 똑같은 상황이 계속될 것이 뻔했다. 그래서 이번에 떠나면 다시는 돌아오지 못할 것 같은 예감이 들어 모든 것이 새삼스럽게 느껴졌다. 비자 유효 만기가 꽉 찰 때까지 출국을 미루고 컴퓨터학원을 계속 다닌 것도 미국에서 경제학보다 컴퓨터를 전공하고 돌아와 정치와 담을 쌓고 사는 것이 가장 빨리 귀국해 부모님과 고향 어른들에게 보답하는 길이 아닌가 하는 생각에서였다.

첫돌을 갓 넘긴 광석이를 홀로 되신 장모님께 맡기고 떠나는 아내는 무척 마음이 아팠지만, 한편으로는 자신이 받은 영양사 자격증으로 노동허가를 받아 미국에 입국하며 영주권을 취득한다는 것에 일종의 성취감을 느끼는 것 같았다.

우리가 처음 미국 생활을 시작했던 킹즐리 9가 모퉁이에 있는 킹즐리하우스는 우편엽서에 나올 정도로 아주 오래된 아파트였다. 방과 복도가 넓고 가구가 마련되어 있어 미국 생활을 시작하기에 적당했다. 그러나 엘리베이터가 오래되어 덜커덩거리고, 방이 5층에 있어 밤에는 윌셔가와 올림픽가의 차 소리가 들려 아주 시끄러웠다.

우리 부부는 둘이서 조심스럽게 집 주위를 나가 다녀보았다. 하루는 올림픽가로 나가 웨스턴에 있던 미국은행까지 가보고, 다음 날은 고층 건물들이 있는 윌셔가에도 가보았다. 그 당시만 해도 올림픽가를 중심으로 한인타운이 막 형성되기 시작한 초기라 한인들이 그리 많지 않았다. 우리 부부는 흑인이 오면 겁이 나서 가만히 길옆으로 비켜 지나갈 때까지 조심스럽게 기다리곤 했다.

원래는 한 달 정도 로스앤젤레스에 머물다 배편으로 부친 짐이 도착하면 8월 중순에 위스콘신대학으로 갈 예정이었으나 만나는 사람마다 그 추운 위스콘신 주까지 왜 가느냐고 말렸다. 모두 기후가 좋고 한국 사람이 많아 여러모로 편리한 로스앤젤레스에 정착하라고 권했다. 나도 한국을 떠나기 전부터 경제학을 전공하는 데 대해 회의감을 갖기 시작했던 터라 로스앤젤레스에서 컴퓨터 계통의 직장을 알아보기로

제1부_ 농민의 아들, 세계 속의 한국인 1호가 되다

방향을 바꾸었다. 그리고 킹즐리하우스에서 월턴가 8가에 있는 깨끗한 아파트로 옮겼다. 월턴가는 공군본부 비서실에서 함께 근무했던 엄기홍 부부가 살던 곳이었다. 침실이 따로 없고 거실 한쪽 벽에 침대가 붙박이식으로 놓인 아주 작은 방이었지만 조용해서 좋았다.

묵동 집을 정리한 돈으로 은행 융자금을 갚고, 여동생 연숙이의 전세방을 구해주고, 미국에 오는 데 경비로 쓰고 나니 2,500달러가 남았다. 그 돈으로 차와 가구를 장만하고 나니 남은 것이 없었다.

≪로스앤젤레스 타임스≫ 일요판에 나오는 구인광고를 보고 나는 컴퓨터 프로그래머와 오퍼레이터로, 아내는 키펀치 오퍼레이터로 직장을 찾아다녔다. 영어를 잘 못해서 전화로 미리 약속을 하고 가는 식이 아니라 광고에 주소가 있는 곳만 골라 지도를 보고 무조건 찾아갔다. 처음에는 모두 친절하게 대해주어서 금방 취직이 될 것이라 기대했으나 곧 미국인들의 몸에 밴 친절이라는 것을 알게 되었다. 아무리 열심히 찾아다녀 보아도 대게 미국에서 쌓은 경력과 학력만 물어보고는 제대로 인터뷰를 해주지 않았다.

아무 일이라도 해야겠다 싶어서 신문광고에서 닥치는 대로 일거리를 찾아보았으나 이 역시 쉽지 않았다. 여자는 그래도 가정부, 환자 돌보는 일 등 일자리를 찾기가 남자보다 쉬웠다. 한번은 비벌리힐즈에 있는 어느 부잣집에 가정부 자리를 알아보기 위해 간 적이 있었다. 친절하게 커피를 내온 집주인이 크림을 부어주는데 "땡큐"라고 했더니 계속 따라주었다. "노 모어, 땡큐"란 말을 할 줄 몰라 커피가 완전히 우유맛이 되었다. 아내는 자신들의 식사를 도와줄 수 있지만 나는 강아지 돌보는 것 외에 마땅히 할 일이 없다며 한 사람 월급만 주겠다고 해서 그만두었다.

하는 수 없이 나는 낮에는 직장을 찾아다니고 밤에는 청소를 했다. 할리우드와 하일랜드 모퉁이에 있던 고층건물을 청소하고는 한 명분의 4시간 일당을 받았지만 우리 부부가 함께해도 4시간이 넘게 걸렸다. 주말에는 온종일 주유소에서 기름 넣는 일을 했다.

운전면허 시험에 몇 번이나 떨어졌다. 하는 수 없이 한국에서 취득한 국제운전면허증으로 내가 직장을 찾아갈 때는 아내가 운전하고, 아내가 인터뷰하는 날은 내가 운전을 했다. 운전도 서툴고 지리도 몰라 운전대를 잡으면 온몸이 땀으로 목욕을 한 것 같았지만 우리는 교대로 운전을 하며 로스앤젤레스와 오렌지 카운티의 전역을 찾아다녔다. 당시 캘리포니아에서는 국제운전면허증을 인정하지 않았기 때문에 사실상 불법운전이나 마찬가지였다. 한번은 길 가운데 세워놓은 교통안전표시판을 건드려 넘어뜨리고는 겁이 나서 하루 종일 아파트에 숨을 죽이고 들어앉아 있었던 적도 있다. 로스앤젤레스 다운타운은 일방통행로가 많고 경찰이 많아 운전할 엄두도 내지 못했다.

지금은 현대와 기아, 삼성, LG 등 한국 기업들의 인지도가 높아 미국인에게 한국이 잘 알려져 있지만 1970년대에 한국을 아는 미국인은 찾아보기 힘들었다. 당시 미국인은 아시안계를 만나면 으레 "일본인? 중국인?"이라고 물었고, "한국인"이라고 하면 "한국이 어디에 있느냐"고 되물었다. 어쩌다 한국을 아는 미국인을 만나기도 했는데, 대부분 6·25전쟁 참전용사거나 이들로부터 한국의 참혹한 상황을 전해 들은 사람들이어서 한국에 대해 대체로 부정적인 선입견을 갖고 있었다. 상점에서도 한국산 제품을 찾아보기 어려웠고, 어쩌다 한국산 제품이 눈에 띄어도 와이셔츠 4개를 10달러에 파는 싸구려 제품이라 한국에 대한 이미지가 좋지 않았다.

이런 상황에서 내가 가진 한국에서의 학력이나 경력이 인정받지 못한 것은 당연했다. 아무래도 미국에서의 경력이나 학력 없이는 힘들다고 생각되어 아내는 윌셔가와 벌링턴가에 있던 어소시에이트 칼리지 키펀치 과정에 등록했다. 3개월 과정을 한 달 다닌 후 아내는 곧바로 다운타운에 있는 미국은행에 취직이 되었다.

아내는 밤 2시가 되어서야 일을 마쳤다. 나는 청소부 일을 마치고 은행 주차장에서 자고 있다가 아내가 나오면 함께 집으로 왔다. 그때마다 참으로 인상적이었던 것은 아무도 없는 한밤중에도 신호등이 빨간불일 땐 반드시 차를 세우고 신호가 바뀌는 것을 기다리는 사람들의 모습이었다. 다양한 인종이 모여 사는 미국을 지탱하는 힘이 바로 이들의 철저한 준법정신이라는 것을 확인할 수 있었다. 미국에서는 공직자가 한 번 비리에 연루되면 재기하는 것이 거의 불가능한데, 이 또한 한국과는 참으로 대조적이다.

아내가 취직이 되자 내가 처음 한 말은 "축하한다"가 아니라 "이제 먹고 살 일은 해결되었으니까 나는 공부하겠다"였다. 나는 낮에 주정부 고용국에서 최저임금을 받으며 타자, 회계 등 직업교육을 실시하는 직업훈련센터에 다니고, 밤에는 윌셔가와 웨스트민스터가에 있던 컴퓨터러닝센터에서 코볼(Cobol)을 다시 공부하기 시작했다. 직업훈련센터는 1968년 흑인폭동의 중심 지역이었던 콤프턴 시에 있었는데 미처 복구가 되지 않아 빈집이 많고 주위가 음산했다. 한인으로는 육군 중령 출신 정 선생과 지금 세리토스 시에 이웃해 사는 신재철과 나 이렇게 세 사람이 같이 다녔다.

직업훈련센터에서 공부를 하는데 모두 내 옆자리에 앉으려 하지 않고 피했다. 정 선생과 신 형도 나한테서 생선 냄새가 난다고 주의를 주었다. 매일 샤워를 하고, 아침과 점심에 한식을 먹지 않고 열심히 리스터린으로 입을 헹구어도 마찬가지여서 몹시 신경이 쓰였다. 알고 보니 한국에서 가지고 온 오징어, 굴비 등 건어물을 옷장 바닥에 넣어둔 탓에 옷에 생선 냄새가 밴 것이었다. 그 이후 나는 냄새에 각별히 신경을 쓰고 외국인들과 만나는 모임이 있으면 되도록 한식을 먹지 않는다.

컴맹, 컴퓨터 오퍼레이터가 되다

1980년대는 한국에 컴퓨터가 별로 없었던 시절이다. 미국에 이주한 한인들 역시 컴퓨터 계통에 대해 아는 사람이 거의 없어 나는 혼자서 시청, 카운티, 주정부 청사 등을 찾아다니며 채용시험을 보고 인터뷰를 해야 했다.

6개월 동안 로스앤젤레스와 오렌지 카운티 전역을 다니며 60여 회 이상 인터뷰를 한 끝에 마침내 로스앤젤레스 카운티 전산국에 컴퓨터 오퍼레이터로 취직을 했다. 최종 인터뷰에 합격했다는 연락을 받았을 때는 너무도 기쁜 나머지 아파트 방바닥에서 뒹굴고 미친 듯이 소리를 지르며 어찌할 바를 몰랐다. 영어도 제대로 하지 못했던 내가 카운티 공무원으로 취직이 된 것은 전적으로 같은 동양계인 일본인 3세 조지 히로가와 슈퍼바이저가 배려해준 덕분이었다.

컴퓨터의 황제 빌 게이츠가 대학생이었던 1975년 1월 7일부터 나는 다우니 시에 있는 로스앤젤레스 카운티 전산국에 오후 3시 반에 출근, 밤 12시까지 일하기 시작했다. 컴퓨터 오퍼레이터로 취직했지만 사실 나는 그때까지 컴퓨터를 한 번도 만져본 적이 없었다. 한국과 미국에서 학원에 다니며 책으로 이론을 조금 공부했을 뿐 컴퓨터 옆에는 가보지도 못했다. 전산실에 들어서니 강당만큼 넓은 방에 큰 컴퓨터 본체와 그 옆에 책장만 한 테이프 드라이브 20여 대가 있었고, 세탁기만 한 디스크 드라이브 10여 대와 책상 몇 개를 합친 것보다 큰 프린터가 달린 2개의 시스템에서 연신 불이 번쩍번쩍하며 테이프와 디스크가 분주하게 돌아가고 있었다. 컴퓨터를 처음 본 나는 뭐가 뭔지 정신을 차릴 수가 없었다.

로스앤젤레스 카운티 전산국에는 IBM과 하니웰 두 기종의 컴퓨터가 있었는데 나는 하니웰 전산실에 배치를 받아 일을 시작했다. 하니웰 전산실은 백인인 에드 간이 매니저였고, 나를 채용한 조지 히로가와는 매니저보급의 선임 슈퍼바이저(Data Processing Supervisor)로 책임자였으며, 그 밑에 빌(Bill)이란 흑인 슈퍼바이저, 그리고 A조와 B조에 오퍼레이터가 각각 5명씩 있었다.

오퍼레이터로는 흑인들이 많았는데 영어도 잘 못하고 컴퓨터에 대해서 아무것도 모르던 나에게 모두 친절하게 하나라도 더 가르쳐주려고 애썼다. 그중에서도 나와 같은 A조의 단(Donald)이라는 좀 험상궂게 생긴 흑인은 신바람이 나서 나를 데리고 다니며 하나하나 자세히 설명하고 직접 시범도 보여주었다.

컴퓨터실은 통제구역이라 모든 직원이 이름표를 착용해야 했다. 가

만히 보니 단은 오퍼레이터가 아니라 오퍼레이터 훈련생(Operator Trainee)이었다. 나는 필기시험을 치르고 인터뷰를 거쳐 채용된 정식 오퍼레이터라 단보다 상급자였다. 단의 이름표를 본 나는 얼른 이름표를 돌려 달아 직급이 보이지 않도록 했다. 단은 이곳에서 2년 가까이 근무해 하니웰 시스템에 대해서는 누구보다 잘 알았지만 필기시험에 통과하지 못해 훈련생 딱지를 떼지 못하고 있었던 것이다.

약 3일간 나를 자기 부하로 알고 열심히 가르쳐주던 단은 내가 자신의 상급자라는 사실을 알고는 심통을 부리기 시작했다. 가르쳐주기는 커녕 "훈련생인 나도 아는데 너는 오퍼레이터가 이것도 모르느냐"고 윽박지르기도 하고, 조지 히로가와를 찾아가 "제이(Jay, 당시 나의 영어 이름)가 컴퓨터도 모르고 영어도 못 알아들어 같이 일을 못하겠다"고 항의하기도 했다. 그때마다 히로가와는 영어를 못해도 6개월만 지나면 카운티 전산국에서 제일가는 오퍼레이터가 될 것이라고 나를 옹호해주었다. 컴퓨터는 기종에 따라 오퍼레이션 시스템이 완전히 다르다. 그래서 IBM360 기종을 다뤘던 내가 하니웰 시스템은 모른다고 해서 전혀 이상하지 않다는 것이 그나마 다행이었다.

단이 나에게 면박을 줄 때 다른 오퍼레이터들은 모두 재미있다는 듯이 웃으며 쳐다볼 뿐 아무도 말리지 않았다. 단은 성격이 거친 데다 아무에게나 대들어 큰소리를 치기 때문에 선뜻 나서지 못했던 것이다. 그렇다고 내가 단에게 따지고 달려들 만큼 영어를 잘하는 것도 아니어서 결국 하루 종일 시달림을 당해야 했다. 그래서 컴퓨터실에 들어가는 것이 지옥문에 들어서는 것만큼 싫었다.

일주일을 단에게 시달리다 도저히 견디지 못해 하루는 단을 디스크

드라이브 뒤편으로 불렀다.

"나는 네가 친절히 가르쳐주어 고맙게 생각했는데 너는 왜 나를 그렇게 싫어하느냐?"

"너와 같은 외국인이 우리 형제들의 일자리를 빼앗는 것이 싫다. 너희 나라로 돌아가라."

"미국은 이민자의 나라인데 네가 무슨 권리로 정당하게 입국한 나를 돌아가라 하느냐?"

"우리 흑인은 자의로 이민 온 것이 아니라 쇠사슬에 묶여 끌려왔다. 너는 자의로 왔으니 돌아갈 수 있지만 우리는 돌아갈 곳도 없다."

나로서는 더 이상 할 말이 없었다. 하는 수 없이 마지막으로 그에게 이렇게 말했다.

"네가 나를 싫어해도 나는 솔직하게 말해주는 너를 다른 오퍼레이터보다 더 좋게 생각한다. 다른 오퍼레이터들은 너와 같은 생각을 하면서도 나에게 직접 말을 하지 않고 네가 나를 놀리는 것을 즐기고 있을 것이다."

그러자 약 5분간 아무 소리 하지 않고 나를 쳐다보던 단이 "너는 내 형제(my brother)"라며 손을 내밀어 악수를 청했다. 그 이후 단은 나의 친구이자 가장 충실한 부하로서 열심히 나를 도와주었고, 컴퓨터실에서 나의 위상은 완전히 달라졌다. 단은 모든 일을 알아서 잘 처리했고 중요한 결정을 내려야 할 때는 반드시 나의 의견을 묻고 내 지시를 따랐다. 내가 모르는 줄 알면서도 "내가 생각하기에는 이런저런 이유로 이렇게 처리하는 것이 좋을 것 같은데 너라면 어떻게 결정하겠느냐"고 가르쳐주면서 묻고, "네가 생각한 대로 처리하라"고 하면 자기 의견을 존중해주어 고맙다고 했다.

가장 말발이 센 단이 이처럼 나를 잘 따르자 아무도 함부로 나를 대하지 못했다. 나보다 선임이었던 다른 오퍼레이터들은 단과 시비가 붙는 것이 싫어서 B조나 다른 부서에 자리가 생기면 옮겨 갔다. 그 때문에 우리 A조에는 신참들만 들어와 나는 6개월 만에 슈퍼바이저 직무대행(Acting Supervisor)이 되었다. 단은 나의 보호자로 내가 카운티 전산국에서 초고속으로 승진할 수 있는 길을 열어준 셈이다.

로스앤젤레스 카운티 전산국은 미국 생활 6개월 만에 얻은 직장다운 첫 직장이었다. 또한 미국에 온 지 얼마 되지 않아 아내가 임신을 하면서 해산을 위해 직장을 그만두어야 하는 절박한 상황에서 큰 도움이 되었다.

윌턴가에 있던 아파트가 성인 전용이라 아내의 배가 불러오자 미국인 매니저는 대놓고 나가라는 말은 못하고 매일같이 출산예정일이 언제냐고 물어보았다. 법적으로 반드시 옮겨야 하는 것은 아니지만 눈치 보는 것이 싫어 할리우드에 있는 아파트로 옮겼는데, 무리하게 이사하는 바람에 다음 날 아내는 남가주대학 병원에서 둘째 아들 준석을 낳았다. 출산예정일보다 3주 이상 빠른 1975년 4월 4일이었다. 나는 너무 기뻐서 가장 좋은 침대 매트리스를 사 아내에게 선물했는데, 우리 부부는 최근까지 30년이 넘도록 이 매트리스를 사용했다.

병원 음식이 입에 맞지 않는 아내를 위해 나는 열심히 미역국을 끓여서 병원으로 날랐다. 요리가 익숙하지 않아 어떤 때는 소금을 치지 않아 간이 맞지 않았고, 어떤 때는 집에서 밥을 미역국에 말아가지고 가는 바람에 밥이 불어 국물이 다 없어지기도 했다. 그러나 아내는 고맙게도 내 성의를 생각해서 잘 먹어주었다.

내 나름대로는 아내에게 잘한다고 하면서도 생각이 부족해 사고를 저지르기도 했다. 한번은 아내가 병원에서 수술을 한 후 집에 돌아와 얼큰한 국이 먹고 싶다고 했다. 나는 고춧가루를 듬뿍 넣고 매운 국을 끓여주었다. 마취가 덜 깬 상태에서 자극성이 강한 국을 먹은 아내는 팔다리가 틀어지고 온몸이 굳어져 앰뷸런스에 실려 응급실에 갔다. 한국 음식에 대해 잘 알지 못하는 미국인 의사가 특별히 음식을 가리지 않아도 된다고 한 것이 화근이었다.

둘째가 태어난 후 아내는 은행을 그만두면서 한국에 두고 왔던 두 살 된 큰아들 광석을 데려왔다. 혼자 꼬리표를 달고 낯선 아주머니를 따라 미국에 온 광석이까지 드디어 네 식구가 함께 살게 되었다.

처음 공항에서 광석이를 만났을 때 아내는 엄마를 못 알아보고 아주머니를 따라가려고 하는 아이를 보고 많이 울었다. 집에 와서도 엄마 아빠가 낯설고 눈치가 보였는지 동생들처럼 엄마한테 떼를 쓰지 않는 광석이 때문에 우리 부부는 마음이 많이 아팠다. 큰 처제에게도 늘 미안한 마음이었다. 가사를 책임져야 하는 장모님 대신 큰 처제가 광석이를 맡아 키웠다. 그 때문에 처제는 교육대학을 졸업하고도 교사로 취직할 기회를 놓쳤다. 광석이를 장모님과 처제에게 맡겨두고 미국에 온 것이 우리 부부가 지금까지 살아오면서 가장 후회하는 일이다.

초고속 승진 끝의 '유리천장'

카운티 전산국에서 컴퓨터 오퍼레이터로 일을 시작한 지 얼마 되지 않았을 때의 일이다. 우리가 쓰던 하니웰 컴퓨터를 유니박(UNIVAC) 컴퓨터로 바꾸게 되었다. 교육을 받겠다고 자원하는 선배가 없어 나는 신참 오퍼레이터 3명을 데리고 유니박 컴퓨터 훈련센터에 1차 교육요원으로 파견되었다. 로스앤젤레스 다운타운에 있는 검찰청사(Hall of Justice) 9층에 임시로 마련된 훈련센터에서 교육을 마치고 1년 반 만에 전산국으로 돌아오자 아쉽게도 단은 떠나고 없었다.

1차 교육요원은 나와 제인오(jane-O)라는 젊은 백인 여자 오퍼레이터, 흑인 오퍼레이터 2명까지 총 4명이었다. 유니박 시스템 전문 자문회사 소속 백인 교육요원 4명과 같이 훈련용 유니박 컴퓨터 시스템을 설치하는 것이 우리 일의 시작이었다. 유니박 교육요원들은 주로 백인인 제인오에게 설명했고 나는 어깨너머로 배워야 했다. 그런데 제인오는 교육요원이 설명할 때는 다 아는 것 같이 대답하고는 제대로 이해하지 못해 항상 내게 되묻곤 했다. 이렇다 보니 처음에는 영어를 못한다고 나를 무시하던 유니박 교육요원들이 점차 내게 설명과 지시를 하게 되었다. 3개월간 1차 요원들이 교육을 마치고 카운티 전산국으로 돌아갈 때가 되자 자문회사는 나를 남아 있게 해달라고 요청했다. 그래서 나는 훈련센터에 남아 교육요원들을 보조해주는 일을 계속했다.

오퍼레이터들은 물론 프로그래머, 관련부서 직원, 심지어는 매니저까지 모두 교대로 3개월씩 훈련을 받는 1년 반 동안, 나는 다운타운에서 낮 근무를 하며 한국을 떠날 때의 계획대로 1975년 가을 학기에 컴퓨터 전공으로 캘리포니아 주립대학교 노스리지 캠퍼스 대학원에 입학했다. 그때는 미국에서도 컴퓨터 관련 학과가 만들어진 지 얼마 안 되었을 때라 소프트웨어와 하드웨어를 함께 공부했는데, 소프트웨어는 그런대로 이해하기가 쉬웠지만 하드웨어는 따라가기가 힘들었다. 사범학교에서 미적분을 배우지 않은 나로서는 공대 전자공학과에서 공부하는 복잡한 수식을 혼자서 독학으로 이해하기 어려웠던 것이다. 첫 학기에 두 과목을 수강해 모두 B학점을 받았지만 다음 학기를 등록할 용기가 도저히 나지 않았다.

공부도 공부지만 경제적으로도 몹시 어려웠다. 두 사람이 벌어 두 사람이 살 때는 그나마 여유가 있었는데, 식구는 네 명으로 늘어난 상황에서 돈을 버는 것은 나 혼자였다. 더구나 밤에는 대학원 공부를 해야 했기 때문에 생활이 더 어려울 수밖에 없었다. 우리 부부는 밥하고 김치만 먹으며 버틴다 해도 두 아이 뒤치다꺼리에 들어가는 비용이 만만치 않았다. 아내가 봉제공장에 일주일 정도 다녔으나 아이 둘을 베이비시터에게 맡기는 돈이 더 들어 그만두었다. 둘째를 낳고 얼마 되지 않아 아내가 셋째를 임신하자 나는 아내 몰래 직장을 하나 더 알아보기로 했다.

미국에 온 뒤 처음 직장을 찾으러 다닐 때는 다들 나를 거들떠보지도 않더니 카운티 전산국에서 근무한 경력 때문에 면접을 보는 곳마다 합격이 되었다. 그중 가장 기억에 남는 곳은 패서디나에 있는 유명한 제트추진연구소(JPL)다. 당시 최첨단 컴퓨터 시설을 갖추고 있었고 대우도 좋아 욕심이 났으나, 신분이 보장되는 카운티 공무원을 그만두고 옮기는 것이 아무래도 마음에 내키지 않아 포기했다.

결국 1976년 3월 다운타운에 있던 카세트테이프 제조회사인 오디오마그네틱에 취직해 2년 반 가까이 투 잡 생활을 했다. 오디오마그네틱은 당시 세계에서 제일 큰 카세트테이프 제조회사였다. 당시 나의 하루 일과는 아침 6시 반에 일어나 7시에 카운티 전산국에 출근해 3시반까지 일하고, 5시에 오디오마그네틱에 출근해 8시간 동안 일을 하는 것이었다. 그래서 항상 잠이 부족했다. 다행히 오디오마그네틱에서는 낮에 근무하는 매니저와 프로그래머들이 준비해놓은 작업을 밤에 혼자 IBM360 시스템으로 처리하는 일을 했는데, 노동 시간이 정해진 것이 아니라 일이 끝나면 바로 퇴근할 수 있어 사실상 파트타임이나 다름없었다.

다운타운에 있던 오디오마그네틱의 전산실이 어바인 시에 있던 본사와 합쳐지면서 1시간 30분 안에 로스앤젤레스 다운타운에서 어바인 시까지 출근을 해야 했다. 그래서 로스앤젤레스 다운타운과 어바인의 중간 지점이며 카운티 전산국이 있는 다우니 시에 인접한 벨플라워에 아파트를 구해 이사를 했다. 잠이 부족해 이동하는 중간에 고속도로 갓길에 차를 세우고 몇 분간 쪽잠을 자는 일이 많았는데 위험하기 짝이 없었지만 참으로 단잠이었다.

직장이 두 군데로 늘자 매달 1,000달러가량 저축할 수 있었고, 5개월 만에 모은 돈이 5,000달러 정도 되었다. 당시 한인들은 조금만 여유가 생기면 햄버거 가게나 생선튀김 가게 등 자영업을 시작하는 경향이 있었다. 우리 부부 역시 가게를 차릴까 하는 생각에, 보성고에서 함께 근무하다 미국으로 이주해 햄버거장사를 시작한 정윤섭 선생 부부와 상의를 했다. 정 선생은 아이 셋을 키우며 장사하는 것은 무리니 집을 사라고 권했다. 그래서 1976년 10월 카운티 전산국이 있는 다우니 시 인근 도시 가운데 신흥주택지로 각광받던 세리토스 시에 작은 단독주택을 마련했다. 방 3칸짜리 단층집이었지만 미국에 이민 온 지 2년밖에 되지 않은 우리에게는 궁궐이나 마찬가지였다.

1976년 말 다우니 전산국에 유니박 컴퓨터센터가 완공되자 나는 다우니로 복귀하게 되었는데, 계약이 만료되어 떠나는 자문회사에서 자기 팀에 합류하면 어떻겠냐는 제안을 해왔다. 계약에 따라 미 전국을 돌아다녀야 하는 대신 엄청나게 파격적인 대우가 따랐다. 그러나 어린 세 아이를 아내에게 맡겨두고 혼자 떠돌아다녀야 하는 것이 마음에 걸려 카운티에 남기로 했다. 그때 패서디나 시의 제트추진연구소나 유니박 시스템 전문 자문회사로 옮겼으면 나는 아마 컴퓨터 전문가로서 지금과는 완전히 다른 인생을 살았을 것이다.

자문회사팀이 철수하고 나자 나는 카운티 전산국 유니박 전산실에서 없어서는 안 될 존재가 되었다. 모두 3개월씩 훈련을 받았다고는 하나 건성으로 맛보기만 한 셈이었고, 1년 반 동안 철저하게 업무를 파악한 사람은 카운티 전산국에서 나 하나밖에 없었기 때문이다. 문제가 발생했을 때 개개인의 오퍼레이터들이 유니박회사에서 만든 매뉴얼을 찾아보고 해결하는 것은 거의 불가능한 일이었다. 나는 시스템에 문제가 발생하면 오퍼레이터들에게 해결방안을 가르쳐주었고, 평소에는 전산실 안에 별도로 마련된 개인 사무실에서 오퍼레이터를 위한 문제상황 매뉴얼을 만드는 작업을 했다.

공무원 승진은 복무연한을 가장 중요하게 여긴다. 그런데 선임자들조차 내게 교육을 받고, 내가 없으면 컴퓨터를 작동시키는 데 당장 문제가 생기는 상황이라 나를 특별 승진을 시켜도 이의를 제기할 사람이 없었다. 그러나 내가 프로그래머 필기시험 성적이 가장 좋아 채용대기자 명단 1순위에 올라 있어도 이상하게 면접에서 뽑히질 않았다. 카운티 전산국에서는 필기시험 성적 상위 세 명을 인터뷰해 그중 한 명을 프로그래머로 뽑도록 되어 있었는데, 세 명의 면접관 중 백인 한 명이 내가 영어를 못해서인지 오퍼레이터 출신이라고 무시해서인지 나를 네 번이나 떨어뜨린 것이다. 전산국에서는 하는 수 없이 유니박 전산실에 매니저보(Assistant Manager)급 프로그래머 직급의 작업조정관(Production Controller) 자리를 만들어 나를 프로그래머로 재임용해 보직 발령을 냈다.

카운티 전산국에는 2백~3백여 명의 프로그래머가 있고 매니저 I이 약 50~60명, 매니저 II가 10여 명, 그리고 매니저 III이 전산국 국장이었다. 매니저 I에는 몇 명의 유색인종이 있었으나 매니저 II부터는 모두 백인 일색이었다. 나를 채용했던 일본인 3세 조지 히로가와는 자신이 채용했던 백인 오퍼레이터 에드 간(Ed Gahn)이 매니저 I, 매니저 II를 거쳐 매니저 III인 전산국장으로 승진하는 동안 10년 이상 선임 슈퍼바이저로 있다가 하니웰 시스템이 철거되면서 보직대기 상태가 되었다.

새로 생긴 유니박 전산실에 백인 프로그래머 필(Phil)이 매니저로 들어오고, 내가 교육을 떠나기 직전 슈퍼바이저로 들어온 백인 프로그래머 밥(Bob)이 선임 슈퍼바이저로 승진해 오퍼레이터를 지휘, 감독하고 나는 작업조정관으로 전산실의 실무를 담당했다. 밤 근무조의 작업조정관은 필리핀계 프로그래머 리처드였는데, 시스템을 전혀 모르는 데다 개인적으로 사업을 하느라 배우려는 성의가 없었다. 그러다 보니 밤에 전산실에 문제가 생기면 낮 근무조인 내가 불려나가 문제를 해결해주기 일쑤였다.

직원들은 초고속으로 승진했던 내가 3년 이내에 한인 최초로 매니저 I이 될 거라 예상했다. 그렇지만 내가 프로그래머로 승진한 과정이나 일본인 3세 조지 히로가와의 경우를 미루어보아 매니저 I은 내가 오를 수 없는 보이지 않는 한계, 즉 '유리천장(Glass Ceiling)'이란 생각이 들었다. 그래서 나는 1978년 8월 말, 로스앤젤레스 카운티 전산국을 미련 없이 사직했다.

카운티를 사직할 때 아직 미완성 상태였던 두 번째 매뉴얼 CMS교본을 완성하고 그만두겠다고 제안했다. 한 달 정도면 마무리를 지을 수 있었다. 그러나 "더 이상 카운티 직원이 아닌 네가 책임질 일이 아니다. 후임자가 완성할 것이니 신경 쓰지 말고 앞으로 성공하기 바란다"라며 거절했다. 그것이 못내 서운했다.

그리고 몇 년 후 전산실에 들렀을 때 미완성인 CMS교본을 그대로 사용하는 것을 보았다. 역시나 마음이 좋지 않았다. 현재 로스앤젤레스 카운티 전산국에서 일하고 있는 민병관 스페셜리스트에 따르면 지금도 사회보장금 지급을 유니박 시스템으로 처리하고 있으며, 오퍼레이터들은 내가 만든 매뉴얼을 참고한다고 한다.

로스앤젤레스의 베드룸, 세리토스

벨플라워 시에 살던 1976년 9월 25일, 딸 지아가 태어나 식구가 다섯으로 늘었다. 아내는 입덧을 하지 않아 언제 세 번째 아이를 가졌는지

97

3. 새로운 삶의 터전에서

몰랐다. 처음 임신 사실을 알았을 때 우리 부부는 낯선 이국땅에 와 경제적 기반도 잡히지 않은 상황에서 아이 셋을 어떻게 키울지 엄두가 나지 않았다. 그러나 한편으로는 딸이 있었으면 하는 소망도 있었다. 바라던 딸이 태어나자 아내와 나는 무척 기뻤다.

둘째 아들은 한국에 계신 아버지께서 손수 준석이라는 이름을 지어 주시고 호적에도 올렸는데, 막내에게는 우리 부부가 제니퍼라는 미국 식 이름을 지어주었다. 준석은 미국식으로 '준'이라고 불러도 괜찮은 데 큰아들 광석이의 경우 미국 사람들이 발음을 못해 유아원에서 KC 라고 불리는 것이 마음에 들지 않았기 때문이다. 미국 사람들이 나를 '짜애 쪼' 아내를 '쑤까이 쪼'라 부르는 것 역시 못마땅해 우리 부부와 두 아들은 1980년 미국시민권을 받으면서 가톨릭 영세명에 따라 조셉, 루시, 앤디, 토니로 이름을 바꾸었다. 그런데 딸은 오히려 대학에 들어 가면서 한국식으로 '유리'라 불렸고, 사회생활을 시작하면서는 '지아' 로 불린다.

막내 지아가 태어난 지 한 달이 채 지나지 않은 1976년 10월, 우리가 족은 제2의 고향 세리토스로 이사했다. 세리토스는 로스앤젤레스 카 운티의 동남쪽에 위치한 9제곱마일의 면적에, 인구 5만 5천 명이 사는 작은 도시다. 로스앤젤레스와 오렌지 카운티의 한가운데 위치해 있었 으며 5번, 91번, 605번 고속도로가 지나가고, 105번과 405번 프리웨이 가 가까워 교통이 편리하며, 학교·도서관·공원·운동장·노인회관 등 각 종 시설이 잘 갖추어져 있어 살기 좋은 중산층 주거지역이다. 하지만 우리가 이주하던 당시만 해도 아직 개발이 덜 되어 있었고, 소와 말 등 가축이 많아 냄새도 나고 파리도 많았다.

우리가 처음 살던 집은 시립도서관 뒤편에 있는 단층집이었는데, 블룸필드 길 동쪽에 큰 목장이 있어 구름이 낮게 깔린 날은 소똥 냄새가 아주 심했다. 막힌 골목(Cul de Sac)에 젊은 부부가 많이 살아 집집마다 어린아이들이 있었다. 아이들은 골목길에서 함께 뛰어 놀았고, 일 년에 한두 번은 블록파티(Block Party)라고 해서 집집마다 음식을 한 가지씩 가지고 와 나누어 먹으며 어울렸다. 쓰던 아기용품을 주는가 하면 아이들이 입던 옷을 깨끗이 빨아서 가져다주는 이웃도 있었다.

아내는 아이 셋을 키우느라 힘들었을 텐데도 내가 두 직장을 뛰어다니는데 자신은 아무 일을 하지 않고 집에 있는 것이 미안하다고, 내가 모르는 새에 무거운 기계를 밀고 다니며 앞·뒤뜰의 잔디를 깎아놓았다. 세차장에 가지 않고 집에서 차를 닦았고 카펫 빨래도 기계를 빌려서 직접 했으며, 헌 가구의 페인트칠도 손수 했다. 둘째 아들과 막내딸이 연년생이라 함께 기저귀를 썼는데 1회용을 사지 않고 100여 개의 천기저귀를 빨아 뒤뜰 빨랫줄에 널어 말렸다.

우리가 쓰던 가구는 쓰던 가구나 옷가지를 자기 집 차고나 정원에 내놓고 파는 '그라지세일'에서 헐값에 사다놓은 것이 대부분이라 제대로 된 것이 하나도 없었다. 미국에서 비싸게 팔릴 것이라 해서 한국에서 삼단 자개농을 갖고 왔는데 차마 팔지 못해 침실 한쪽에 어울리지도 않게 세워두었고, 침대는 매트리스만 덜렁 방바닥에 놓고 살았다. 그 와중에도 아내는 음악을 좋아해 윌리처(Wurlitzer) 피아노를 들여놓았는데 지금까지도 갖고 있다.

당시 세리토스에는 한인이 그리 많지 않았다. 당연히 한인 부동산 중개인도 몇 명 되지 않았으며 집을 장만하려는 한인도 많지 않았다.

그런데 내가 집을 살 때 도와준 동서부동산의 황 사장이 부동산 중개인 자격증(Real Estate Sales License)을 따는 것이 어떻겠냐는 권유를 해왔다. 듣고 보니 새벽부터 밤늦게까지 힘들게 두 직장을 뛰어다니는 것보다 부업으로 주말에 부동산 중개를 하는 것이 낫겠다는 생각이 들었다. 더구나 다우니에 있는 유니박 전산실로 복귀한 후에는 전체 총괄을 맡아 컴퓨터에 이상이 생기면 밤낮없이 불려나가는 처지가 되어 어쩔 수 없이 오디오마그네틱사를 사직해야 하는 상황이었다.

얼마 되지 않아 나는 부동산 자격증을 땄고 주말에는 부동산 중개업을 하기 시작했다. 1977년에 오렌지 카운티에 있던 동서부동산에서 일하며 세리토스대학에서 필요한 과목들을 이수해, 1978년에는 브로커 자격증(Real Estate Broker License)을 받아 세리토스 최초의 한인 부동산회사인 제일부동산회사(the Best Property Investment Realty)를 설립했다. 카운티 전산국은 사직했다.

현재 유니온교회를 담임하고 있는 사범대학 국문과 1년 선배 이정근 목사님이 당시엔 신학교에 가기 전이라 ≪한인신보≫라는 주간 신문의 편집국장으로 근무했는데, 내가 부동산 사업을 시작하자 부동산 관련 글을 써달라고 청탁을 해왔다. 우리가 집을 장만한 경험을 살려 "투자로서의 주택구입"이란 제목으로 '한국과 달리 10%만 내 돈을 내고 융자를 받아 집을 살 수 있다. 따라서 집을 산 뒤에 집값이 10% 오르면 투자한 돈의 100%가 오른 것과 같다'는 내용으로 6회에 걸쳐 구체적인 사례를 들어 연재했는데 한인들의 반응이 대단했다. 이후 안마태 신부가 발행했던 월간 ≪뉴라이프≫에도 부동산 관련 기사를 여러 차례 게재하면서 나는 일약 부동산 전문가로 알려지게 되었다.

컴퓨터를 전공해 한국으로 돌아가겠다는 꿈을 접고 나는 열심히 돈을 벌기 시작했다. 일간 신문에 "LA의 베드룸 세리토스"라는 광고를 실은 후에는 세리토스 지역에 관심을 갖는 한인들이 크게 늘기 시작했다. 쉴 새 없이 문의전화가 이어졌고 감당하기 힘들 정도로 손님이 몰려들었다. 아내가 집에서 전화를 받고 나는 손님을 모시고 다녔다. 9.5 제곱마일밖에 되지 않는 작은 세리토스 시내를 누비는 것이었는데도 새로 산 캐딜락의 주행거리가 3년 만에 10만 마일을 넘을 정도였다. 주말에는 아침 10시부터 2시간 간격으로 약속을 만들어 밤늦게까지 일했다. 한 달에 집 한 채만 팔아도 직장에 다니는 것보다 수입이 나았는데 한 달에 열 채 이상 파는 경우도 있었다. 에스크로(escrow, 부동산 매매를 위한 법적 절차)를 마무리 짓고 고객에게 "왜 나와 거래를 했느냐"라고 물어보면, 하나같이 "당신이 사기꾼처럼 생기지 않아서"라고 대답했다. 우리 부부가 성심껏 일한 정성이 고객에게 그대로 전해졌던 것 같다.

회사라고는 하지만 별도의 사무실이 있는 것이 아니었고, 손님을 모시고 다니는 고급 캐딜락 외에는 달리 경비가 나가는 것도 없었다. 나는 일하느라 정신이 없고 아내는 두 아이의 기저귀를 갈아 채우느라 바빠 우린 돈을 벌기만 하고 쓸 시간이 없었다. 집을 사기 위해서는 집값의 10~20%만 내 돈으로 지불하고 은행융자를 받으면 되기 때문에 에스크로를 서너 건만 완결하면 집 한 채를 살 수 있었고, 일이 잘 풀릴 땐 1년에 집 몇 채를 사기도 했다. 이렇게 3년 동안 열심히 일한 결과 세리토스에 집을 여러 채 사서 세를 놓았고, 로스앤젤레스에 스무 가구에 달하는 제법 큰 임대용 아파트를 구입해 외형자산이 백만 달러에 이르게 되었다.

　나보다 앞서 미국인 회사인 티파니부동산에 한인 여성 중개인이 한 명 있었지만 세리토스를 본격적으로 한인사회에 소개한 것은 "LA의 베드룸 세리토스"라는 나의 신문광고였다. 제일부동산에 이어 에이스부동산, 서부부동산 등 한인 부동산회사들이 설립되면서 세리토스는 한인사회에서 신흥 주택지로 각광을 받기 시작했다. 2009년 미국 전체 학교에서 3위에 오른 위트니고교를 비롯해 ABC교육구가 캘리포니아 최고 수준으로 알려지면서 세리토스 시는 교육열이 높은 한인들이 가장 선호하는 주거지역 중 하나가 되었다. 이후 한인을 비롯해 중국인들이 급격히 증가해 오늘날 세리토스 시는 동양계 인구가 60%를 차지할 정도가 되었다.

　당시 손님들을 모시고 다니면서 "미국에 와서 무슨 큰 꿈을 꾸겠습니까. 세리토스에 한인들을 많이 모신 후에 세리토스 시장이나 한번 하지요"라는 말을 재미 삼아 하곤 했다. 아이들이 다니는 학교에서 교장 자문위원도 했지만 미래에 대한 어떤 구체적인 계획이 있었던 것은 아니었다. 그러나 이런 인연으로 나는 항상 세리토스 한인사회에 일종의 책임감을 갖고 있었다. 그 사명감이 결국 2003년 내가 무모하게 시의원 선거에 도전하게 된 원인이 되었다. 하지만 내가 정말 시의원에 당선되어 세리토스 시장이 되리라고는 그때만 해도 전혀 상상하지 못했던 일이다.

세계 속의 한국인 1호

1978년 10월에 우리 가족은 지금 살고 있는 이층집으로 이사를 했다. 1980년대부터 많이 짓기 시작한 3천 제곱피트가 넘는 큰 집에 비하면 작은 집인데도 당시 우리 집에 왔던 한인들은 엄청 크고 좋은 집으로 기억하고 있다. 당시 분양하기 시작했던 새도파크(Shadow Park)에 있는 큰 집을 사려다 아이들이 너무 어려 작은 집을 산 것을 아내는 지금껏 후회하고 있지만, 미국에 온 지 4년 만에 수영장이 있는 이층집에 최고급 캐딜락 승용차와 100만 달러 상당의 재산을 소유하게 된 것은 그야말로 행운이었다.

방바닥에 매트리스를 깔고 살던 우리는 새집에 맞게 가구도 새로 마련했다. 아내가 응접실의 가구를 사기 위해 며칠 동안 많은 가구점을 다니고도 정하지 못하자 하루는 내가 함께 가서 직원에게 "이 가구점에서 가장 좋은 것이 어느 것이냐? 바로 집으로 배달을 해달라"고 했다. 나는 사치하거나 낭비하지 않지만 사소한 것을 가지고 신경 쓰는 것을 싫어하는 편이다. 아내는 내가 어정어정 뒤를 따라다니다가 미처 반대할 새도 없이 결정해버린 것을 못마땅하게 여겨 그 뒤로는 함께 장보러 가자고 하지 않는다.

부동산을 시작하기 전에는 경제적으로 어렵고 아이들이 모두 어려 우리 부부는 여가를 즐길 수 있는 마음의 여유가 없었다. 아이들은 그저 여름 내내 집 뒤뜰에 있는 수영장에서 살아 온몸이 모두 새까맣게 탔다. 그렇지만 아내는 30년 이상 수영장이 있는 집에 살면서도 밖으로 빙빙 돌기만 해 지금까지도 수영을 배우지 못하고 있다. 그래서 하루는 내가 장난삼아 아내를 수영장으로 밀어 넣었는데, 엄마를 구하겠다고 대여섯 살 된 둘째가 뛰어드는 바람에 셋이서 한 덩어리가 되어 허우적거리다 간신히 나온 적도 있다.

두 아들 녀석이 어찌나 장난이 심했던지 연달아 팔, 다리, 어깨가 부러지고 다쳐서 병원 응급실을 수시로 드나들었고, 세 아이를 데리고 쇼핑센터에 가면 번갈아 잃어버려 찾아다니기 바빴다. 어떤 때는 아이를 잃어버린 줄도 모르고 있다가 아이를 찾아가라는 구내방송을 듣고는 울고 있는 아이를 데려오기도 했다. 사정이 이렇다 보니 미국에 온 지 5년이 지나도록 구경 한 번 제대로 다니지 못했다.

그러다 사범대학에서 윤리학을 가르치신 김석목 교수님 내외가 오셔서 처음으로 온 가족이 디즈니랜드에 놀러갔다. 그런데 가는 날이 장날이라고 마침 쉬는 날이어서 라이온사파리라는 야생동물원에 갔다. 한여름에 에어컨이 작동되지 않는 고물 차를 타고 갔는데 야생동물이 위험하다고 창문을 열지 못하게 해, 교수님 내외와 우리 다섯 식구는 구경은 고사하고 차 안에서 한증막을 해야 했다. 1978년에 교수님이 다시 오셨을 때, 우리는 지난번의 실패를 만회하고자 최신형 캐딜락을 타고 디즈니랜드에 갔다. 그러나 그때도 제대로 구경을 못했다. 경험이 없던 탓에 첫 번째로 스페이스 마운틴이라는, 높은 곳에서 엄청나게 빠른 속도로 빙글빙글 회전하며 내려오는 무시무시한 열차를 탄 것이다. 70대 고령의 교수님은 속이 울렁거려 더 이상 구경을 하실 상태가 아니었고 우리는 바로 돌아와야 했다. 교수님은 고생만 하시고 처음으로 디즈니랜드에 간 아이들은 집에 가지 않겠다고 심통을 부려 한바탕 소동이 벌어졌다.

아내는 나와 결혼한 후 초기엔 성당에 다니지 않았다. 그런데 미국에 온 지 얼마 되지 않은 1975년에 아내는 꿈에 성모 마리아가 자주 나타나신다고 하면서 성당에 다니고 싶어 했다. 그래서 우리 부부는 성 아그네스 한인가톨릭교회 이종순 신부님의 주례로 관면혼배를 올렸으나 생활이 바빠 매주 미사에 참례하지 못했다. 그러던 1978년에 이웃이 된 권병삼 부부의 권유로 아내는 아이들을 데리고 성당에 다니기 시작했다. 미국은 기독교 국가이기 때문에 아이들이 신앙생활을 하는 것이 좋겠다는 생각이 들었다. 그래서 이듬해 나는 신부님으로부터 세례를 받고 요셉이라는 영세명을 받았다. 우리 부부는 막내 지아가 열여덟 살이 될 때까지 매주 아이들을 성당에 데리고 다녔다.

1976년 내가 아내에게 준 크리스마스 선물은 귀고리를 할 수 있게 허락하는 것이었다. 우리가 미국에 오기 전 한국에서 귀고리는 연예인이나 하는 것이었다. 그런데 미국에 와 보니 아기들도 귀고리를 하고 다니는 게 아닌가. 처음에는 신기하고 예쁘기도 했지만 나는 아내가 하겠다는 것을 한사코 반대했다. 그랬더니 아내가 "늙어서 쭈글쭈글한 손가락에 큰 다이아몬드 반지 끼워주거나 기력 없는 사람 크루즈 여행 데리고 다니지 말고 귀고리나 하게 해달라"며 졸라서 결국 승낙하고 말았다. 아내가 귀고리를 한 지 얼마 되지 않아 3살밖에 안 된 딸아이도 귀에 구멍을 뚫었는데, 어린것이 아파 눈물을 찔끔 흘리면서도 좋아하는 것을 보고는 '아내가 하고 싶어 할 때 일찍 허락할걸' 하고 미안한 생각이 들었다.

우리 부부가 함께 살아오는 동안 가장 경제적으로 안정되었던 1979

3. 새로운 삶의 터전에서

년 여름, 우리 집에 새로운 바람이 불기 시작했다. 공주사대 출신으로 나보다 공군 한 기수 위인 박옥춘 중위가 미네소타대학에서 교육학 전공으로 박사학위를 받고 다녀간 후였다. 박옥춘 박사는 며칠 우리 집에 머물며 귀국을 할지 고민하다 미네소타로 돌아갔다.

그 탓에 그동안 애써 잊으려 했던 고국에 대한 그리움이 되살아나 평생 처음으로 한 달 이상 병치레를 했다. 특별히 아픈 곳도 없는데 아무 일도 할 수 없었다. 누웠다 일어나기를 반복하다가 조금 괜찮아 지면 뒤뜰 수영장에서 수영을 하고 바닷바람도 쐬며 한 달을 쉬고는, 아내에게 "공부를 한 후 한국으로 돌아가자"고 말했다. 이제 평생 일 하지 않아도 먹고 살 수 있는 기반을 마련했으니 학교 부근에 큰 아파 트를 하나 사서 관리하며 공부를 하자고 한 것이다.

아내는 애초에 유학을 위해 미국에 왔으니 당신이 하자는 대로 따르 겠다고 하면서도 아이들이 학교에 들어가기 전인 지금은 괜찮겠지만, 내가 공부를 마친 4~5년 후엔 아이들이 한국에서 중·고등학교를 다니 기 힘들지 않겠냐고 걱정하는 기색이 역력했다.

나는 별도의 입학 수속을 밟지 않고 곧바로 복학할 수 있는 캘리포 니아 주립대 노스리지 캠퍼스에 9월 신학기부터 등록하기 위해서 산 페르난도 밸리(San Fernando Valley)를 중심으로 대형 아파트를 알아보기 시작했다. 몇 년간 세리토스 안에서만 생활하던 우리 부부는 아이들을 데리고 매일같이 로스앤젤레스에서 할리우드, 글렌데일, 산페르난도 밸리까지 돌아다녔다. 노스리지 인근을 시작으로 로스앤젤레스 근처 를 돌아다니다 석 달 후 윌셔가에 제일부동산 사무실을 차리기로 결정 할 때까지 아내는 그저 말없이 3살, 4살, 6살짜리 세 아이들을 데리고

제1부_ 농민의 아들, 세계 속의 한국인 1호가 되다

매일같이 나를 따라나섰다. 처음에는 신이 나서 따라다니던 아이들이 집에서 놀겠다고 떼를 써도 아내는 막무가내로 아이들이 데리고 다녔다. 이런 아내의 행동은 내가 다섯 식구의 가장이라는 사실을 주지시키고 '당신 혼자만의 인생이 아니다'라는 무언의 시위였다.

약 3개월의 고심 끝에 대학원 대신 윌셔가와 크렌셔가 부근에 한인 부동산으로는 가장 큰 부동산회사를 열기로 했다. 이때부터 파란만장한 20년간의 한인타운 생활이 시작되었다.

지금은 윌셔 거리가 한인타운의 중심이 되었지만 그 당시 윌셔가는 백인이 절대 다수를 차지했다. 더구나 윌셔가 한가운데 큰 회사를 연 한국인은 내가 처음이었다. 올림픽가에 국제부동산, 8가에 럭키부동산이 있었고 그밖에 몇몇 한인들이 부동산을 하고 있었지만 제일부동산은 한인사회에서 최초로 규모를 갖춘 부동산회사였다.

회의실과 고객 상담실까지 갖춘 사무실에 10명이 넘는 전업(Full Time) 중개인을 두었고, 여직원과 부업(Part Time)으로 일하는 중개인까지 합치면 직원 수는 총 30여 명에 달했다. 우리 회사의 직원들은 센추리21부동산회사의 금색 제복과 같은 짙은 자주색 제복에 명찰을 달았다. 그들은 모두 전문직이라는 긍지를 갖고 열심히 일했다. 다른 부동산회사에서는 직원이 브로커자격증을 받으면 독립해 나갈 것을 우려해 사장이 좋아하지 않았지만 나는 직원들에게 공부를 장려했다. 그래서 전성대, 조규선, 민병관, 최성윤, 마이크 이, 이진원, 김명기 등 10명이상이 브로커자격증을 받았다.

1980년에 나는 윌셔가 앰배서더호텔 부지를 한인타운의 중심으로 개발하는 구상을 갖고 『로스앤젤레스 한인타운의 현실과 미래상』이란 소책자를 냈다. 당시 올림픽가를 중심으로 개발되기 시작한 한인타운이 오늘과 같이 아무런 특성도 없이 지역만 넓게 차지해 주류사회로부터 주목을 받지 못하게 될 것을 내다보고, 한국 대기업의 투자를 유치해 세계에 한국의 문화와 경제성장을 알릴 수 있는 코리안빌리지를 개발하려는 야심찬 계획이었다.

나는 중국타운과 일본타운을 비교·연구해 발전방향을 제시한 사진과 슬라이드 자료를 준비했다. 개인적으로는 세리토스에 투자한 부동산들을 정리해 한인타운 인근에 집중투자하고, 로스앤젤레스와 산페르난도 밸리가 내려다보이는 할리우드 뒷산 밀홀랜드로드에 큰 저택을 지어 아내는 빨간색 벤츠 스포츠카, 나는 당시 유일한 스포츠유틸리티차(SUV)였던 레인즈로버를 타겠다는 희망을 품었다.

회사가 제법 규모를 갖추고 활기차게 돌아가던 1980년 4월이었다. KBS에서 취재팀이 찾아왔다. '세계 속의 한국인'으로 나를 소개하고자 한다는 것이었다. 1979년 10월 26일에 박정희 대통령이 피살된 이후 유신체제하에 움츠렸던 언론기관들이 기를 펴기 시작했는데 그 일환으로 KBS에서 세계 각지의 성공한 한국인을 소개하는 8·15특집프로그램을 만든다는 것이다. 소설 「지리산」으로 유명한 이병주 선생이 팀장이었고 PD, 카메라기사가 동행했다. 그들은 2주간 로스앤젤레스에 머물며 나와 우리 회사를 취재했다.

내가 '세계 속의 한국인' 1호로 선정된 과정은 정확히 알 수 없으나 아마도 당시는 한인사회를 대표할 다른 사업체나 인물이 없던 시기라, 100만 달러 상당의 재산을 모았으며 많은 한국인 직원들이 활발하게 일하고 있는 부동산회사를 운영하고 있었던 내가 그나마 적합했던 것

제일부동산회사를 운영하던 시절.

이 아닐까 생각된다.

2주 동안 애주가인 이병주 선생과 술자리를 같이하며 급박하게 돌아가는 서울의 소식과 미국 내 한인사회의 장래에 관해 많은 이야기를 나누었다. 자유롭게 사상을 이야기할 수 없던 시대를 벗어났다는 감동 때문인지 이병주 선생은 흥분을 감추지 못하고 민족의 장래에 대해 많은 꿈을 펼쳤다. 특히 나의 코리안빌리지 개발구상에 깊은 관심을 표명하며 남미에 조선소를 추진하다 중단한 현대건설을 비롯해 한국 대기업들의 투자유치를 적극 돕겠다고 자청했다.

내가 어머니의 회갑이 있는 8월에 한국을 방문하게 되면 서울에서 다시 만나 구체적인 협의를 하기로 약속하고 이병주 선생은 KBS 취재

팀과 함께 다음 촬영을 위해 뉴욕으로 떠났다. 그러나 뉴욕에서 세계 속의 한국인 2호 인물을 취재하는 사이에 5·18민주화운동이 발생했고 8·15특집프로그램 제작은 중단되었다.

첫 한국 방문

1980년 5월, 광주는 한국 현대사의 물줄기를 돌려놓으며 격랑에 휩쓸린 우리 모두의 삶을 바꾸어놓았다. 언론이 통제되었던 국내와 달리 미국의 한인사회에는 광주민주화항쟁에 대한 실상이 자세히 알려졌고 한인타운 분위기는 심상치 않게 돌아갔다. 1970년대 유신반대운동을 계기로 활기를 띠기 시작했던 미국 내 민족민주운동권이 활발히 움직이기 시작했다.

그러나 정치와 거리를 두기로 마음을 먹었던 나는 애써 이를 외면했다. 결국 나는 마음 한구석에 남아 있던 귀국에 대한 미련을 접고 1980년 8월 1일 성조기 앞에 미국 시민이 될 것을 엄숙히 선서하고 시민권을 받았다. 그리고 얼마 안 있어 우리 가족은 어머니 회갑을 맞아 모국 방문길에 올랐다.

6년 만에 다시 찾은 서울은 내가 김포공항을 떠나던 유신체제 시절보다 더 무겁게 짓눌린 듯했고 사람들의 숨소리마저 들리지 않는 유령도시 같았다. 신군부의 철저한 통제에도 불구하고 사람들은 돌아가는 상황을 알았다. 그러나 아무도 현실을 말하지 않았다. 불과 4개월 전까지만 해도 로스앤젤레스에서 내게 민족의 희망을 설파했던 소설가 이병주 선생도 코리아나호텔 커피숍에서 나를 다시 만났을 땐 "지금 모든 기업인들의 관심사는 살아남는 것"이라며 낮은 목소리로 말하고는 자리를 떴다. 로스앤젤레스 한복판에 중국타운, 일본타운 못지않은 코리안빌리지를 건설하자며 펼쳐 보였던 청사진과 자유분방한 열정은 찾아볼 수 없었다.

오랜만에 만난 사범대학 동기들은 대게 학교보다는 회사, 은행, 신문사에서 일하고 있었다. 그러나 신문기자조차도 목소리를 낮추고 동료 기자끼리도 서로 사적인 이야기는 하지 않는다고 말을 아꼈다. 여럿이 한자리에 모이는 것을 꺼려해 친구들도 한두 명씩 따로 만나야 했는데 그마저도 서로 말없이 술잔만 비울 뿐이었다. 친구들로부터 민족을 배반했다는 지탄을 받을 거라 각오했건만 내가 미국시민권을 취득한 것을 두고 어느 누구도 비난하거나 고국으로 돌아오라는 말을 하지 않았다.

고향도 무척이나 낯설었다. 부모님은 내가 자란 집 앞의 작은 도랑을 산 밑으로 옮기고 도랑을 메운 자리에 콘크리트로 새집을 지으셨다. 우리 집만 옮겨진 게 아니라 동네 입구에 새집이 여러 채 들어서고 새마을운동으로 골목길이 이리저리 바뀌어 부모님이 계시지 않았으면 집을 찾기 어려울 지경이었다. 슬프게도 한강 상류인 동네 앞 개천은 온통 콘크리트 덩어리가 되어버려 어린 시절 여름마다 수영하며 뛰어놀던 개천의 옛 모습 또한 찾아볼 수 없었다.

그래도 부모님이 계시는 고향은 어머니 치마폭처럼 포근했다. 아버지 회갑 땐 미국 생활이 한창 어렵던 1976년이어서 찾아뵙지 못했었다. 그래서 두 분 모두 무척 서운해하셨는데 세 명의 손자, 손녀를 보시고 노여움을 많이 푸셨다. 어머니는 연신 부엌을 드나들며 아이들 입맛을 맞추느라 애쓰셨고, 아버지는 영어로 떠들며 저희끼리 놀고 있는 손자들 얼굴을 안쓰럽게 쳐다보고 계셨다. 이야기를 나누고 싶은데 아이들이 한국말을 못할 것이라고 지레짐작하셨던 것이다. 아내가 눈치를 채고 "아버님, 아이들 한국말 잘해요. 말씀해보세요" 하자 아버지가 반색하셨다. 큰 손자에게 "광석아, 네 성씨가 뭐냐?"고 묻자 광석이는 "몰라요"라고 대답했다. 아버지께서는 놀라시며 아내에게 "애야, 큰일 났다. 애가 지 성도 모른다" 하셨다. 아내가 "광석아, 너 Last Name 몰라?" 했더니 그제야 광석이가 "알아요. 초예요"라고 했다. 아버지께서는 "이놈아, 조씨입니다 해야지 초가 뭐냐?"고 하시면서도 무척 흐뭇해하셨다.

어머니는 아직도 내 걱정이 많으신 듯했다. 반상회에서 들은 말이라면서 전두환을 치켜세우는 말을 꺼내다가 내가 속뜻을 알아차리고 "어머니 제게 그런 말씀 하지 않으셔도 됩니다"라고 했더니 이내 말문을 닫으셨다. 김천 처가로 떠나기 전날 밤 어머니께서는 이렇게 말씀하셨다. "네가 미국에 간 건 잘한 일 같다. 어디 살던 아이들 잘 키우며 너만 잘 살면 나는 괜찮다." 어머니는 어느새 세 아이의 아버지가 된 불효자를 용서하셨던 것이다. 그러나 당신의 아들을 두 번 다시 만나지 못하리라고는 짐작조차 하지 못하셨을 것이다.

김천에 있던 처가도 역전에 있던 이층집을 팔고 평화동 시장 부근으로 이사해 낯설기는 마찬가지였다. 장인이 일찍 돌아가시고 이른 나이에 혼자되신 장모님은 어린 처남들의 교육을 위해 목욕탕을 여셨는데, 목욕탕 물을 덥히는 데 톱밥을 사용해 온 집안이 어수선하기 그지없었다. 게다가 우리가 미국에 간 뒤 갓 돌이 지난 큰아들 광석이를 돌보느

제1부_ 농민의 아들, 세계 속의 한국인 1호가 되다

라 교육대학을 졸업한 후 교사발령을 받고도 부임하지 못한 큰 처제가 결국 장모님의 일을 거들고 있어 나는 미안한 마음에 얼굴을 들지 못했다. 장모님과 큰 처제는 몇 년 만에 만난 광석이를 안고 눈물을 흘렸다. 1년 넘게 광석이를 키워 정이 많이 들었기 때문이다. 그런데 그 일로 당시 다섯 살이었던 준석이는 얼마나 서운했던지 지금도 할머니와 이모는 형만 좋아한다고 불만이다.

우리는 양가의 부모님과 형제들 모두에게 미국으로 건너가 함께 살자고 했다. 그러나 아무도 미국으로 이민을 오려고 하시지 않았다. 양가 어른들 모두 어린 동생들이 우리에게 짐이 될까 염려하셨기 때문이다. 고된 농사일로 힘들어하셨던 어머니와 혼자되신 장모님 모두 당신들 힘으로 동생들을 대학까지 가르치셨다. 한국에 다녀온 후 곧바로 신문사를 시작한 우리는 경제적으로 어려움이 많아 아무런 도움을 드리지 못했다.

어머니는 평생 내게 희망을 걸고 사셨던 분이었다. 그런데 내가 한국에 다녀간 후 몇 년 되지 않아 고혈압으로 쓰러지셨다. 어머니는 거동이 불편하신데도 매일같이 동네 초입에 있는 다리에 앉아 반정부 인사로 몰려 한국 땅에 돌아오지 못하는 아들을 기다리셨다. 그러다 그곳에서 낙상을 당해 끝내 나를 다시 보시지 못하고 1987년 11월 30일 67세로 돌아가셨다. 아버지께서는 다행히도 어머니보다 건강하게 오래 사셨다. 아버지는 아흔이 다 되도록 고향을 지키시다 몇 년 전에 동생과 함께 잠시 충북 제천으로 이사하셨고, 노환으로 2008년 12월, 93세로 일생을 마치셨다.

80년 광주가 바꾼 우리의 운명

1980년 8월 유령의 도시 서울, 그 누구도 아무런 말을 하지 않았다. 시커먼 잉크투성이 신문들은 두툼하기만 했지 진실에 관한 어떤 내용도 없었다. 심지어는 기자도 독자도 없었다. 나도 아무 말을 하지 않고 미국으로 돌아왔다. 그리고 곧바로 ≪주간광고≫ 창간 준비 작업을 시작했다. 신문을 창간하기로 마음먹은 것은 한국의 시대상황을 고려한 정치적인 동기 때문이 아니었다. 그와는 정반대인 상업적인 광고전문지를 만들기로 한 것이다.

사범대학 동기로 비록 전공은 다른 교육학과 출신이지만 고향이 강원도 영월 산골이라 가깝게 지내던 P가 그 당시 UCLA에서 박사과정을 밟고 있었다. 우리는 아이들을 데리고 함께 놀러 다니며 가깝게 지냈다. 박사학위를 받은 후 P는 영주권이 없어 취직을 하지 못했고, 내가 운영하던 제일부동산회사 사무실 한쪽에 한미교육연구원을 차렸다. 그때 그는 네 식구를 먹여 살릴 대책이 필요한 절박한 상황이었다.

나는 우리 회사 선전용 뉴스레터의 제작을 P에게 맡겨볼까 생각했다. 그런데 내 뜻을 알게 된 친구 조희도 화백이 아예 신문을 창간하는 것이 좋지 않겠냐고 했다. 아무리 친구 사이라도 명분 없이 그냥 돕는 것보다 일거리를 제대로 만들어주고 월급을 주는 것이 서로에게 바람직하다는 이야기였다. 신문을 창간하는 것은 쉽게 결정할 수 있는 사안이 아니라 나는 결단을 내리지 못하고 망설이고 있었다. 그러나 한국에 다녀오고 난 후, 숨이 막힐 것 같은 그곳으로 돌아가라는 말을 P에게 할 수 없었다. 결국 나는 로스앤젤레스로 돌아오자마자 광고전문 주간지를 창간하기로 했다.

마침 아내도 신문 창간에 적극적이었다. 아내는 미국 생활 초창기에 은행에서 일했다. 그런데 아이들이 태어나자 살림에 매달릴 수밖에 없었다. 늘 집에만 있으니 세상에서 자기만 뒤떨어진 것 같은 기분이 든다며 아내는 무슨 일이든 하고 싶어 했다. 더구나 신문사를 세우면 대학동기 P의 영주권도 해결할 수 있었다. 그리하여 1980년 9월 월턴 부근 올림픽가에 사무실을 열고 아내와 P, 그리고 평생 처음이자 마지막으로 직장 생활을 한 조 화백까지 세 명이 신문 창간 준비를 하기 시작했다.

사무실이라고 해봐야 1983년 한미은행으로 개조된 허름한 건물의 한가운데 있던 작은 사무실 3개 중 하나였다. 각 사무실은 웨스턴건설의 박영모, 몇 년 뒤 한국으로 귀국한 최윤, 그리고 우리 신문사가 하나씩 나누어 썼고 가운데 있는 넓은 공간을 공동으로 사용했다. 우리는 당시 설렁탕 전문 식당인 하동관을 경영하던 강철산을 중심으로 박재원, 강철모, 김동명 등 20여 명이 모인 친목 모임 정우회를 함께하는 사이였다.

신문을 창간하기 전까지 나는 정우회, 한인상공회의소, 서울대학교 총동창회, 사범대학 동창회, 공군 보라매회 등 여러 단체에서 활발히 활동했다. 공군 보라매회에서 위관장교 대표로 부회장을 맡았으며, 사범대학 동창회는 총무를 3년간 맡으며 30여 명이었던 회원을 100명 이상으로 늘리기도 했다. 동문들에게 일일이 전화하고 편지를 쓰는 등 나보다도 아내가 열심이었다. 3년 후 총무를 다른 동문에게 넘겼는데 시원하기보다는 서운한 마음이 들어 '이래서 권력이란 한번 잡으면

놓기 어려운 모양이다'라는 생각을 했다.

창간 준비를 위해 P와 조희도 화백은 신문의 제호와 창간안내서를 만들었다. 그리고 아내는 한인 주소록을 모아 우편물발송 대행업체에 보낸 후 약 4만 명의 명단을 정리해 창간안내서를 발송했다. 그중 반 이상이 잘못된 주소라 반송되고 확보된 명단은 1만 8천 명 정도였다. 그때만 해도 로스앤젤레스에서 발행되는 일간 신문의 발행부수조차 얼마 되지 않았고, 교포가 발행하던 비정기 신문들은 몇 백 내지 천 부 정도 발행하는 수준이었기 때문에 이와 비교하면 실로 엄청난 숫자였다.

창간안내서를 발송한 후 약 일주일이 지났을 무렵 대학동기 P가 심각한 표정으로 고민을 하기 시작했다. UCLA를 졸업한 직후 한 일간지 기자시험에 응시한 적이 있는데, 반년이 지난 며칠 전 갑자기 그 일간 신문 사장이 자신의 회사로 옮기면 영주권을 신청해주겠다는 제안을 했다는 것이다. 아직 창간호도 발행되지 않아 회사의 장래나 영주권 신청여부 모두 불투명한 상황에서 안정된 직장과 영주권을 보장한다고 하니 P는 이미 마음을 정한 것 같았다. "너와 네 가족의 장래에 관한 문제이니 네가 결정하라"고 했더니 P는 곧바로 일간 신문 기자로 옮겨 갔다.

대학동기 P가 떠나고 나는 아내에게 지금이라도 그만두는 것이 어떻겠냐고 했다. 그러나 아내는 오기로라도 계속하겠다고 했다. 우리는 친지의 소개로 한국일보사, 동아일보사에서 기자로 일했던 노길남을 편집국장으로 채용해 창간 준비를 계속했다.

5월 광주는 나의 의도와는 달리 나와 우리 가족 모두의 운명을 바꾸어버렸다. 1981년 1월 28일, 전두환이 레이건 대통령의 초청으로 미국을 방문해 로스앤젤레스에 왔다. 우리 신문사는 제일부동산의 뉴스레터로 시작해 P군의 영주권 신청을 위한 생활정보지로 출발한 ≪주간광고≫였다. 그러나 창간호의 발행을 위한 막바지 준비 작업을 하다가 전두환 규탄시위를 위해 거리로 뛰쳐나가야만 했던 시대상황 속에, 군사독재 반대와 민주화운동이란 시대적 사명을 안게 되었다. 이렇게 1980년대 미국을 비롯한 한국 민주화운동의 대변지 역할을 맡았던 ≪코리안스트릿저널≫은 1981년 2월 2일 ≪주간광고≫의 창간호를 발행하면서 탄생했다.

제2부

참언론, 민주화운동의
한가운데에서

1. '바른 언론'을 지향하다

≪코리안스트릿저널≫의 탄생

5·18민주화운동과 전두환 정부의 출범으로 한국의 언론통제는 강화되었다. 미국에서 발행되던 한국 일간지가 한국의 정세를 제대로 보도하지 못하자 로스앤젤레스 한인사회는 순수 교포언론에 대한 열망이 가득해졌다. 이에 호응해 1980년대 초 미주 한인사회에 ≪나성신문≫(강일), ≪게이트웨이≫(김기점), ≪자동차신문≫(닥양), ≪시사뉴스≫(김달윤) 등 다양한 교포신문들이 잇따라 선을 보였으나 모두 몇 개월을 버티지 못하고 겨우 명맥만을 유지하는 데 그쳤다.

언론자유에 목말랐던 독자들의 기대와 10개 안팎이던 한인 업소가 10년 사이에 550개로 증가한 로스앤젤레스 한인사회의 눈부신 성장에 부응해, 1981년 2월 2일 광고전문지 ≪주간광고≫의 창간호를 발행했다. 창간호 기사는 '새해 경기전망'과 '세금보고 무엇이 달라졌나'가 고작이었으며, 그 밖에 TV안내와 만화를 제외한 12면 모두가 광고였다. 그러나 한인타운에 있는 몇몇 업소에 배포되던 기존의 교포신문들과 달리 수많은 동포들의 가정으로 직접 배달되는 《주간광고》의 반응은 대단했다. 《주간광고》는 부동산, 세금보고, 사업정보, 건강상식과 재미있는 세상만사 등을 추가해 점차 종합주간지의 면모를 갖추었다. 종합 생활정보지로 출발했던 《주간광고》는 반년 후인 제26호부터 《주간광고》라는 상업성 제호를 벗어버리고 《코리안스트릿저널》(이하 스트릿저널)로 거듭났다. 아내가 <세서미 스트리트(Sesame Street)>에서 아이디어를 얻어 만든 이름이다.

　종합주간 신문 《코리안스트릿저널》은 한인사회의 문제점, 한인타운의 현실과 미래상 등 기획연재와 한흑관계, 노동문제, 민권운동 등을 심도 있게 다룬 특집기사들로 독자에게서 좋은 반응을 얻었다. 그리고 한인언론이 비판의 성역으로 여겼던 한국의 정치상황, 총영사관, 언론, 기독교계에 대한 비판과 반전·반핵·평화운동, 한반도 핵문제 등 민감한 사안들도 성역 없이 다루었다. 이렇다 보니 스트릿저널의 기사에 대한 독자의 반응은 거의 폭발적이었다.

　스트릿저널과 다른 미주 동포신문 간의 가장 큰 차이점은 소위 반독재민주화운동권의 활동을 여과 없이 보도했다는 점이다. 그동안 광주의 진실은 《한국일보》, 《중앙일보》, 《동아일보》는 물론 미국 내 동포사회에서 발행되는 주간 신문에서조차 찾아볼 수 없었다. 1982년 5월 한미수교 100주년을 맞아 한미 양국관계를 재조명한 기획기사와, 광주민주화항쟁 이후 한국에서 고조되기 시작한 반미감정을 다룬 기획기사를 계기로 스트릿저널은 독자들에게 신선하다는 찬사를 받는 동시에 총영사관의 주목을 받기 시작했다. 좋은 신문 만드느라 수고가 많다고 포도를 사오는 할아버지, 떡을 해오는 아주머니 등 격려를 해주시는 분들도 있었고, 빨갱이 아니냐는 비난과 욕설을 하는 사람도 있었다.

많은 사람들이 스트릿저널을 반정부적 색채가 강한 정치적 신문으로 기억하고 있다. 그러나 스트릿저널은 종합 생활정보지로 한인동포들에게 유용한 정보를 제공하는 등 여러 방면으로 한인사회 발전에 기여하려고 노력했다. 그 예로 1982년 8월 제인 김을 초대 관장으로 세우며 출범한 한인청소년회관을 3개월간 집중적으로 소개하면서 당시로서는 큰돈이었던 9,427달러의 후원금을 모아 전달했다. 이는 한인청소년회관이 오늘날 한인사회의 가장 대표적인 커뮤니티 봉사단체로 발전하는 계기가 되었다.

1982년에는 한인언론 처음으로 당시 USC 학생이던 찰스 김을 학생기자로 채용해 각 대학 한인학생회의 소식을 소개하는 대학탐방 시리즈를 게재했다. 1983년 2월에는 UCLA와 USC의 한인학생회 주최, 스트릿저널 후원으로 한인학생회 간의 친선경기인 제1회 BT전(Bruins-Trojans)을 개최했다. 참고로 지금 한인사회에서 널리 사용하고 있는 1.5세라는 용어는 제1회 BT전 개막식에서 내가 한 축사에서 시작되었다. 그때 나는 "한인 이민역사가 80년 가까이 되지만 초기 이민자들의 후예와 최근 건너온 한인 사이에 단절이 생겼다. 영어와 한국어를 모두 구사하는 여러분과 같은 1.5세가 1세와 2세 사이에서 교량 역할을 해야 한다"고 말했다.

1983년 2월에는 장소현, 이충열, 김용만, 김석만 등 전문가를 초청해 창간2주년기념 민족문화학술대회를 개최했고, 1984년에는 민족사상 연구발표회를 열었다. 또한 해마다 지난 1년간 스트릿저널에 보도되었던 기사와 독자투고 중에서 '잘한 일 선한 일 상'과 '독자투고상'을 선정해 창간기념행사 때 시상했다. 1983년도 독자투고상 시 부문 수상작 김형식의 동시 「통일의 노래」를 비롯해 좋은 작품들이 많이 발굴되었다.

한 손가락 두 손가락 세엣 네엣
하나마저 꼬부린다 죽나 봐야지
주먹을 불끈 쥐면 모두 하나지

하나 펴고 둘 펴고 세엣 네엣
하나마저 펴고 나면 손바닥이지
두 손을 맞잡으면 모두 열이지

한 손은 감춰두고 가위바위보 가위바위보
때리고 베었어도 감싸줘야지
한 손으로 모자라면 안아줘야지

스트릿저널은 독자의 소리를 생생하게 전달하고, 전문가 기고는 물론 글짓기대회를 개최해 학생들의 작품을 신문에 게재하는 등 독자투고에 많은 지면을 할애했다. 지면에 목말랐던 독자들이 활발한 작품 활동을 하면서 스트릿저널은 여러 권의 단행본을 발행했다. 박관우 선생이 연재했던 관광안내를 정리한 1983년 10월 『캘리포니아관광안내』를 시작으로, 고종옥 마태오 신부의 『아 조국과 민족은 하나인데』

(1985.6), 『조국과 교회의 사이에서』(1987.5) 등 많은 책을 출판해 미주출판업계에 기여했다.

스트릿저널 창간으로 우리 부부는 물론 세 아이의 운명도 하루아침에 바뀌었다. 우리 부부는 아침 일찍 한인타운에 있던 신문사와 부동산회사로 출근해 밤이 늦어서야 세리토스에 있는 집으로 돌아왔다. 아내는 주로 영업 업무를 진행했는데 수많은 고객들의 이름, 전화번호는 물론 전화음성까지 기억해 모두들 놀라워했다. 그런데 더 놀라운 것은 정작 가장 중요한 얼굴을 기억하지 못해 매주 찾아오는 필진조차 알아보지 못하는 경우가 많았다. 인생상담 칼럼을 담당했던 윤병열 박사는 아예 신문사를 방문할 때마다 "처음 뵙겠습니다"라고 아내에게 먼저 인사를 건넸다. 아내와 함께 일을 하다 보니 퇴근 후에도 회사 얘기를 하는 경우가 많았고 그 때문에 자주 다투기도 했다. 나는 신문사에서 아내를 '미세스 조' 또는 '조 국장'이라 불렀는데, 그러다 보니 어느새 부부라기보다는 동업자가 되어가는 느낌이었다.

아이들을 돌보아주는 할머니가 계셨지만 아이들과 놀아주는 것은 힘들었기 때문에, 여덟 살이었던 큰아이 광석이 두세 살 어린 동생들을 챙겨야 하는 경우가 많았다. 아이들은 온종일 싸웠고, 하루에도 수십 번씩 번갈아가며 엄마에게 전화를 걸었다. 그 당시 우리 집 전화요금 통지서의 수신자 목록에는 회사 전화번호만 수십 번씩 적혀 있었다. 세 아이 모두 초등학교 2학년부터는 버스를 타고 세리토스초등학교 영재반(GATE)에 다녔다. 우리 부부는 매일같이 아이들이 잠든 자정이 다 되어서야 집에 돌아왔고, 아이들은 우리가 일어나기도 전에 저희끼리 가방을 챙겨서 "엄마 아빠, 바이" 하고 학교에 갔다. 우리 부부는 아이들 공부를 도와주기는커녕 "숙제했느냐"고 제대로 물어보지도 못했다.

그런 와중에도 우리는 어릴 때 경험이 인생에서 가장 중요하다는 생각에 연말연시 연휴나 미국독립기념일, 노동절 연휴 기간을 이용해 일 년에 두 차례씩 아이들과 캠핑이나 여행을 다녔다. 특히 연말연시에는 아예 신문을 한 주 휴간하고 해마다 여행을 했다. 처음에는 스트릿저널이 발행한『캘리포니아 관광안내』에 따라 주로 캠핑을 다니다 경제적으로 여유가 생기면서 옐로스톤, 나이아가라 폭포 등 미국의 주요 관광지를 둘러보았다. 어떤 때는 여행을 마치고 이동 동선을 계산해보니 우리나라 남북을 합쳐 한 바퀴 돌고 올 정도의 거리가 되기도 했다.

부동산 사업을 할 땐 해마다 집이나 건물을 몇 채씩 사 모았지만, 신문사를 운영하면서는 그와 반대로 하나둘 팔기 시작했다. 신문사도 적자였지만 신문사에 신경을 쓰느라 부동산회사 일에 집중하지 못해 수입이 줄어들어, 매달 지불해야 하는 엄청난 융자금을 제때에 상환하지 못했기 때문이다. 한국 대기업의 투자를 유치해 윌셔가 앰배서더호텔 부지에 대규모 코리안빌리지를 개발하려던 나의 야심찬 구상은 물론, 할리우드 뒷산의 밀홀랜드로드에 저택을 짓고 아내는 빨간 벤츠 스포츠카, 나는 레인즈로버를 타겠다는 꿈도 멀어졌다.

1. '바른 언론'을 지향하다

반정부신문이라는 낙인

스트릿저널이 광주민중항쟁을 자세히 보도한 데다, 해마다 5월이 되면 반정부단체들의 5·18 기념행사를 싣자 신문사와 총영사관은 긴장 관계에 놓이게 되었다. 처음에는 대학교 선배인 박민수 총영사의 부인이 나를 공관으로 초청하는 형식으로 협조를 요청했다. 그러나 뜻대로 되지 않자 나중에는 스트릿저널을 반정부신문, 빨갱이라고 모략해 미주 동포사회로부터 도태시키기 위해 안간힘을 썼다.

가장 전형적인 방법은 안기부 영사를 비롯한 총영사관 직원들이 광고주에게 전화를 걸어 "스트릿저널에 광고를 하셨던데 사업이 잘되십니까?"라고 물으며 압력을 가하는 것이었다. 결국 스트릿저널은 한인사회에서 가장 큰 광고주인 대한항공의 광고를 10년 동안 단 한 번도 받지 못했다. 광고주들로부터 직접 빨갱이라는 소리를 들어야만 하는 영업 담당자들은 편집국에 대한 불만이 쌓여 신문사 내부에서 편집국과 광고국 직원들의 신경전이 벌어지기도 했다.

한국 정부와 안기부의 공작으로 스트릿저널은 직접 개최했던 BT전과 성금을 모아 후원했던 한인청소년회관, 본보 학생기자가 주도적으로 창설했던 한미연합회와도 점차 거리가 멀어졌다. 1983년에는 한인청소년회관의 후원 만찬이 총영사관에서 열렸는데, 우리가 감사패를 받기로 되어 있었으나 총영사관 측의 반대로 초청받지 못하는 일도 있었다. 그 이후 나는 세리토스 시의원에 당선될 때까지 총영사관저에 무려 24년 동안 초대받지 못했다.

안기부와 총영사관의 공작으로 나는 한인사회의 여러 단체와 동창회로부터 소외되고, 심지어는 가깝게 지내던 친지나 이웃과도 점차 멀어졌다. 친구들과 동문들이 대놓고 말은 하지 않았지만 불편해하는 기색이 보였기 때문이다. 간혹 시비를 거는 이들도 있었지만, 그보다도 슬프고 황당했던 것은 모임에서 테이블에 혼자 앉아 있는 나 자신을 발견할 때였다.

한국 정부의 압박은 고국에 있는 나의 가족, 친지와 동창 들에게까지도 직간접적으로 이루어졌다. 대학을 중퇴하고 고향에서 부모님을 모시던 동생 재설이는 들에서 일하다 연행되어 옷도 갈아입지 못하고 청주의 대공분실에서 조사를 받고 풀려났다. 일간지 창간을 위한 식자기 도입과 식자수 채용을 한국에서 도와주던 대학동기 김창선도 두 차례 안기부의 조사를 받았다. 또한 안기부는 나를 회유하기 위해 프랑스에 파견되어 있던 대학동기를 소환해 로스앤젤레스 총영사관에 정보담당 부총영사로 파견하기도 했다. 자연히 나는 한국의 가족이나 친지들과 연락이 끊어지게 되었다. 보성고에서 내가 담임을 맡았던 제자가 미국에 잠시 머무른 적이 있는데, 한국에서 사업을 하던 그의 부모에게 악영향이 미칠까봐 나는 의도적으로 제자를 멀리해야 했고 사정을 잘 모르는 제자는 나를 오해하기도 했다.

그러나 나는 총영사관을 적대적으로 대하거나 관계를 완전히 단절하지는 않았다. 창간 초기 박민수 총영사의 초대에 응하기도 했고, 1998년에 한인사회를 떠날 때까지 역대 정보담당 부총영사들과 일 년에 한두 차례씩 식사를 하고 대화를 나누었다. 한국 정부의 공무원인 그들의 입장을 이해하려고 노력했고, 그들 역시 나의 소신을 존중해주었지만 그들이 편집에 관여하는 것은 절대로 받아들이지 않았다.

그러나 총영사관은 이러한 관계를 이용해 내가 총영사관과 타협해 편집국장을 해임할 것이라는 소문을 퍼뜨려 회사의 내부 갈등을 조장했다. 한국 정부와 가까운 인사들이 신문사를 찾아오거나 전화를 해와 "아직도 근무를 하느냐"고 인사를 하며 곧 해임될 것이라고 귀엣말을 해 노길남 편집국장을 흔들기도 했다. 총영사의 초대를 받은 다음 날 전후 사정을 설명했지만 노 국장은 나를 의심했고 기사는 점점 과격해지기 시작했다.

창간 초기에 독자들은 다른 언론에서 찾아볼 수 없었던 스트릿저널의 정치 기사를 충격적으로 받아들였다. 그러나 시간이 흐르면서 독자 반응이 시들해지자 기사에 점점 감정이 개입되었다. 나는 반정부적 내용의 기사를 싣는 것은 문제 삼지 않았지만 기사를 지나치게 감정적으로 쓰는 것은 자제하도록 제동을 걸었다. 그러자 민주화운동단체들은 스트릿저널이 총영사관과 타협해 논조가 약해졌다고 비판했다.

1982년 말까지 2년간 나는 편집에 관해 직접적인 간섭을 하지 않으려고 편집자와의 토론 형식을 통해 의견을 전달했다. 독자들보다 한발만 앞서 가자, 신문이 독자의 뒤를 쫓아가도 안 되지만 너무 앞서 가면 공감을 얻지 못해 설 땅을 잃게 된다, 편향되게 기사를 작성하거나 지나치게 감정적이거나 과격한 용어를 구사해 독자에게 혐오감을 갖게 하는 것은 바람직하지 못하다, 확실한 사실에 근거하지 않고 루머에 의존하는 보도는 지양해야 한다, 교회에도 문제점이 있는 것은 사실이지만 비판만 하는 것은 바람직하지 못하다, 교회가 한인사회 발전에 긍정적으로 기여하는 면을 인정해야 한다, 미주 한인은 민주화가 되면 한국으로 돌아가야 할 정치적 망명자가 아니다, 이 땅에 뿌리를 내리고 살아가야 할 미주 한인을 위한 신문을 만들자고 했다.

그러나 신문이 정도를 벗어나고 있다고 판단한 나는 1983년 신년호에 '재미 한인신문'이란 기치를 내걸고 이미지 쇄신을 위해 구체적으로 편집에 관여하기 시작했다. 그러던 중 1983년 1월에 군 출신으로 주 사우디아라비아 대사로 있던 황광한 대사가 로스앤젤레스 총영사로 내정되었다는 기사가 보도되자, '독자의 소리'란에 황 총영사가 광주진압부대 지휘관 출신이라고 몰아붙이는 투고가 계속 이어지는 일이 있었다. 나는 확실한 근거를 제시하지 않고 같은 내용의 글을 계속 되풀이해서 싣는 것은 공정한 보도자세가 아니니 사실여부를 좀 더 알아보라고 제동을 걸었다. 그러자 이에 반발한 노 국장이 1983년 2월 창간기념호 기사에 나와 아내를 "이들 부부"라고 지칭해 비하하고, 창간기념 직원회식 자리에서 공개적으로 사장인 나를 모욕하는 불상사가 벌어졌다. 이에 공개 사과를 받은 후 편집인 겸 편집국장이던 노길남을 편집인에서 해임했다. 그러자 노길남 편집국장은 출처를 알 수 없는 독자의 소리로 스트릿저널을 계속 공격했다.

나는 앞으로 일간지를 발행할 계획이니 노 국장이 주간지인 스트릿저널을 인수하라고 제의했다. 투자자와 상의해 3일 안에 결정하기로 했던 노길남은 1983년 6월 말 사표를 제출하고 ≪신한민보≫로 자리를 옮겼다. 그리고 자신은 영사관의 압력과 광고탄압으로 인해 억울하게 해고당했다고 주장하기 시작했다.

스트릿저널이 한국 정부와 총영사관으로부터 반정부신문으로 낙인이 찍히기는 했으나 그렇다고 반정부단체나 운동권의 대변지 역할만 한 것은 아니었다. 김대중 선생이 1983년 10월 민통연합 로스앤젤레스

1. '바른 언론'을 지향하다

위원회(회장 명재휘) 초청으로 그리피스 공원 그릭 시어터(Greek Theater)에서 강연회를 열게 되어 미국 전역에서 지지자들이 모여들었던 적이 있다. 그때 캐나다에서 《민중신문》을 발행하던 정철기 선배와 필라델피아에서 《독립신문》을 발행하던 김경제 선배가 찾아와 우리는 함께 USC 부근에 있던 호텔로 김대중 선생을 찾아가 인사를 드렸다.

김대중 선생은 여러 사람이 있던 응접실에서 나를 따로 침실로 데리고 들어갔고, 우리는 침대에 나란히 걸터앉아 이야기를 나누었다. 그러고는 "조 동지, 나를 위해 일해 주시오. 나를 위하는 게 바로 한국의 민주화를 위하는 길입니다"라고 하면서 갑자기 내 손을 두 손으로 힘주어 잡았다. "저는 특정 목적을 가지고 신문을 만드는 것이 아니라 바른 신문을 만들도록 노력하고 있습니다"라고 대답하자 김 선생은 내 손을 슬그머니 내려놓았고 몇 마디 더 이야기를 나누다 말았다.

이런 사연을 모르는 일반 독자들은 '군인정치 배제, 자유경제, 미일의 독재지지 철회, 행동하는 국민, 평화공존·교류·통일의 3단계 통일론과 4대국 보장론' 등 강연 전문을 연재한 스트릿저널을 김대중 신문이라고 평하고, 나를 김대중 선생의 측근으로 여기기도 했다. 1987년 김대중 선생이 대통령 선거에 출마했을 당시 《뉴욕타임스》가 "한국의 모든 신문들은 지지 후보를 밝히지 않는데, 오직 스트릿저널만이 김대중 후보에 대한 지지를 공식적으로 밝히고 있다"라고 보도를 할 정도로 적극적으로 김 선생의 정치활동을 지지한 것은 맞다. 그러나 김대중 선생의 후원단체였던 인권문제연구소와 일정한 거리를 두었을 뿐만 아니라 어떤 정치단체라도 신문에 직접적인 영향력을 행사하지 못하도록 했다.

'바른 언론'을 지향했던 ≪코리안스트릿저널≫

노길남 편집국장이 사임하자 나는 편집인으로 신문 제작에 직접 참여했다. 그리고 미주 한인사회를 대변하는 '바른 신문'으로 부조리 없는 밝은 한인사회를 위한 언론의 사명을 다하기 위해 노력했다. 그러나 세상 모든 일이 상대적이듯 바른 신문을 만들겠다는 나의 소신은 시대와 상대에 따라 다르게 받아들여지고 평가도 다양했다.

재미 한인신문으로서 미국 생활에 도움이 되는 유익한 정보를 많이 신고자 했으나 독자들의 관심은 다른 신문에서 찾아볼 수 없는 한국 정치 관련 기사들을 더 주목했다. 1983년 1월에 실린 차상달, 노의선 목사, 홍동근 목사, 김성락 목사, 양은식, 최진환 등 북한 방문인사들의 좌담회, 그리고 1983년 2월 이신범의 가족 상봉과 강연회 , 1981년 6월 전남민주청년협의회장 윤한봉의 미국 밀항과 이듬해 2월 로스앤젤레스에 설립한 민족학교, 부산 미문화원 방화사건으로 사형 선고를 받은 문부식, 김현장의 법정 최후진술과 김수환 추기경에게 보낸 편지 전문 등은 다른 신문에서는 찾아볼 수 없는 기사였다.

불과 20년이 채 지나지 않은 지금 읽어보면 크게 충격적인 기사가 아닌 것 같은데 그 당시에는 엄청난 반응을 불러일으켰다. 박정희 유신체제와 긴급조치 아래에서 통제된 언론에 익숙했던 일반 독자들은 전두환 고스톱, 최규하 고스톱 같은 가십성 기사도 두려운 눈초리로 바라보았다.

일반 뉴스 기사도 다른 신문들과 다른 심층보도를 통해 독자들로부터 뜨거운 호응을 받았다. 1983년 9월 1일 뉴욕을 출발해 앵커리지를

≪코리안스트릿저널≫을 운영할 당시의 필자 부부.

경유해 서울로 향하던 대한항공 007편이 소련령 사할린 섬 남방 해상에서 소련전투기가 발사한 미사일에 격추되어 탑승자 265명 전원이 사망한 사건이 발생하자, 한국과 미주 한인사회의 모든 언론들이 한목소리로 소련을 규탄했다. 이때 스트릿저널은 대한항공이 소련 영공으로 들어가는 것을 인근에 있던 미국의 전투기가 알고 있었음에도 경고하지 않았다는 사실을 들어, 미국에게도 일부 책임이 있다는 기사를 실었다. 그리고 '우발적 사고인가, 의도된 사고인가', '미국과 소련의 첩보전에 희생된 것은 아닌가' 등 의문을 제기하고, 민족의 생존을 위해 한반도에서 핵무기를 철거해야 한다는 분석기사를 게재했다. 미국을 비판한다는 자체가 용공으로 간주되던 시대상황 속에서 이러한 심층보도는 깊은 감명을 받았다는 반응과 신문의 정체가 의심스럽다는 반응으로 독자가 극명하게 갈리는 계기가 되었다.

1982년 새로 이전한 사옥에 1979년 10월 창립한 재미한인노동연맹이 입주한 것을 계기로, 스트릿저널은 노동문제를 비롯한 이민자들의 권익옹호와 민권운동에도 앞장섰다. 김용, 조원제, 제임스 이 등의 노동연맹 활동과 SEIU의 한인 최초 노조 활동가인 홍순영이 추진한 한인 노조 결성, 그리고 이민법 개혁운동도 적극적으로 지원했다.

한국에 진출했던 미국 기업 피오피코사가 한국에서 노동자들의 임금을 지불하지 않고 철수하자 노조 대표자들이 미국으로 와서 임금지불을 위해 투쟁했다. 이때 스트릿저널은 민족학교, 한국청년연합과 함께 이들의 활동을 지원하기 위한 모금운동을 실시하기도 했다.

1980년대에는 베트남전 이후 확산된 반전평화운동이 미·소의 극한 대결과 핵전쟁으로 인한 인류의 종말을 우려해 반핵운동으로 발전했다. 하지만 한국은 반핵평화운동의 무풍지대였다. 한글로 발행되는 신문으로서는 전 세계에서 스트릿저널이 유일하게 반전·반핵·평화운동을 심도 있게 다루며, 미국이 한반도에 배치한 1,000여 기의 전술 핵무기 철수를 주장했다. 여기에 북한을 '북괴'라 칭하지 않고 '북한'이라 호칭하고 '김일성 주석'이라고 쓰는 것도 문제가 되었다. 오늘날 보수 언론들도 가끔 하는 "북한과 미국이 올림픽에서 경기를 할 때 누구를 응원할 것인가"라는 주제의 여론조사를 1984년 로스앤젤레스 올림픽을 앞두고 실시해 빨갱이 논쟁을 불러일으키기도 했다.

1983년 9월, 동아일보 편집국장을 지낸 원로 언론인 송건호 선생께서 지인의 안내로 스트릿저널을 방문했다. 잠시 인사를 나눈 후 별 말씀이 없으셔서 지나간 신문철을 보시도록 펴놓고 업무를 보고 있었는데, 한두 시간 정도 신문을 뒤적이던 송 선생께서 나를 불러 앉히더니 이렇게 말했다. "조 사장에게 사과하고 진심으로 감사를 드리고 싶습니다. 지인이 스트릿저널을 꼭 방문해야 한다고 해서 왔지만 주간지에 대한 선입견으로 영 마음이 내키지 않았습니다. 이렇게 훌륭한 신문인 줄 미처 모르고 잠시나마 무례를 범한 점을 사과합니다. 한국에서 우리가 하지 못하는 일을 해외에서 열심히 해주어 정말로 감사합니다." 그러고는 내 손을 꼭 잡아주셨다. 송 선생은 한반도 핵문제를 이렇게 신문에서 기사화한 것은 스트릿저널이 처음이라고 했다.

스트릿저널은 그 후 1990년 10월에는 피터 헤이스, 루바 자르스키, 윌든 멜로우 등이 저술한 『태평양의 화약고(Pacific Powderkeg : American Nuclear Dilema in South Korea)』를 요약해 보도했다. 그 내용은 주한미군이 군산 등 19곳에 전술핵무기를 배치해 유사시 한반도에서 핵무기를 사용할 수 있다는 것이었다. 6·25전쟁 중에도 미국이 한반도에서 핵무기를 사용할 것인가 신중하게 고려했을 뿐 아니라 푸에블로호가 납북되었을 때도 첫 반응은 핵무기 사용에 대한 것이었음을 들어, 세계에서 핵전쟁의 가능성이 가장 높은 곳이 한반도라는 사실을 강조했다. 한반도에서 다시 전쟁이 발생하면 최초로 전술핵무기를 사용하는 핵전쟁이 되고 우리 민족의 생존을 위협한다는 점을 분명히 한 것이다.

로스앤젤레스 최초의 동포일간지 《라성일보》

전두환 군사독재에 억눌린 한국 언론의 상황은 미주 한인사회에 일간지 창간 바람을 불러일으켰다. 박정희와 전두환에 의해 하루아침에 언론계에서 쫓겨난 해직 언론인들이 하나둘 미국으로 이주하면서, 한국에서 좌절된 자유언론에 대한 의지를 분출한 것이다.

각종 주간지가 생겼다 사라진 로스앤젤레스와 달리, 뉴욕에서는 ≪조선일보≫와 통일교 계통의 ≪세계일보≫가 창간되었고, 교포들에 의해 ≪매일신문≫(발행인 임춘훈)과 ≪일간뉴욕≫(발행인 심재호)이 잇따라 등장했다. 같은 시기에 로스앤젤레스 한인사회에도 일간지를 창간하려는 움직임이 있었지만 유일하게 발행된 것은 ≪코리안스트릿저널≫의 자매지인 ≪라성일보≫였다. ≪라성일보≫는 1984년 6월에 창간호가 나왔다.

미주 동아일보에서 근무했던 이근형 편집국장이 스트릿저널에 취임하면서 편집방향이 정상화되자 일반 독자들로부터 일간지를 창간하라는 요구가 쇄도하기 시작했다. 8가의 새 사옥으로 이주하면서 신문사에 상근하기 시작한 나는 이러한 소리를 외면할 수 없었다. 결국 1983년에 제일부동산회사를 직원들이 공동으로 운영하도록 넘겨주고 일간지 창간 준비에 착수했다.

아내는 주간 신문인 스트릿저널의 운영으로 이미 재정 상태가 악화되었다며 일간지가 실패할 경우 파산할 것이라며 창간을 반대하고 나섰다. 스트릿저널은 독자들의 뜨거운 성원에도 불구하고 한국 정부의 탄압으로 인해 영업 활동이 크게 제한되어 적자를 면치 못하는 상황이었다. 대출금을 갚기 위해 이미 몇 개의 부동산을 정리한 상태였고, 일간지를 창간하게 되면 상가 건물을 신문사가 모두 사용해야 하기 때문에 그나마 수입원이 하나 더 사라지게 되었다. 나는 아내에게 "비록 쓰러지더라도 다시 일어설 수 있으니 걱정하지 말라"고 약속했다.

1. '바른 언론'을 지향하다

여러모로 무리한 상황이었지만 아내는 결국 나의 결정을 따라주었다.

1984년 1월 1일 스트릿저널 신년호에 일간지 창간 계획을 발표했다. 환영하는 사람들도 많았지만 기존 일간지와 차별화하지 못하고 스트릿저널의 독자성을 상실하게 되는 것은 아닌가 하는 우려의 목소리도 있었고, '나성일보'가 아닌 '라성일보'라는 이름이 이북식 표현이라는 논란도 있었다.

창간이 결정되자 곧바로 편집국 구성에 착수했다. 조선일보 출신 황승일 편집인을 중심으로 해직 언론인, 미주 언론계 출신인 그리고 공개 채용한 신입사원이 대상이었다. 편집국장 심인섭, 부장급 이근형·나철삼·유을준, 기자 한상천·김유상·황영희·남소희·전진호(필명 황지강), 편집담당 조회도 등 20여 명으로 구성된 편집국은 당시 로스앤젤레스 한인 일간지 중에서 가장 우수한 인력으로 평가받았다. 이에 맞춰 영업국도 김길환, 지정구, 강두성 등을 뽑아 전체 인력은 식자부, 제작부를 합해 총 50여 명으로 늘어났다.

3년간 스트릿저널을 발행하며 얻은 노하우와 실무경험이 풍부한 인력이 더해져 ≪라성일보≫ 제작은 순조롭게 진행했다. 1984년 6월 11일에는 본지 12면과 특집호 16면을 발행했다. ≪라성일보≫는 '터부 없는 신문, 편향되지 않는 신문, 책임 있는 신문'을 기치로 내걸어 신뢰할 수 있는 기사, 충실한 내용, 많은 읽을거리를 제공한다는 긍정적인 평을 받았다.

언론이 사실보도를 못하면 유언비어가 판을 친다는 편집진의 소신에 따라 ≪라성일보≫는 소리 없는 다수의 관심을 외면하지 않고 뉴스 가치를 책임감에 따라 판단하려고 했다. 박찬종 전 의원의 '부끄러운 이야기', 전 신민당 김영삼 총재의 '민주화의 깃발을 올리며', 김대중 선생 인터뷰와 깊이 있는 '나성시론'은 독자들에게 많은 호응을 얻었다. 창간 직후인 1984년 로스앤젤레스 하계올림픽 때는 중학교 동창인 연합통신 사진부장 배정환이 한국의 취재기자단 사진부 책임자로 왔는데, 그의 도움으로 다른 일간지들보다 발 빠르게 사진을 보도할 수 있었다.

그러나 북한 수해구호물자 전달을 계기로 남북적십자회담이 개최되고 한국의 정국이 안정되자 ≪라성일보≫에 대한 독자 반응이 엇갈리기 시작했다. 다른 일간지에 비해 논조가 바르고 수준 높다는 긍정적인 반응이 있는가 하면, 차별화에 성공하지 못했다는 부정적인 평가도 있었다. 종래 스트릿저널에 열광했던 독자들은 날선 비판과 거침없는 논조가 그립다고도 했다. 그러나 대내외적으로 특별한 사건이 발생하지 않은 상황에서 일반 독자들이 느낄 수 있을 만큼 다른 일간지들과 확연히 다른 신문을 만든다는 것은 그리 간단한 일이 아니었다.

일간지를 흥미 위주의 주간지처럼 만들 수는 없었기 때문에 ≪라성일보≫가 자리를 잡는 데에는 상당한 시간이 걸릴 것이라 예상했다. 교포일간지에 대한 독자들의 여망과 광고주들의 기대치에 거리가 있을 거라는 짐작대로 영업 부진은 계속되었다.

일간지를 발행하기 위해서는 먼저 한국 정부와 대화·타협의 자리를 가져야 한다고 창간에 앞서 여러 채널을 통해 제의를 받았다. 그러나 나는 이를 거부했었다. 이 때문에 총영사관과 안기부의 계속되는 압력으로 광고를 받는 데 크게 제한을 받았다. 대한항공을 비롯한 한국 기업과 큰 규모의 한인 사업가들은 모두 한국 정부의 눈치를 보는 입장

미국 망명 중 《라성일보》를 방문한 김대중 선생.

이라 소규모 한인 업소들의 광고에 의존할 수밖에 없었다. 이로 인해 광고 확보가 되지 않아 창간 2달 만에 전면광고 지면을 자체 광고로 메우기 시작했다. 월등하게 많은 발행부수로 광고 효과를 얻었던 스트릿저널의 판촉 전략을 일간지에 그대로 적용한다는 것은 무리였다. 더욱이 능력 있는 영업사원을 확보하는 것도 쉬운 일이 아니었다.

10명이 채 되지 않던 신문사가 갑자기 50명이 넘는 대식구로 몸집이 커지자 《라성일보》는 경영난을 겪었다. 매일 신문을 찍어내야 하기 때문에 인쇄비도 문제였지만 한 달에 두 차례씩 지급해야 하는 임금 규모가 스트릿저널 하나만을 운영할 때와는 차원이 달랐다. 창간 초기의 적자는 이미 예상했던 일이었다. 아내는 매일 장부와 씨름을 했고, 나는 부족한 자금을 조달하기 위해 뛰어다니기 바빴다. 가장 근본적인 문제는 부동산을 미리 정리해 자금 유동성을 확보해두지 않았던 것에 있었다. 부동산을 처분하는 에스크로 절차가 항상 예정보다 늦어져 나는 자금을 돌려막기 위해 동분서주했다. 그러다 보니 지출은 지출대로 하면서 항상 자금 압박에 시달렸고 회사 분위기는 어수선해졌다.

이런 상황이 계속되는 가운데 지원을 약속했던 지인이 갑자기 부동산 담보를 요구하며 지원을 보류하는 바람에, 이미 지불했던 직원들의 봉급 수표가 부도나면서 사내 분위기가 동요하기 시작했다. 때마침 경영난을 겪던 미주 동아일보의 경영권을 사진 현상으로 성공한 황규태가 인수하면서 일부 직원들이 옮겨가기 시작하자 사태는 걷잡을 수 없는 단계로 접어들었다. 경영난을 타개하기 위해 9월에 인원 감축을 단행하고 10월에 신문을 14면으로 증면하면서 "청와대 밖에서 본 박정희 대통령" 등 흥미를 끄는 기사를 실었으나 한 번 흔들리기 시작한 사내 분위기를 다잡는 것은 쉬운 일이 아니었다. 몇 차례 수습책을 시도했지만 일간지를 정상화하기 위해서는 전두환 정부의 안기부와 타협해 대기업의 광고를 유치하고, 필요한 유동자금을 한인은행으로부터 지원받는 방법밖에 없다는 결론에 도달했다. 그러나 나는 총영사관과의 관계를 중재해주겠다는 여러 한인단체장들의 제의를 거부하고, 당시로서는 거금이었던 약 50만 달러를 투자한 ≪라성일보≫를 1984년 12월 21일 제137호를 끝으로 휴간했다.

돈이 없어 못한 파산선고

50명이 넘는 직원들로 북적이던 회사가 하루 사이 9명으로 줄자 모

1. '바른 언론'을 지향하다

두 손에 일이 잡히지 않았다. 나와 아내는 마치 태풍이 휩쓸고 지나간 폐허와 같은 황량한 사무실을 정리했다. 사범대학 사회과 직속 후배인 유을준을 편집국장으로 배정해 ≪코리안스트릿저널≫은 계속 발행되었다. 유 국장 외에 공채사원인 한상천과 아동문학가 남소희 선생이 남았고 그 외 편집사원 1명, 영업부 3명, 식자수 1명 등 총 7명의 직원만 남아 건물 전체는 마치 텅 빈 듯했다.

망한 회사를 뒷수습하는 일은 회사를 여는 일보다 더 어려웠고, 비참하기까지 했다. 회사가 완전히 기울자 지인에게 건물 소유권 일부를 넘겨주고, 그 돈으로 남아 있던 직원들의 임금을 챙겨주고 빚 청산을 했다. 신문 발행이 중단되면서 그간의 부채도 한꺼번에 지불해야 했던 것이다. 상가 건물을 처분하고 생긴 뭉칫돈은 순식간에 사라졌다.

그나마 적은 액수의 빚들은 한 번에 정리되었지만 밀린 인쇄비와 AP통신, 시티뉴스 서비스 등 큰 회사들과 맺은 장기계약을 한꺼번에 해결하려면 전 재산을 다 정리해도 부족한 실정이었다. 변호사와 파산 선고를 하는 방안을 놓고 상의했는데, 신문사를 정리하기 위해서는 세세한 것까지도 서류를 작성해 절차를 밟아야 하기 때문에 그 수수료가 엄청났다. 변호사는 수수료를 현금으로 먼저 지불하라고 했는데 결국 돈이 없어 파산신청도 못했다. 재정 상태를 회복해 다시 일간지를 복간하겠다고 채권자들과의 장기계약을 유예시켜놓고 주간 신문 발행은 계속했다.

≪라성일보≫를 휴간하면서 나는 가슴이 아프고 충격이 커서 1985년 한 해 동안 크고 작은 교통사고를 네 번이나 냈다. 한번은 차고에서 후진으로 차를 빼다가 자전거를 타고 가는 사람과 부딪혔는데, 자전거

만 조금 휘어졌고 사람은 별로 다친 것 같지 않아 보였는데도 보험회사를 통해 엄청난 액수를 배상해주어야 했다. 그런가 하면 안쪽 차선에 있던 내가 갑자기 우회전을 하면서 다른 차에 치인 적도 있었다. 보험 정보를 교환하자는 내 제의를 무시하고 상대가 사라져버려 한참을 기다리다 왔는데, 몇 달 후 뺑소니(Hit and Run)로 교통법정에 기소되었다. 판사는 내게 우호적이었지만 연락처를 남기지 않았다는 이유로 50달러 벌금형을 선고했다. 변호사가 무죄 판결을 조건으로 변론을 맡았는데, 벌금형을 받는 바람에 무죄가 아니어서 몇 천 달러에 달하는 변호비용을 받지 않았다.

사랑이나 행복이 경제력과 반드시 비례하는 것은 아니지만 회사 사정이 어려워지면서 우리 부부 사이도 변해갔다. 나는 성격이 자상하지 못해서 아내에게 사랑한다는 말이나 선물을 사준 적이 별로 없다. 결혼하던 해 여름에 원피스를 하나 사들고 들어간 것이 지금까지 살면서 옷을 선물한 일의 전부다. 힘들었던 미국 생활 초기에 밸런타인데이라고 장미꽃 12송이를 살며시 옷장 안에 넣어둔 적이 있었다. 무심코 옷장을 열어본 아내가 얼마나 감격하고 좋아했는지 나도 기분이 좋았던 기억이 있다. 그러나 신문사가 어려워지면서 나는 아내에게 신경을 잘 쓰지 못했다. 크리스마스 전날 급하게 목걸이나 귀걸이를 사주면 아내는 "꽃이나 한 송이 사지 어려운데 뭐하러 비싼 것을 샀느냐"고 핀잔을 주었고, 밸런타인데이에 꽃을 사다주면 "현금이 더 좋은데"라고 토를 달았다. 아내의 옷이나 반지 사이즈를 몰라 매번 목걸이와 귀고리를 사는 것이 성의 없어 보이기도 했지만, 실은 고맙다는 아내의 표현이었다. 그런 아내의 마음을 알면서도 어느 사이엔가 나는 선물을 챙기지 않는 사람이 되어버렸고, 아내와 아이들은 내가 원래 무심한 사람이라고 생각하게 되었다.

일간지를 휴간하고 파산신청을 해야 할 정도로 어려운 상황이었지만 아내가 있어 다행이었다. 아내는 나보다 강했다. 흔들리지 않고 회사 업무를 하나하나 처리해나갔다. 그런 아내에게 스트릿저널의 운영을 맡기고 나는 새로운 방도를 찾기 위해 노력했으나 상황이 예전 같지 않았다.

가장 손쉬운 방법은 부동산을 다시 시작하는 일이었다. 그러나 한인 주택구입자 중에는 융자조건에 맞춰 서류를 갖추는 것이 쉽지 않은 사람이 많았다. 그 때문에 사회정의를 주창하던 언론인으로서 다시 부동산업을 시작하는 것이 영 마음에 내키지 않았다. 그래서 미네소타주 세인트폴에 있는 뮤추얼 라이프사 본사에 가서 교육을 받고 보험대리인 일을 시작했다. 그러나 한인사회에서 나는 이미 신문발행인, 그것도 반독재·민주화운동권 인사로 이미지가 굳어져 보험대리인으로 받아주는 곳이 어디에도 없었다. 보험을 설명하기 위해 어렵게 자리를 마련해도 몇 시간 동안 시국에 관한 토론만 하고 끝나기 일쑤였다. 《라성일보》의 황승일 편집인이 "조 회장은 신문발행인이지 언론인이 아니다"라고 했음에도 나도 모르는 사이에 언론인, 민주화운동의 투사가 되어 있는 자신을 발견하게 된 것이다.

《라성일보》의 문을 닫으면서부터 나는 《코리안스트릿저널》의 발행인 겸 편집인으로 편집회의를 주재하고, 직접 기사를 쓰기 시작했다. 그리고 대한체육회 폭행사건, 한인회장 선거 등 주요 기사의 편집 방향을 정하는 데 관여하게 되었다. 특정 단체에 가입하지는 않았으나 나와 스트릿저널은 자연스럽게 민주화운동에 참여하게 된 것이다.

　내가 다른 사업을 시작하지 못한 채 스트릿저널 발행에 충실하자 신문사는 다시 안정을 찾기 시작했다. ≪라성일보≫를 폐간한 후 파산 선고를 했다면 두 신문의 광고미수금이 모두 사라졌겠지만, 스트릿저널을 계속 발행한 덕에 ≪라성일보≫의 광고미수금을 일부 받아 밀린 인쇄비를 조금씩 갚을 수 있었다. 1980년대 초반에 부동산 사업으로 모았던 모든 재산은 언론 사업으로 잃었다. 다행히도 신문 발행을 계속했기 때문에 생활하는 데 큰 어려움은 없었다. 다만 우리 부부가 힘들게 사업을 꾸려가느라 한창 부모의 손길이 필요한 어린 삼 남매의 뒷바라지를 제대로 해주지 못하고 고생을 시킨 것이 내내 미안할 따름이다.

2. 민주화운동의 대변지 ≪코리안스트릿저널≫

미주 민주화운동의 한가운데 서다

나와 아내가 ≪주간광고≫, ≪코리안스트릿저널≫, ≪라성일보≫에 바친 4년간 잃은 것은 부동산으로 이루었던 전 재산과 아이들을 포함한 가족의 희생이었으며, 그 대가로 얻은 것은 언론인으로서 거스를 수 없는 시대적 소명이었다. 나는 정치와 거리를 두려는 의지와는 정반대로 80년 광주를 딛고 일어서는 미주 민주화운동의 한가운데 서 있었다. 나는 내가 해야 할 일들을 더 이상 외면하거나 거부하지 않고 운명으로 받아들였다. 이런 나를 두고 주변 사람들은 "평생 일하지 않고 편히 살아도 될 정도의 재산을 신문에 다 털어 넣고 빨갱이 소리들으며 저 고생을 한다"고 동정 어린 시선으로 바라보았다.

일제강점기 때 미주 한인사회는 이승만의 외교독립론, 안창호의 실력양성론, 박용만의 무장투쟁론 등 여러 갈래 해외독립운동의 산실이었으며, 해방과 더불어 많은 미주동포 애국지사들이 조국으로 귀환해 조국건설에 헌신했다. 5·16군사쿠데타와 유신시대를 거치면서 미국

「신이민법」의 발효로 급성장한 미주 한인사회에는 반독재·민주화운동의 조직화가 다시 시작되었다.

1970년대 말까지 김상돈, 김재준, 임창영, 차상달, 은호기 등 원로 명망가를 중심으로 3선 개헌 반대, 유신철폐, 긴급조치반대 등 구호와 조직이 변화하며 활동이 전개되었으나 언론의 주목을 받지 못해 대중으로부터 큰 호응을 얻지는 못했다. 그러다 1980년 광주가 우리 현대사에 큰 획을 그으며 미주 민족운동권에 큰 변화를 몰고 왔다. 1981년 전두환 군사독재반대와 민주화의 시대적 사명을 안고 창간한 ≪코리안스트릿저널≫과 ≪라성일보≫는 미주 동포들의 가슴에 불을 지피고 미주 민족운동을 대중화시키는 촉매제가 되었다.

여기에 광주항쟁 주모자 중 한 사람인 윤한봉이 1982년 6월 밀항선을 타고 로스앤젤레스에 나타났다. 그는 젊은 청년학생들을 모아 1983년 2월 민족학교를 설립하고, 1984년 1월 한국청년연합(이하 '한청'), 1987년 8월 한겨레운동연합(이하 '한겨레')이란 청년조직을 만들어 미주 민족운동의 물길을 바꾸어놓았다. 한청과 한겨레는 명망가 중심의 종래 미주운동과는 달리 학업과 생업을 버리고 운동에 뛰어들어 로스앤젤레스, 뉴욕, 시카고 등지의 마당집에서 공동생활을 하는 전업 운동가들의 전국적인 조직이었다. 한국운동권은 물론 유럽, 일본, 호주 등 해외운동 및 다른 민족운동단체들과도 연대했고, 비나리 문화패 등 풍물패가 시위와 운동권행사에 등장해 미주운동에 새로운 바람을 일으켰다.

한청은 첫 번째 사업으로 1985년 6월 5·18민주화운동 기념사업 및 위령탑건립 로스앤젤레스추진위원회(회장 이정)를 결성했다. 이에 스트릿저널은 성금접수창구로 모금을 시작했고, 일주일 만에 3,480달러를 모금하는 놀라운 성과를 거두었다. 한청, 한겨레 소속 청년학생들이 한인타운의 길거리와 마켓에서 가두모금을 했고, 스트릿저널은 매주 모금실적과 합계를 자세히 보도해 미주 한인사회에 뜨거운 열기를 불어넣었다. 성금을 들고 신문사를 찾아오는 이들의 인터뷰기사를 신문에 게재했는데, 할머니부터 돼지저금통을 들고 찾아오는 어린 학생에 이르기까지 이들의 다양한 사연과 목소리는 감동적이었다.

그해 9월 스트릿저널은 황석영의 『죽음을 넘어 시대의 어둠을 넘어』를 "5월의 광주"라는 제목으로 연재하고, 유럽에서 활동하다 미국에 입국한 황석영을 초청해 강연회를 개최했다. 그리고 10주간의 캠페인을 통해 총 25,615달러를 모금해 미수금과 경비를 제한 15,033여 달러를 10월 31일 한국으로 송금했다. 이 모금운동을 계기로 스트릿저널은 목요기도회와 함께 1980년대 말까지 해마다 양심수를 위한 담요 보내기 운동을 진행했다. 1985년 12월 3,000달러를 송금한 것을 시작으로 1987년에는 한 해에 8,000달러를 송금하기도 했다. 또한 1986년 6월에는 분신학생 유가족돕기회에 치료비로 3,994달러를 전달하는 등 한국의 민주화운동 수감자, 가족, 단체를 돕는 운동도 꾸준히 전개했다.

1985년 12월 한국의 민추협이 직선제개헌청원 천만 명 서명운동을 시작하자 나는 서명운동에 동참해 본격적으로 민주화운동의 전면에 나서기 시작했다. 나는 로스앤젤레스 지역의 민주화운동단체들을 스트릿저널의 사무실로 초청해 회의를 개최했다. 그러나 윤한봉과 한청에 대해 부정적인 입장을 갖고 있던 인권문제연구소는 서명운동의 필요성에는 공감을 하면서도 함께하기를 거부해 결국 미주에서의 서명운동은 1985년 12월 15일 결성된 남가주범교포 민주개헌서명운동 추진위원회와 인권문제연구소 측이 구성한 한국개헌추진운동 미주본부가 별도로 추진했다. 범교포 추진위원회 측은 1986년 4월 김동영 신민당 총무 등 12명의 국회의원을 초청, 로스앤젤레스 컨벤션센터에서 범교포 궐기대회를 갖고 1만 5,000명의 서명을 전달했다.

한국 민주화운동의 대변지 ≪코리안스트릿저널≫

≪코리안스트릿저널≫은 민주화운동의 대변지 역할에서 한걸음 더 나아가 많은 단체장들의 민주화운동 참여를 유도해 미주 한인사회로 확산시키는 데 기여했다. 폭넓은 독자층을 확보한 스트릿저널은 한인회, 한인상공회의소, 타운번영회 등 한인사회단체는 물론 한미연합회, 청소년회관 등 1.5세 단체, 한인노동문제연구소 등 민권단체들의 활동을 보도하는 데 많은 지면을 할애했다. 직선제 방식인 데다 후보자들이 막대한 선거 비용을 지불해야 하는 한인회장 선거 방식에 대해 개인적으로는 옳다고 생각하지 않지만, 그럼에도 스트릿저널은 로스앤젤레스 한인회장 선거에 막강한 영향력을 행사했다.

1985년 한인회장 선거에 신우회라는 친목단체가 중심이 되어 지지했던 이기명 후보가 스트릿저널이 지지했던 윤창기 후보를 누르고 당선되었다. 이기명 회장 당선자는 선거 다음 날 가장 먼저 스트릿저널 사무실로 당선 인사를 하러 왔다. "스트릿저널이 지지하지 않았지만 보란 듯이 당선되었다"고 과시라도 할 요량인 듯했다. 짧게 인사하고 나가는 이기명 회장에게 "1960년에 안동고등학교 나오셨지요? 저는

1961년에 안동사범학교를 졸업했습니다"라고 말을 건넸다. 그러자 이 회장은 "나를 알면서 어떻게 그동안 그럴 수 있느냐"며 반색을 했다. 그 후 우리는 많은 이야기를 나누며 가까워졌고, 한인회장 임기 내내 도움을 주고받을 수 있었다.

그중 이 회장과 함께 이끌었던 미주 동포 양심선언 대회가 기억에 남는다. 1986년 한국은 직선제 개헌에 대한 국민적 열기가 달아오르면서 각계에서 양심선언을 하는 사람이 나타났다. 그러자 한인사회에서도 직선제 개헌 서명운동과는 별도로 양심선언을 해야 하지 않겠느냐는 목소리가 나오기 시작했다. 그러던 어느 날 다운타운에 있는 봉제 공장으로 이 회장을 찾아갔다. 민주화운동권에서 양심선언을 하는 것은 큰 의미가 없으니, 이 회장이 중심이 되어 로스앤젤레스 한인단체장들이 합동으로 양심선언을 하면 어떻겠냐고 제안했다. 그리고 나는 언론동우회장 자격으로 한인사회 각 단체장들을 개별적으로 찾아다니며 설득하기 시작했다.

그렇게 나와 이 회장은 약 보름간 로스앤젤레스 총영사관이 눈치를 채지 못하게 은밀히 물밑작업을 했다. 그리고 마침내 1986년 4월 19일 저녁 7시에 단체장들을 우래옥 식당으로 모이게 했다. 한인회는 이 사실을 각 언론사에 2시간 전에 연락했다. 이윽고 이기명 한인회장을 비롯한 정호영 남가주 기독실업인회장, 양회직 한인재단이사장, 김춘성 금란회장, 이무곤 남가주총대학생회장 등 남가주 지역 30여 개 단체 대표 50여 명이 참가한 '100만 미주 동포 양심선언대회'가 개최되었다.

《로스앤젤레스 타임스》는 이 사건을 대서특필했다. 당시 언론동우회장이던 나의 발언을 인용해 "표면적으로는 개헌을 지지하는 것이지만 사실상은 독재의 중지를 요청하는 것"이라고 보도한 것이다. 그때까지 한인단체장들은 모두 영사관의 눈치를 살피며 정부를 대놓고 비판하지 못했다. 그래서 그 누구도 한인단체장들이 합동으로 양심선언을 할 것이라고 상상하지 못했다. 이 사건이 벌어지자 로스앤젤레스 총영사관은 발칵 뒤집혔으며, 애틀랜타 한인회장을 필두로 미주 전역에서 한인회장들의 양심선언이 이어지면서 한인사회에 큰 파장을 일으켰다.

이처럼 국내외에서 직선제 개헌을 요구하는 민주화 열기가 달아오르자 전두환 정부는 이를 잠재우기 위해 궁여지책을 내놓았다. 북한의 금강산댐이 완공되면 수공으로 서울이 물바다가 된다고 선전을 한 것이다. 그 대응책으로 '평화의 댐' 건설을 위한 모금운동을 벌여 관심을 옮기려는 속셈이었다.

평화의 댐 모금운동은 한국 내에서만이 아니라, 한국인이 살고 있는 전 세계를 대상으로 일제히 전개되었다. 그런데 정작 한인들이 가장 많이 살고 있는 로스앤젤레스에서는 별다른 성과를 거두지 못하고 며칠 만에 흐지부지되었다. 모금운동이 성과를 거두려면 관심을 모으기 위해 단체장들이 앞장서서 성금을 전달하고 언론보도를 해야 한다. 그런데 양심선언을 한 한인단체장들이 호응하지 않았던 것이다. 그런데다 스트릿저널이 평화의 댐 건설이 정치적 목적에 의해 과장되었다는 보도를 매주 싣다 보니 한인들의 반응이 냉담할 수밖에 없었다. 상황이 이렇게 되자 정부와 안기부 본부로부터 책임추궁을 당하는 로스앤젤레스 총영사와 안기부 출신 부총영사는 스트릿저널에 대한 대응책을 마련하느라 고심하게 되었다.

스트릿저널이 미주 민주화운동에서 주도적인 역할을 담당하게 되자 이러한 변화는 지면에서도 드러났다. 스트릿저널의 정치적 성향이 강해지자 일부 필진들이 기고를 기피했기 때문이다. 관광안내 등 인기 있던 고정 칼럼들이 빠지고 이민정보(유재건 변호사), 법정이야기(박학도), 파리 통신(고 마태오 신부), 생활영어(정봉자 박사) 등 새로운 필진들의 칼럼이 연재되었다. 미주 한인사회에 한국 TV와 라디오방송의 시간이 늘어나면서 미국 TV방송 안내도 초기와 같은 호응을 얻지 못해 자연스럽게 빠졌다. 반면에 민주화와 통일 등 민족문제에 대한 시론을 이활웅, 은호기, 김중산, 문갑용 등 전문 필진들이 정기적으로 기고했고, 독일에 거주하는 송두율 교수가 일 년에 한두 차례씩 수준 높은 논문을 보내주었다. 그리고 장소현, 조동빈, 이정남 목사가 천자 수상을 담당하고 이세방, 황갑주 등 문인들과 김부활 등 독자들이 의식 있는 작품을 기고하면서 독자의 소리도 다시 활성화되었다. 이 때문에 그 당시 스트릿저널은 민주화와 통일운동에 이론적 바탕을 제공하는 전문지로 높이 평가받는 반면, 일반 독자들이 읽기에는 조금 부담스럽다는 비판을 동시에 받았다.

　그런가 하면 한국 내 민주화운동권의 유인물들이 여러 경로를 통해 스트릿저널로 전해지고 기사화된 후, 다시 국내로 밀반입되어 국회의원의 대정부 질문에 인용되기도 했다. 그중 가장 인상에 남는 분은 훗날 평민당 소속으로 국회의원에 출마한 고려대 신방과 윤용 교수다. 윤 교수는 급박하게 돌아가는 국내 정세를 우리 신문사에 전해주었다. 도청을 우려해 수시로 공중전화를 옮겨 다니며 국제전화를 해야 했던 어려운 상황인데도 특파원 역할을 한 것이다.

한국 정부의 탄압과 국내외 독자들의 성원

스트릿저널은 암울했던 조국의 현실을 올바르게 전달하기 위해 어떠한 외압에도 굴하지 않고, 옳다고 생각하는 바를 주장하는 데 주저함이 없었다. 독자적인 시각을 통해 언론으로서의 책임과 사명을 다하려고 했던 스트릿저널의 노력에 국내외 독자들이 큰 성원을 보내주어 1986년에는 신년호 68면을, 같은 해 2월에는 창간 5주년 기념호 84면을 발행할 수 있었다. 그러나 1985년 4월 말 전두환 전 대통령의 방미 당시 스트릿저널이 반정부 선봉에 나서면서 한국 정부의 탄압은 더욱 심해졌고 미국 언론의 집중적인 관심을 받게 되었다.

전두환 정권을 집중 비판한 고영근 목사의 "전두환 정권의 회개를 권고한다"와 육사 출신 황종대의 "대통령의 미소"를 게재하는 동안에는 "총 맞을 각오를 하라"는 협박 전화를 받기도 했다. 그 당시 험악했던 분위기는 《샌프란시스코 크로니클》지에 실린 기사를 통해 알 수 있다. 1986년 6월 23일부터 25일까지 한국문제 특집기사를 게재하며 "한국 정부와 총영사관이 한인사회 활동에 간섭하고 영향력을 행사해 한인사회에서 가장 영향력이 큰 《코리안스트릿저널》이 어려움을 겪고 있다"고 크게 보도한 것이다.

《샌프란시스코 크로니클》은 나와의 인터뷰 기사를 통해 "《코리안스트릿저널》은 한인신문으로는 최대의 발행부수인 약 2만 부를 발행하고 있다. 그러나 지난 KCIA의 의회 증언에서 나타난 바와 같이 한국 정부가 광고를 게재하지 못하도록 압력을 넣고 있기 때문에 대기업의 광고를 받지 못하고 있다"고 게재했다. 이 밖에도 《로스앤젤레

스 타임스≫, ≪새크라멘토 비≫, ≪내셔널가디언≫ 등도 스트릿저널
에 대한 한국 정부의 탄압을 보도했다. 1986년 8월에는 본사 사옥에
총탄이 날아들어 유리창이 파손되는 사건이 일어나기도 했다. 그러나
미 연방하원의원 보좌관이 사건 조사를 위해 신문사를 방문하고 하원
청문회 개최를 추진하던 중, 6·29선언과 11월 대통령 직접선거 실시로
중단되었다.

　한국 정부의 탄압이 거세질수록 국내외 독자들의 성원은 뜨거워졌
고, 나를 비롯한 신문사 직원들의 투지도 강하게 타올랐다. 스트릿저
널은 더 이상 미주 한인만의 신문이 아니었다. 한국에서 활동하는 민
주화 세력은 물론 민주화에 관심 있는 해외동포들이 각종 정보와 그들
의 사연을 보내왔으며 스트릿저널이 발행되는 날을 기다렸다. 스트릿
저널은 미국과 캐나다를 비롯해 일본, 유럽, 호주, 남미 등 세계 각지로
퍼져 나갔으며, 해외 동포들에 의해 밀반입되어 한국에 있는 많은 사
람들에게 전해졌다.

　≪라성일보≫가 폐간되는 아픔을 딛고 민주화운동을 활발히 전개하
던 나는 생면부지의 여성사업가 S의 도움으로 KS인쇄소라는 새로운
사업을 시작하게 되었다. 스트릿저널이 1985년에 광주위령탑 건립 모
금운동을 전개할 당시 거금인 1,000달러를 익명으로 헌금한 한 여성독
지가가 있었다. 그런데 그 여성이 편집국장을 통해 나를 만나고 싶다
는 의사를 전해온 것이다. 여성사업가 S는 나에게 "조국의 민주화와
한인사회를 위해 전 재산을 바치고 어려움을 겪고 있는 당신을 돕고
싶다"고 했다. 한국 정부 측의 회유일지도 모른다는 생각에 진의를 파
악할 겸 "이제 민주화운동이나 언론 사업에 지쳤다. 10만 달러를 빌려

주면 조그마한 가게를 차려 조용히 살고 싶다"라고 대답하자 "미국에서는 무슨 일을 하던 밥을 굶는 일은 없다. 당신 밥 먹고 살라고 도와줄 생각은 없다"라고 하는 것이 아닌가. 그래서 "신문을 인쇄할 수 있는 윤전기 구입을 도와주면 인쇄 사업과 신문사를 병행할 수 있겠다"고 제의했고, 그녀는 흔쾌히 도와줄 것을 약속했다.

여성사업가 S의 보증으로 시티내셔널 은행에서 20만 달러를 융자받아 윤전기를 구입해 1986년 10월에 KS인쇄회사를 차렸다. 그리고 텅 빈 8가 건물을 정리하고 11가 6,000 제곱피트의 건물에 세를 내어서 스트릿저널도 함께 이전했다. 인쇄 사업에 관한 경험은 전혀 없었지만 6년 동안 신문을 인쇄하러 다니며 눈여겨본 것이 큰 도움이 되었다. 구입, 설치에 이르기까지 나는 직접 발품을 팔아 대형 윤전기와 신문 발송시설을 갖춘 공장을 설립했다. 내 손을 통해 주간지 32면까지 발행할 수 있는 인쇄 시설을 갖춘 것이다.

서너 달가량 후 시설 정비가 완료되자 제판사와 윤전기사에게 작업을 맡기고 나는 일거리를 구하기 위해 밖으로 뛰어다니기 시작했다. 처음에는 《크리스천헤럴드》를 시작으로 한인 주간 신문들을 인쇄했는데 수금이 제대로 되지 않자 그로서리마켓 광고지 인쇄라는 새로운 분야를 개척했다. 다른 인쇄물과는 달리 가격이 아주 저렴해 전문성을 갖추지 않으면 수지 타산이 맞지 않기 때문에, 일반 인쇄소들은 손도 대지 않는 일이었다. 중가주에서부터 남가주 전역과 네바다 주, 애리조나 주를 합해도 마켓광고지를 취급하는 인쇄소는 네 군데밖에 되지 않는 특수 분야였다.

한인마켓을 찾아다니던 중 사우스게이트 시에 있던 빅애플마켓의

홍 사장이 그간 참고하기 위해 모아둔 여러 마켓의 광고지를 한 상자 주었다. 그것을 가져다 가위로 오려 그림을 분류해 통에다 넣어 정리하는 것이 일의 시작이었다. 디자이너가 오려놓은 그림들 중에서 맞는 것을 골라 판에 붙이고 품목과 가격을 식자하여 광고 원본을 제판부로 넘기면, 카메라로 촬영해 원판을 만들어 공장으로 넘겼다. 체제가 잡히자 아내는 회사 장부 정리부터 신문 구독자 정리, 신문에 붙일 명단 인쇄, 신문기사 식자, 심지어는 마켓광고 디자인까지 회사 내부의 일을 거의 도맡아 처리했다.

마켓광고지는 고객 유지가 오래 지속되는 대신 고객을 확보하는 일이 아주 어렵다. 다른 회사의 광고지에 비해 우리가 만든 견본은 초라한 수준이라 새로운 고객을 확보하는 일은 더욱 힘들었다. 주문이 들어오는 경우가 있어도 우리 광고지가 나아 보여서 찾은 경우는 드물었다. 대부분 그간 거래하던 회사와 마찰이 생겨 홧김에 우리 회사로 옮긴 것이었다. 그러다 보니 다른 회사와 거래를 하고 있는 고객이라 할지라도 부지런히 찾아다니고 좋은 관계를 유지하며 기다리는 수밖에는 다른 도리가 없었다.

미국 법정으로 간 용공논쟁

뉴욕에서 ≪매일신문≫을 발행했던 임춘훈 사장을 1987년 2월에 ≪코리안스트릿저널≫의 신임 사장으로 채용했다. 인쇄 사업에 좀 더 집중하기 위해서였다. 윤전기뿐만 아니라 자동발송기까지 갖추고 있었기 때문에 당장은 아니어도 언젠가는 ≪라성일보≫를 복간할 수 있을 거라는 기대감이 있었다.

임춘훈 사장은 편집에 관한 전권을 맡았다. 그는 ≪주간한국≫에서 일하다 도미해 뉴욕에서 활동한 전형적인 주간지 기자였다. 그래서 기사를 부풀려 작성하며, 제목을 눈에 띄게 배치하고, 빠른 속도로 편집하는 재주가 있었다. 임 사장은 취임과 동시에 스트릿저널이 그동안 해온 행사를 중단하고 필진들을 교체했다. 또한 한국 정치권 가십이나 외국 주간지에 실린 흥미 위주 기사를 추려내어 자극적으로 편집해 기존 독자들은 많이 낯설어했다. 나 역시 다른 주간지처럼 되어버린 편집 방향이 불만스러웠다.

스트릿저널을 발행하면서 겪은 어려움은 너무나도 많았다. 창간 초기부터 정부와 총영사관 측이 빨갱이라고 모략하며 광고주를 압박해 재정적으로나 심리적으로 힘들었다. 그나마 시간이 지나면서 만성화되고 있었는데, 1987년 1월부터 코리아타운번영회과 수년간 법정공방을 벌인 것은 여러모로 타격이 컸다.

코리아타운번영회는 김진형을 중심으로 1972년에 설립되어, 해마다 추석을 전후해 한국일보와 공동으로 올림픽가에서 한국의 날 퍼레이드를 펼치는 등 한인사회 발전에 공로가 큰 단체였다. 김진형과 나는 서울대 동문으로 사건이 발생하기 전까지만 해도 좋은 관계를 유지했다. 김진형은 사람들에게 나를 소개할 때 "내가 제일 좋아하는 후배"라고 했고 어머니의 칠순잔치에 초대하기도 했다. 1986년 로스앤젤레스 시가 추진하던 한인타운 특별계획에 맞춰 한인회와 상공회의소가 캘리포니아 주 외환은행 본점을 한인타운 내로 이전하는 일을 추진했다. 그러자 김진형이 "이기명 한인회장과 한군석 상공회의소 이사장이 합작으로 커미션을 받으려 한다"고 의혹을 제기했고, 이들과 가까웠던 나를 한편으로 몰면서 서로 불편한 사이가 되었다.

그러던 중 1986년 타운번영회장 선거에서 후보자가 없어 김진형이 다시 회장이 되었고 P씨를 이사장으로 선출한다는 발표가 나왔다. 마침 P씨는 난다랑 살인사건에 연루되었다는 의혹으로 로스앤젤레스 경찰국에서 내사를 받고 있었다. 이에 대해 이기명 한인회장은 "물의를 일으킨 인사가 단체장을 맡는 것은 바람직하지 않다"고 언급했고 스트릿저널은 이 내용을 보도했다. 그러자 어느 날 김진형이 나에게 전화를 걸어와 정정 보도를 요구했다. 이에 "이기명 한인회장이 발언을 정정하지 않는 이상 그럴 수 없다"고 거절하자 그는 "네가 나를 잘 모르는 것 같은데, 한판 붙어보자는 거냐"며 협박을 했다. 그로부터 보름간 온갖 회유와 협박을 하더니 결국에는 사람들을 동원해 신문사 앞과 한인타운 내 서울국제공원에서 "빨갱이 조재길과 ≪코리안스트릿저널≫은 물러가라"는 글이 적힌 현수막을 들고 시위를 했다. 그러나 여러 방법을 동원해도 내가 꿈쩍하지 않자 김진형은, 조재길과 스트릿저널을 용공으로 매도하는 내용의 "코리아타운"이라는 8페이지짜리 신문을 몇 만장씩 찍어내 로스앤젤레스의 한인타운은 물론 오렌지 카운티를 비롯한 남가주 전역에 수차례 배포했다. 나는 결국 1987년 3월에 코리아타운번영회와 이사 전원을 명예훼손으로 고소했고 법정공방이 시작되었다.

김진형과 코리아타운번영회는 나와 사건을 맡은 스티브 김 변호사에게 압력을 행사했지만 우리는 타협하지 않았고 최종 심리까지 갔다. 그런데 한인타운에서 막강한 영향력을 행사해온 김진형에 맞서 증언을 해줄 사람을 찾는 것이 쉽지 않았다. 심지어 나와 스트릿저널의 도움으로 한인회장에 당선된 김완흠마저 증언을 피하려고 한국으로 가버렸다. 나를 위해 증언하겠다고 해 우리 측에서 법정에 모시고 간 정의식 한국노인회장은 증언 도중 김진형 측 사람들을 보고 후환이 두려웠던지 오히려 나에게 불리하게 증언을 했고, 올 때와는 반대로 갈 때는 김진형 측의 차를 탔다. 그러나 이기명 전 한인회장과 이정 한인회 부회장이 소신껏 증언해준 덕에 우리는 결국 승소했다. 상대편 변호사가 "스트릿저널이 미국을 비판한 기사를 읽은 적이 있느냐"고 묻자 이정 부회장이 "양키라고 쓴 것은 읽었다"고 답했는데, 판사가 "양키는 나쁜 말이 아니다"라면서 웃기도 했다.

법정공방은 2년 반에 걸쳐 진행되었고 막대한 비용이 들었다. 1989년 6월 로스앤젤레스 지방법원의 바니 마틴(Bonnie L. Martine) 판사는 김진형과 타운번영회에게 다음과 같은 내용의 사과문을 로스앤젤레스에서 발행되는 3개 일간 신문에 게재하라는 판결을 내렸다. "조재길이 공산주의자이거나 《코리안스트릿저널》이 북한으로부터 자금을 받았다는 번영회 측의 주장은 근거가 없으며 단순한 추측이었을 뿐이다." 그리고 당시 이사직을 맡고 있는 18명 모두 14만 달러씩, 총 2백50만 달러를 배상하라고 판결했다. 이는 나와 스트릿저널의 명예회복 차원을 넘어, 언론의 자유에 대해 일깨워준 의의 깊은 판결이었다. 그러나 이사들 중 재정 능력이 있는 사람이 몇 명 되지 않아 배상금은 소송 비용을 회수하는 선에서 그치고 말았다. 이 사건으로 김진형은 회장직에서 물러났고, 코리아타운번영회는 현재 한인축제재단으로 바뀌었다.

법정공방으로 인해 금전적인 손해를 본 것도 문제였지만 그보다 용공분자라는 이미지가 사람들에게 각인되어 힘들었다. 더구나 나는 한인사회 중심에서 신문을 발행하고 방송 활동도 했던 터라 많은 사람들의 관심을 받았다. 용공논쟁은 내가 2003년 세리토스 시의원에 출마했을 때도 선거의 주요 쟁점으로 부각되었다.

민주화 열기로 뜨거웠던 서울국제공원

법정공방과 새로 시작한 인쇄 사업으로 고전하는 와중에 한국의 정세는 하루가 다르게 변해가고 있었다. 그러나 미주 운동권은 로스앤젤레스 한인회장 선거에 매달려 긴박하게 돌아가는 한국의 정세에 아무런 대처를 하지 못하고 있었다.

로스앤젤레스의 민주화운동권 세력은 《코리안스트릿저널》의 지원으로 광주위령탑건립 모금운동과 직선제 개헌청원 서명운동 등 대중운동에서 어느 정도 성과를 거두자 1987년 초부터 한인회를 장악하기 위해 전 역량을 쏟고 있었다. 엄밀히 말해 김대중 선생을 후원하는 인권문제연구소와 김영삼 총재를 지지하는 민족문제연구소, 그리고 호남향우회장 출신인 김완흠은 민주화운동권이라기보다 양 김 지지자였다. 한국에서 민주화 열기가 뜨거워지자 이들은 한국 정치권을 겨냥해 갑자기 민주투사를 자처하고 나섰고, 한인회 감투를 놓고 한인회장 선거를 과열시켰다.

인권문제연구소와 민족문제연구소는 윤창기 후보 진영에 합류했고, 한청과 호남향우회는 김완흠을 후보로 내세워 6월 27일로 예정된 한인회장 선거에 몰두하고 있었다. 나는 민주화운동권이 한인회장 감투 싸움에 몰두하는 것이 못마땅해 선거에서 한발 물러서 있었다. 새로 시작한 인쇄 사업이 바쁘기도 했고, 성 아그네스 성당 교우인 윤창기 후보와 직선제 개헌서명운동을 함께했던 김완흠 후보 중 어느 한 편을 지지한다는 것이 마음에 내키지도 않았다. 그러나 가장 큰 이유는 내가 용공논쟁에 휘말려 법정소송으로 어려움을 겪고 있는데도 별 관심이 없었던 민주화운동권에 크게 실망했기 때문이었다.

한국에서 6월민주항쟁의 열기가 뜨겁게 달아오르고 있을 무렵, 뉴욕에서 평화대행진을 준비하고 있던 서경석 목사에게서 급히 전화가 왔다. 뉴욕과 로스앤젤레스에서 평화대행진 행사를 함께 치를 수 있게 도와달라는 내용이었다. 인권문제연구소와 한청에서는 한인회장 선거가 끝나는 7월이 되어야 할 수 있다고 했기 때문이다. 나는 이기명 한인회장과 양심선언에 동참했던 단체장들을 중심으로 '전 미주 한인시국선언대회 민주헌법쟁취 국민운동본부'라는 임시기구를 구성했다. 그리고 서경석 목사를 중심으로 구성된 동부의 뉴욕평화대행진 준비위원회와 함께 1987년 6월 21일 오후 5시에 로스앤젤레스와 뉴욕에서 각각 시국선언대회와 평화대행진을 개최하기로 합의했다.

이기명 한인회장은 각 신문사와 방송국을 돌며 인터뷰를 했고, 나는 연사로 동부에 망명 중이던 이신범을 초청하고 홍보용 대형 벽보를 만들었다. 인쇄소 공장에서 일하는 히스패닉 종업원들을 시켜 벽보를 한인타운 곳곳에 붙였는데, 하룻밤 자고 나면 모두 찢어지고 없어져 행사 15일 전부터는 매일 밤마다 벽보를 붙여야 했다. 행사 당일에 쓸 대형 배너 제작은 민중문화연구소(소장 박영준), 4·19학생정신선양회

(회장 김미옥), 청년회의소(회장 강대인) 등에서 활동 중인 청년들에게 부탁했다.

나는 언론 인터뷰 이외의 모든 행사 준비를 거의 홀로 기획했고 스트릿저널과 인쇄소 직원을 동원해 업무를 처리했다. 일간지를 만들었던 경험을 살려 영문 홍보자료를 시티뉴스 서비스에 보냈더니 미국 각 방송국에서 취재 요청이 쇄도했다. 또한 당시 캘리포니아 주지사 선거에 출마한 민주당 출신 레오 메카티 부주지사가 행사장에 참석해 연설할 기회를 달라고 요청해, 부지사가 동참한다는 사실을 언론에 대대적으로 홍보하기도 했다.

1987년 6월 21일 로스앤젤레스 한인타운 내 서울국제공원에는 정오

1987년 6월민주항쟁의 열기는 태평양을 건너 로스앤젤레스에까지 전해졌다. 한인타운 내 서울국제공원에 운집한 동포들.

제2부_ 참언론, 민주화운동의 한가운데에서

부터 수많은 동포들이 태극기, 현수막, 구호판을 들고 나타나기 시작했다. 이날 참여한 동포는 대략 7,000여 명으로 1992년 4·29폭동이 일어나기까지 최대 인파가 몰린 것이었다. 한인 언론은 물론 미국 언론의 취재 기자들까지 몰려들었는데 동원된 카메라만 13대였으며, 행사 이후 일주일 내내 TV에서 이날의 뜨거운 열기가 보도되었다. 조직력 없이 단지 신문과 방송 홍보만으로 이처럼 많은 인파가 자발적으로 모인다는 것은 놀라운 일이다. 그만큼 당시 민주화에 대한 뜨거운 열기는 감격스러운 것이었다.

현장에서 자원봉사자로 나선 젊은이들의 도움이 있긴 했지만, 행사 진행을 해야 하는 것은 온전히 내 몫이었다. 동분서주, 두서없는 진행이었지만 다행히도 참가자들이 경찰의 지시에 잘 따라준 덕에 한 건의 사고도 없이 무사히 행사를 마칠 수 있었다. 한국의 민주화를 위한 염원이 하나로 모인 결과라고 생각한다. 도움은커녕 며칠 남지 않은 한인회장 선거에 영향을 준다며 행사를 연기하라고 방해공작을 일삼던 양측 한인회장 후보들은, 행사는 거들떠보지도 않고 지지자들을 몰고 다니며 선거운동에 정신이 없었다. 그리고 결국은 이 일로 인해 불쾌한 일이 생겼다.

그렇게 정신없이 행사를 치른 후 얼마 되지 않아 노태우가 6·29선언을 발표하며 직선제 개헌이 이루어졌다. 감격스럽고 한편으로는 허전하기도 했다. 그러나 일과 생활에 쫓기느라 그런 마음도 오래가지 않았다. 그러다 몇 달이 지나고 나니 기념할 만한 사진이나 이름이 들어간 유인물 하나 남기지 않은 것이 아쉽다는 생각이 들었다. 당시 나는 용공논쟁에 휘말린 처지라 혹시 행사에 영향을 미칠까봐 기획·제작한 유인물에 내 이름을 하나도 넣지 않았다. 심지어 행사 당일에도 뒤에서 진행만 하고 단상에는 한 번도 올라가지 않았다. 그래서 미주 문화방송을 찾아갔는데 마침 그날 촬영해놓은 필름들을 보관하고 있었다. 당시 수고했던 이기명 한인회장을 비롯한 관계자들에게 기념으로 나눠주려고 필름들을 받아왔다.

그리고 다음 날 필름 편집을 위해 원로 방송인 정종훈 선배가 운영하는 비디오점을 찾아갔다. 그런데 정 선배는 이미 자신이 '로스앤젤레스 6월민주항쟁'이란 이름으로 30분짜리 비디오를 만들어 보관하고 있었다며 보여주는 것이 아닌가. 비디오를 본 나는 소스라치게 놀랐다. 자막과 배경음악 그리고 감동적인 아나운서의 해설까지 곁들여 완벽하게 제작된 그 비디오에는 이기명 한인회장을 비롯한 김영삼 총재를 지지하는 민족문제연구소 회원 최만석, 서상록, 김구 등 네 명이 준비회의를 하는 연출된 장면이 도입부에 나오고 있었다. 또한 시국선언대회 현장중계 중간에는 LA민족문제연구소 최만석 회장의 해설이 삽입되어 있고, 마지막에는 다시 최만석이 클로즈업되어 "오늘 대회에 참석해주신 교포 여러분에게 감사를 드린다"는 인사말이 담겨 있었다. 마치 최만석이 행사의 주최자인 것처럼 조작한 한 편의 감동적인 다큐멘터리였다. 나는 그 길로 이기명 한인회장을 찾아가 따졌다. 알고 보니 민족문제연구소장 최만석이 국회의원 공천을 받기 위해 행사가 끝난 후 정 선배에게 부탁해 만든 것이라 했다. 그리고 준비회의 장면과 인사말을 추가로 촬영해 김영삼 의장과 최형우 의원에게 보냈노라고 했다.

나는 혼자 분주히 행사를 준비하느라 사진 찍는 것조차 생각하지 못했는데, 한마디 상의도 없이 비디오를 만들어 준비과정을 조작한 사실에 분개했다. 이 사실을 안 스트릿저널의 임춘훈 사장은 기사화한 사본을 김영삼 총재와 최형우 의원에게 보냈다. 시국선언대회에 전혀 참여하지 않았으며 오히려 대회 연기를 주장했던 최만석은 이 사건으로 전국구 국회위원 후보 공천을 받지 못했다. 그리고 훗날 한국의 고속전철 건설사업과 관련된 사건으로 한국 정부의 지명수배를 받아 미국에서 체포되었다.

어머니의 죽음

1987년은 한국과 미주 한인사회는 물론 ≪코리안스트릿저널≫과 나에게 많은 변화가 있던 다사다난한 해였다. 직선제 개헌이 이루어지고 김대중 총재, 김영삼 총재가 후보로 나오자 한국의 대통령 선거는 뜨거운 열기에 휩싸였다. 미주 한인사회도 양 김의 지지자로 나누어지며 선거 지원을 위해 귀국하는 사람이 생기는 등 선거에 많은 영향을 받았다.

그러던 1987년 11월 28일, 어머니가 돌아가셨다는 비보를 접했다. 산후조리를 잘 못하시고 힘든 농사일로 고생을 많이 하신 탓에 젊어서부터 늘 편찮으셨고, 수년 전 고혈압으로 쓰러지셔서 거동이 불편하셨지만 이렇게 갑자기 가시리라고는 전혀 생각하지 못했었다. 어머니는 항상 동리 앞 다리 난간에 앉아 고국에 돌아오지 못하고 있는 나를 기다리셨다. 그날도 나를 기다리시다 사고로 다리 아래로 떨어지셨다. 어머니가 돌아가셨다는 소식에 하늘이 무너지는 것 같은 슬픔과 고통이 밀려왔다.

장례식에 참석하기 위해 영사관에 비자를 신청했으나 발급해주지 않았다. 하는 수 없이 영사관에 "생전에 불효한 자식이 장례식에 참석한다고 그 불효가 씻기지 않겠지만, 아버지가 아직 살아계신데 내가 가지 않으면 당신이 돌아가신 뒤에도 내가 오지 않을 것이라고 생각해 나를 포기하지 않겠는가. 자식을 포기하게 할 수 없어 입국을 하니 김포공항에서 체포를 하든지 추방을 하든지 알아서 하라"고 통보하고 무비자로 로스앤젤레스 공항을 출발했다.

내가 돌아오지 못할 것을 예감하고 간곡히 만류하시던 어머니에게 2년 후에 돌아오겠다는 지키지 못할 약속을 하고 떠났던 불효를 씻을 길이 없어 가슴이 메었다. 1980년에 잠시 귀국했을 때 "어디서나 네 자식들 잘 키우며 살면 나는 괜찮다"는 어머니의 말씀을 용서로 받아들였던 나 자신이 너무도 어리석어 마음을 가다듬을 수 없었다.

김포공항에 도착하니 기다리고 있던 안기부 요원이 별실로 데리고 가 한국에 체류하는 동안 정치활동을 하지 않겠다는 각서를 요구했다. 각서를 쓰고 공항을 나와 성남에 있던 처남 집에 들러 장모님께 인사를 하고 곧장 고향으로 향했다. 그런데 내가 고향으로 떠난 뒤 처남 집에 경찰이 들이닥치는 소동이 벌어졌다. 미처 눈치를 채지 못했는데 안기부 요원과 서울시경 공안요원이 김포공항에서부터 나를 미행했던 것이다. 그들은 처남 집으로 들어간 내가 갑자기 사라져버리자 놀라서 급습을 한 것이다. 그들은 단양까지 내려와 단양경찰서 정보과 요원과 함께 나의 소재를 확인하고 서울로 돌아갔다.

내가 도착했을 땐 이미 장례식이 끝난 뒤였다. 어머니 산소를 찾아가 용서를 구하고 집안 어른들과 친구들에게 인사를 하기 위해 단양 읍내에 들렀다. 경찰과 정보요원들은 내가 가는 곳마다 미행했다. 내가 다녀간 곳은 곧바로 경찰이 뒤따라 들어가 무슨 이야기를 나누었는지 일일이 조사하는 통에, 좁은 단양 바닥은 나도 모르는 사이에 이상한 분위기가 되어버렸다.

전두환 집권 7년 내내 남동생이 갑자기 연행되어 조사를 받는 등 집안을 향한 정보당국의 감시가 심했던 터라, 그간 내가 미국에서 민주화운동을 해온 것을 알고 있던 집안 어른들과 친지들은 이제 그만 귀국해서 국회의원에 출마하라고 권유했다. 그러나 정치를 하기 위해 영주 귀국하는 문제를 한 번도 생각해본 적이 없는 데다 갑자기 어머니가 돌아가셔서 경황이 없었던 나는 미국에 돌아가서 생각해보겠다며 건성으로 대답하고 서울로 올라왔다.

정보요원들은 내가 어디를 가든 계속해서 미행했다. 그때는 12월 초라 제법 추운 날씨였다. 서울에 있으면서 아현동에 있는 누님 댁에 머물렀는데 정보요원이 골목길을 서성거리며 집 주위를 지키고 있는 것이 안쓰러웠다. 그래서 집 안으로 정보요원을 불러들여 커피를 함께 마시고, "어디 가지 않을 테니 집에 가서 편히 자고 내일 아침 9시에 다시 오라"고 했다. 그다음 날부터 정보요원은 아침저녁으로 출퇴근하며 나와 함께 다녔다. 그새 정이 들었던지 정보요원은 내가 출국하는 날 공항에서 출국 수속까지 대신해주었다. 오랜만에 귀국해 지리를 잘 모르는 나에게는 차라리 좋은 안내원이 생긴 셈이었지만, 만나는 사람들에게 피해를 주는 것 같아 대학동기 김창선 등 몇 사람만 보고는 바로 출국했다. 두 번 다시 되풀이되지 않기를 바라는 조국의 서글픈 역사였다.

양 김의 분열로 1987년 12월 대통령 선거에서 노태우 후보가 당선되고 1988년 새로운 정부가 출현했다. 그러나 1987년 6월 로스앤젤레스 한인회장 선거에서 당선된 김완흠은 낙선한 유창기 후보가 소송을 제기해 취임을 못하고 있었다. 1년이 넘도록 해결의 실마리를 찾지 못하고 소송이 장기화되자 김완흠 회장과 이정 부회장 당선자는 "로스앤젤레스에서 이 사건을 해결할 수 있는 사람은 조 회장밖에 없다"며 나에게 매달렸다. 내가 특별히 힘이 있어서가 아니라 그 당시 민주화운동권과 한인사회단체들은 완전히 분리되어 있었는데, 그 양쪽에 인맥을 갖고 신뢰받는 사람이 나밖에 없었기 때문이다. 그러나 이들 두 사람의 인품과 그간의 일들을 알고 있던 나는 1년이 넘도록 이 사건에 개입하지 않았다.

한인회의 공백이 장기화되자 나는 하는 수 없이 양측 대표로 김완흠, 이정 그리고 윤창기, 이갑산 이렇게 네 사람을 불러 모았다. 자정이 넘도록 마라톤협상을 한 끝에 합의를 이루어, 로스앤젤레스 한인회는 1년 만인 1988년 6월에 비로소 정상화될 수 있었다. 그러나 이렇게 힘들게 한인회장에 취임한 김완흠은 취임 이후 직무를 맡아 일하기보다는 한국에 드나들기 바빴으며, 내가 법정소송 마지막 공판에 증인으로 채택했을 때는 증언대에 나오지 않기 위해 당일 아침 한국으로 출국해 버려 나에게 실망감을 안겨주었다.

3. 민족화해와 통일의 지렛대

통일의 여명을 알리는 전령

1987년 12월에 노태우가 대통령에 당선되면서 제6공화국이 출범했다. 광주항쟁 책임자 간의 정권 교체라는 점에서 6월민주항쟁의 결실은 미완성이라 할 수 있지만, 어찌 되었든 정권 교체는 한국은 물론 미주 한인사회에 커다란 변화의 바람을 몰고 왔다.

민주화운동가를 자칭하던 양 김의 추종자들은 한자리하기 위해 앞다투어 귀국을 서둘렀다. 양 김의 추종세력이 한국으로 빠져나가자 미주 운동권은 변화에 따라 북으로 눈을 돌리기 시작했다. 특히 1988년 노태우 대통령의 7·7선언으로 북한 방문에 대한 심리적 제한선이 사라지자 이산가족들의 방북이 증가하기 시작했다. 여기에 1989년 3월 문익환 목사의 방북, 6월 전대협 임수경의 방북으로 인해 미주 운동권은 자연스럽게 민족화해와 통일운동으로 물길을 돌렸다.

그 첫 번째 결실이 1989년 7월 평양에서 개최된 세계청년학생축전을 계기로 미주한국청년연합이 백두에서 한라까지 평화대행진을 조직한 것이다. 그 당시 남측 학생대표로 참가한 임수경은 8월 15일 판문점을 통해 귀환해 국제적으로 큰 반향을 불러일으켰다.

이러한 정세 변화는 ≪코리안스트릿저널≫에도 바람을 몰고 왔다. 1987년 12월 대통령 선거가 끝나고 한 달이 지난 1월 말, 임춘훈 사장이 하루아침에 회사를 떠났다. 그냥 떠난 것이 아니라 2월 4일 창간 8주년 기념호 발행을 앞두고 달랑 두 명 남은 한상천, 정혜원 기자를 모두 휴가 보낸 후 사표를 제출한 것이다. 기자 한 명 남지 않은 텅 빈 편집국을 아무리 뒤져봐도 특집호 준비로 쓰인 원고지는 한 장도 없었다. 나는 부랴부랴 그간 임 사장으로 인해 단절되었던 스트릿저널의 필진들에게 원고 청탁을 하는 한편 밤새워 원고를 썼고, 아내는 식자를 해서 닷새 만에 창간8주년 기념호 72면을 발행했다. 일주일 후 휴가에서 돌아온 두 기자는 그동안 임 사장의 영향으로 우리 부부에게 갖고 있던 반감을 정리하고 다시 열심히 일하기 시작했다. 이후 스트릿저널은 1년 전으로 되돌아가 다시 미주 운동권과의 관계를 회복하고 친김대중 신문에서 민족통일의 여명을 알리는 전령의 역할을 담당할 통일문제전문 주간 신문으로 다시 태어났다.

나는 1985년 9월 한반도에서 있었던 남북고향방문단 교환을 계기로 이산가족의 아픔에 관심을 갖기 시작했다. 평양과 서울을 오가며 3박 4일간 행해진 이산가족 고향방문은 분단 40년 역사에 새로운 장을 여는 쾌거였다. 이념과 체제의 장벽을 넘어 남북을 오가며 이산가족이 상봉하는 꿈같은 일이 벌어진 것이다. 그러나 미국시민권을 가진 미주동포들은 조국의 고향방문단에 참가할 수 없었으며, 자유롭게 북한을 방문할 수도 서신을 교환할 수도 없는 실정이었다.

그래서 나는 1985년 10월에 미국 적십자사 로스앤젤레스지사를 방문해 지부장 존 스트라우 씨를 만나 미국시민권을 가진 동포들의 고통에 미국적십자가 관심을 가져야 한다는 점을 설득하고 협조를 약속받았다. 이어 한인 적십자위원회 구성에 착수했으나 한국의 정국이 급박하게 진전되면서 개헌서명운동을 추진하느라 중단되었다.

1987년 6월민주항쟁 당시 로스앤젤레스와 뉴욕에서 시국선언대회와 평화대행진을 함께 주최했던 서경석 목사와 나는 1988년 7월 뉴욕 와그너대학에서 민족통일해외동포회의(이하 '해외동포회의')를 개최하고, 해외동포들이 '분단 선상에서 남북화해를 위해 지렛대 역할을 담당할 것'을 선언했다. 공동의장으로 임병규, 손명걸, 이정, 김원삼, 티나 최, 김하범 등을 선출하고 구체적인 사업으로 UN을 통한 이산가족 교환방문, 단기유학생 교류, 해외동포 화해봉사단 파견, 판문점에 평화의 공원 건설, 예술인 교류 등을 제안했으나 이 회의를 주도했던 서경석, 김하범 목사가 곧이어 한국으로 귀국하면서 더 이상 진척되지 못했다. 나는 해외동포회의에 연사로 초빙했던 송건호 선생을 로스앤젤레스로 초청해 8월 23일 시연회관에서 따로 통일문제 간담회를 가졌다. 송건호 선생은 이날 강연에서 "과도한 국방력 투입으로 인력손실이 크다. 친일세력 등용으로 민족의 양심이 마비되고, 분단으로 사상과 생각의 자유가 없어져 자주성이 상실되고 민족주의는 증발되었다. 남북의 기득권 세력을 인정하는 가운데 통일을 모색해야 하며, 정전협정을 평화협정으로 전환해야 한다"고 강조했다. 나는 국제사면위원회의 데이비드 힝클리, USC대학의 리치슨 부총장과의 간담회도 주선했다.

3. 민족화해와 통일의 지렛대

내가 통일운동의 전면에 나서자 충청도 출신이 어떻게 민족의 화해와 통일에 관심을 갖게 되었느냐고 의아해하는 사람이 많았다. 출신 지역을 가지고 정치적 성향을 판단한다는 것이 바른 방법은 아니지만, 미주 운동권을 살펴보면 호남 출신과 이북 출신이 많고 아무래도 경상도 출신은 친정부 성향이 강한 편이었다. 그중에서도 호남 출신은 김대중 선생을 중심으로 한국의 민주화운동에 관심이 컸으며, 통일문제에는 북한을 방문하고 돌아온 이산가족을 중심으로 이북 출신들이 적극적으로 나서고 있었다. 더욱이 아버지가 늘 말씀하신 대로 우리 집안은 "일본 놈 종노릇 하니 자식들 공부시키지 말라"는 고조부님의 유지대

고종옥 마태오 신부님의 출판기념회에서(가운데 화환을 목에 걸고 앉은 분).

로 일자무식으로 살다 보니, 좌우익으로 갈려 혼란스러웠던 해방 후의 정국에 휩쓸리지 않았고, 민족의 비극인 6·25전쟁을 거치면서도 누구 하나 다친 사람이 없을 정도로 통일운동과는 특별한 인연이 없는 처지였다. 물론 나는 4·19혁명의 소용돌이 속에 대학에 입학해서 '가자 북으로, 오라 남으로'를 외치던 뜨거운 대학가의 열기를 잠시 경험했다. 그러나 내가 민족의 화해와 통일에 관심을 갖게 된 것은 아무래도 고종옥 마태오 신부의 영향이 컸다고 할 수 있다.

캐나다 토론토에서 사목하다 1982년 12월 로스앤젤레스 동부 지역의 웨스트코비나 시에 있는 성 크리스토퍼 한인성당으로 부임한 고마태오 신부는, 특이한 이력으로 부임하기 전부터 신자들의 주목을 받았다. 고 신부는 초등학교 졸업 학력에 해병대 하사 출신으로, 토솔산 전투에서 세운 공로로 충무무공훈장을 받고 프랑스로 건너가 유학, 신학교를 마치고 캐나다에서 사제서품을 받았다. 1979년 성 아그네스 한인가톨릭교회에서 영세를 받았던 나는 남자다운 풍모에 시원시원하게 말씀하시는 신부님을 처음 본 순간부터 호감을 느꼈으며, 신부님의 자전소설들을 읽고 깊은 감동을 받았다. 기구한 인생 역정에 가톨릭 신부로서는 보기 드문 아름다운 사랑 이야기를 더한 자전소설 『사랑의 지도』, 『예수 없는 십자가』, 『이 세상의 이방인』, 『고향에 못 갈지라도』는 로스앤젤레스 가톨릭 신자들 사이에서 화제가 되었다.

그중에서도 6·25전쟁 중 전장에서 사랑에 빠지고 인민군과 민족애를 나누었던 이야기를 담은 『예수 없는 십자가』는 감동을 넘어 커다란 충격이었다. 가톨릭 신자였으나 가난한 현세의 구원을 위해 무신론자가 되었다는 인민군 포로 김상위, 전쟁을 증오하며 토솔산 전투에서

태오 하사관의 총을 맞고 죽어간 이름 모를 인민군 장교는, 공산주의자에 대한 편견으로 가득 찼던 나에게 그들도 가족을 사랑하고 조국과 민족을 생각하는 우리의 형제라는 사실을 일깨워주었다. 소양강 격류에 떠내려가는 미군 조종사보다 부상당한 인민군 장교에게 먼저 손을 뻗은 태오 하사관의 무의식적인 결단은 6·25전쟁의 의미를 다시 한 번 생각하게 했으며, 민족의 화해와 통일이란 새로운 이정표를 내게 제시했다.

고 마태오 신부는 가톨릭 200주년을 맞아 1984년 북한을 방문해 보통강여관에서 홀로 미사를 봉헌하고, 북한 주재 폴란드 대사에게 고백성사를 해주었다. 스트릿저널은 36년 만에 북녘땅에서 처음으로 성사를 집전한 고 신부의 북한방문 보고강연을 연재하고, 1985년 8월 『아 조국과 민족은 하나인데』를 단행본으로 발행했다. 또한 민족애와 신부로서의 순명 사이의 갈등, 고뇌를 담아 연재한 고 신부의 "파리 통신"을 『조국과 교회의 사이에서』(1988)란 제목으로 출판하면서 신부님과 함께 번민하고 많은 사랑과 가르침을 받았다. 고 마태오 신부는 북한으로 영주 귀국해 장충성당에서 북한선교에 헌신하겠다는 꿈을 끝내 이루지 못하고, 1991년 캐나다 몬트리올 대교구로 돌아가 한인순교 가톨릭교회 주임신부로 교포사목을 계속했다. 1998년 은퇴 이후 사제 형제애 수도회에서 외롭게 말년을 보내시다 2004년 12월 31일 선종하셨다.

북한은 변하고 있는가

　미주 동포들의 북한 방문은 1976년 캐나다 정부가 북한여행 금지조치를 해제한 이후, 진보적인 학자들이 동유럽을 경유해 비공개로 북한을 방문하면서 시작되었다. 1979년 평양에서 개최된 세계탁구선수권대회에 참가한 미국 선수단에 재미동포가 참가하면서 미국시민권을 가진 한인의 북한 방문이 처음으로 공개되었다. 1981년 비엔나에서 북한 대표와 남북기독자회의가 개최된 이후, 1986년부터 헬싱키에서 정기적인 대화가 이어지며 이산가족을 중심으로 조국통일북미주협의회(이하 '통협')라는 통일운동단체가 결성되었고, 본격적으로 이산가족들의 고향 방문이 추진되었다.

　1988년 노태우 대통령의 7·7선언 이후 캐나다에서 ≪뉴코리아타임스≫를 발행하던 전충림 부부와 뉴욕에서 ≪일간뉴욕≫을 발행하던 심재호, 통협 소속 홍동근 목사가 이산가족의 북한 방문을 주선하면서 미주에서는 방북 붐이 일었다. 특히 로스앤젤레스에서는 전금여행사가 북한 관광단을 공개적으로 모집하면서 1989년에 로스앤젤레스 한인상공회의소 회원 14명이 단체로 평양을 방문한 일이 있었다. 이 일을 시작으로 불과 수년 사이에 몇 천 명의 미주 동포가 북한을 방문해 이산가족을 상봉하고 돌아왔다. 이러한 변화는 언론계에도 반영되어 ≪한국일보≫의 민병용과 ≪중앙일보≫의 이찬삼 두 기자가 1988년에 처음으로 북한을 취재를 하고 돌아와 북한방문기를 신문에 대서특필했고, 이찬삼 기자는 북한방문기를 단행본으로 출판하기도 했다. 이후 언론인의 방북은 계속 이어져 ≪세계일보≫의 안동일, ≪중앙일보≫의

구동수 등이 평양을 방문했다.

　그러나 정작 1980년대부터 민족화해와 북한 바로알기를 주장해 친북, 빨갱이 소리를 들어야 했던 나는 코리아타운번영회와의 용공논쟁과 법정소송에 매여 이들의 방북과 북한 취재를 강 건너 불구경하듯 바라봐야 했다. 1989년 거의 3년에 걸친 법정소송이 승소판결을 받으며 끝나자 나는 뒤늦게나마 북한 취재 계획을 세울 수 있었다.

　1990년 4월 북한인민대의원 총선거에 맞춰 방북을 신청했더니 중국 북경이나 베를린에 있는 북한 대사관에서 비자를 받아야 한다는 연락이 왔다. 이왕이면 무너진 베를린 장벽도 볼 겸 독일 경유를 선택했다. 독일 베를린에서 스트릿저널에 여러 차례 글을 기고해주었던 송두율 교수를 만나 밤새 술잔을 기울이며 많은 이야기를 나누었다. 송 교수는 훗날 한국에서 간첩 혐의로 수감되지만 평생을 한국의 민주화와 통일을 위해 노력해왔으며, 학문적으로도 유럽 철학계에서 인정받는 학자이다. 송 교수는 독일의 통일을 지켜보며 부작용을 잘 연구해 우리 민족의 통일을 위한 교훈으로 삼겠다는 결의를 다지고 있었다. 나는 브란덴부르크 광장에서 무너진 베를린 장벽을 둘러보며 통일된 독일이 한없이 부러웠고, 이렇듯 어렵게 북으로 가는 우리의 현실이 서글펐다. 서베를린에서 택시를 타자 이웃 마을 나들이 가듯 동베를린으로 들어갈 수 있었다. 나는 헝가리에서 달려온 동갑내기 김철 서기관의 도움으로 수속을 마치고 모스크바를 경유해 비로소 평양으로 들어갔다.

　평양은 처음이었지만 사진과 비디오로 보았던 익숙한 풍경 때문인지 그리 낯설지 않았다. 대동강과 보통강이 만나는 언덕 위에 자리 잡은 양강호텔에 짐을 풀었다. 나는 이산가족이 아니라 크게 거리낄 것이 없었다. 안내원이 꼭 집어서 하지 말라는 것 외에는 자유롭게 행동했다. 안내원 오 선생은 오전 10에 와서 4시쯤 돌아갔다. 나는 혼자 있는 시간에 호텔을 벗어나 버스와 전철을 타고 평양 시내를 돌아다니기도 했고, 주민들이 낚시하는 보통강 가에서 낚시꾼들과 놀다 오기도 했다. 나중에 이 일을 알게 된 안내원은 못마땅해하면서도 이미 지난 일이라 딱히 뭐라 하지 않았다.

조국평화통일위원회(이하 '조평통') 박광명 부위원장은 나를 만나자 반갑고 극진히 대접해주었다. 박 부위원장은 외교관으로 유럽에서 근무한 시간이 많아 국제 정세에 아주 밝았다. 그래서 우리는 국제 정세와 한반도 문제에 관해 많은 토론을 나눌 수 있었다. 그때 나는 '노태우 정부 인정과 북미대화 적극 추진', 그리고 '남북한 유엔 공동가입(남북한이 유엔에 한 회원국으로 공동가입하고 표결권 행사는 남북한 합의로 행사. 합의하지 못하는 사항은 기권하는 방안)' 등을 건의했다. 박 부위원장은 '남북한 유엔 공동가입'에 상당한 관심을 표명했는데, 북한이 다음 해 남북한 유엔 공동가입 반대 입장을 철회하면서 남북한은 1991년 9월 18일 각기 유엔 회원국이 되었다.

평양을 방문했을 때 장충성당을 방문했던 일도 기억에 남는다. 북한 신자들의 공소 예절에 참석하고 조선천주교 중앙위원회 장재철 위원장 등 성당의 간부들을 만나 많은 이야기를 들었다. 장 위원장은 장재언이란 다른 이름으로 현재 조선적십자 중앙위원회 위원장을 맡을 정도로 정치적 위상이 높았다. 그래서 다른 신자들과 달리 자유롭게 북한 가톨릭의 어려운 실정을 설명했다. 북한의 신자들이 사제 없이 신

1990년 4월 평양방문 중 장충성당에서 조선천주교중앙위원회 임원들과 함께.

앙을 지켜나가기 어려운 상황이며 가톨릭 예식을 제대로 알지 못한다
는 것이었다.

　나는 많은 것을 보고 느끼고 미국으로 돌아와 5월부터 스트릿저널
과 한국의 ≪새누리신문≫(발행인 김관석 목사, 편집국장 김하범)에 북한
취재기 "북한은 변하고 있는가"를 연재했다. 북한 취재기와는 별도로
"평양 장충성당을 찾아서"를 스트릿저널에 연재하며 "평양 장충성당
에 복사기를 보냅시다"라는 캠페인을 벌이기도 했다. 그 결과 로스앤
젤레스 교우들의 정성으로 마련한 복사기를 베이징의 북한 대사관을
통해 보낼 수 있었고, 한국 정의구현사제단의 김승훈 신부님의 도움으
로 가톨릭 예절에 관한 비디오도 전달할 수 있었다.

　한 차례 방문으로 아쉬움이 많았던 나는 8월에 제1회 범민족대회의

취재를 위해 두 번째로 평양을 방문했다. 그때는 범민족대회 방문단과 같이 고려호텔에 묵었다. 그런데 북측에서 약속했던 취재와 인터뷰 일정을 잡아주지 않아 답답한 일이 많았다. 평양에 아는 사람이 있는 것도 아니고, 어디에 대고 하소연할 수 있는 상황도 아니었다. 그래서 호텔 방에서 전화기를 들고 교환원에게 헝가리 대사관의 김철 서기관과 통화하고 싶다고 했더니 신기하게도 국제 전화가 금방 연결되는 것이 아닌가? 동갑이라 만만했던 김철에게 "평양에 고려호텔 구경하러 온 줄 아느냐"고 다그치며 "당장 돌아가겠으니 출국 수속을 밟으라"고 큰소리쳤다. 그러자 한 시간 후에 해외 출장 중이던 박 부위원장이 전화를 걸어와 사과를 하며, 다음 날 범민족대회 예비실무회담 북측 단장이었던 조평통 전금철 부위원장과의 인터뷰 일정을 잡아주었다.

범민족대회 기간 중 북한에 머물면서 나는 기자로서 북한의 실상을 취재하기 위해 열심히 노력했다. 안내원과 동행하지 않고 혼자 평양역 광장과 대합실을 비롯한 시내 곳곳을 다니며 북한 주민들과 이야기를 나누었다. 평양역의 일반 대합실은 마치 1950년대 6·25전쟁 직후 한국의 시골 정거장 대합실과 같았다. 주민들이 이리저리 엇갈려 자기도 하고 지저분하기 짝이 없었다. 그런데 반대편 간부용 대합실은 이와는 심하게 대조적이었다. 빨간 양탄자 위에 1인용 의자들이 가지런히 놓여 있어서 차를 기다리며 나란히 앉아 TV를 시청할 수 있는 것이었다.

그러던 어느 날 미주 대표단의 일원인 이정과 둘이서 버스를 타고 가다 길가에 있는 아파트 단지에 들렀다. 때마침 놀이터에서 손녀를 돌보던 할머니가 우리를 보더니 시원한 냉수라도 들고 가라고 했다. 할머니의 안내로 우리는 예정에 없던 가정집 방문을 하게 되었다. 집

주인은 자동차 사업소 부소장이라고 했다. 상류층에 속하는 그 집 거실에는 전화기가 있었고 안방에 따로 작은 냉장고도 있었다. 할머니는 시원한 맥주와 멸치 안주를 내와 우리를 대접했다. 개성에서 행진을 할 때에는 도중에 카메라를 매고 도로변의 아파트에 들어가 창가에서 사진을 찍게 해달라며 일부러 집안의 가구를 둘러보기도 했는데 평양과는 차이가 많았다.

판문점에 도착했을 때였다. 미주 대표단의 이정, 정무 등 몇 사람이 내게 오더니 임수경의 뒤를 이어 걸어서 남쪽으로 내려가면 어떻겠냐고 했다. 조평통 전금철 부위원장을 판문각에서 단독으로 만나 이 제안을 전하자, 그는 임수경의 귀환 이후 남북 간에 고조되고 있던 분위기를 설명하며 극구 만류했다. 그 이후 대표단이 판문점을 둘러보는 동안 북측은 우리 일행 주위를 유독 경계하는 눈치였다. 대열에서 벗어나 취재하던 내가 북쪽 판문각을 배경으로 대표단을 촬영하기 위해 카메라를 들고 군사분계선에 올라섰을 때였다. 갑자기 양측 경비병들 사이에 극도로 긴장된 분위기가 조성되었다. 내 등 뒤에서 미군 소속 남측 경비병이 "넘어오세요. 괜찮습니다"라고 말하자 일순간 북측 경비병들의 눈빛이 매서워졌고 당장이라도 무슨 사태가 벌어질 것 같았다. 군사분계선은 폭이 고작 30센티미터 길이 정도에 불과한 콘크리트였다. 그 위에 올라선 나는 벅찬 감회에 휩싸여 한동안 망연히 서 있었다. 잠시 '이대로 군사분계선을 넘어 서울로 갈까' 망설이다 아무런 사전준비 없이 행동하는 것은 바람직하지 않다고 판단해 다시 북측 판문각으로 돌아왔다. 북측 경비 책임자는 한동안 내 팔을 잡고 말문을 열지 못했다.

백두산에서 판문점까지 행진하는 범민족대회의 일정이 끝나자마자 나는 서울로 가기 위해 북미주 대표단보다 앞서 평양을 출발했다. 북한에서의 취재 활동에 한계를 느껴 서두른 것이다. '조국통일', '조선은 하나다'라는 구호를 열광적으로 외치는 환송객들의 전송을 받으며 조선민항에 올랐다. 기내 분위기는 조용했고 마음은 무거웠다. 뭔가 부족한 듯 아쉽기만 했던 4월 방문 때와는 달리, 이번 범민족대회 기간 중에는 '통일이냐 분열이냐'라는 역사의 물음 앞에 선 우리 민족의 장래를 생각하게 되었다.

홍콩으로 가기 위해 베이징공항에서 중국민항을 기다리다가 부산에서 오신 목사님을 만났다. 내가 범민족대회에 참가하고 방금 평양에서 돌아오는 길이라고 말하자, 그때부터 목사님은 고개를 돌리고 멀리 공항 밖만 바라보셨다. 비행기에 오를 때까지 끝내 말 한마디 없던 목사님을 쳐다보며 나는 날카로운 비수에 찔린 것 같은 아픔을 느꼈다. 평양에 입국할 때도 베이징공항에서 비슷한 경험을 했다. 한국에서 온 고등학교 교사 세 분과 반갑게 이야기하다가 내가 평양으로 가는 길이라고 말하자 선생님들은 슬그머니 자리를 떴다. 평양은 국내 동포들에게는 함부로 입에 올려서는 안 되는 먼 나라였던 것이다. 휴전선에 세워진 철조망이나 콘크리트 장벽보다 우리 마음속에 있는 보이지 않는 벽이 더 높게 느껴졌다.

범민족대회가 끝난 후 각국에서 온 취재기자들을 위해 마련한 환송회 자리가 있었다. 언론인도 민족통일에 기여하기 위한 조직을 결성하자는 제안이 나와 우리는 즉석에서 범민족언론인협회를 발기했다. 그

백두산 천지에서.

백두산 야영지에서. 왼쪽부터 해외동포위원회의 노철수 참사, 미주 대표단의 은호기 단장,
이정. 황석영. 이길주. 필자 그리고 이화자. 이행우.

제2부_ 참언론, 민주화운동의 한가운데에서

리고 그 자리에서 나는 창립총회 준비위원장에 선출되었다. 이 일로 나는 서울에 머무르는 동안 한국기자협회를 방문해 회장단과 범민족 언론인대회 개최에 관한 의견을 교환했다. 그리고 한겨레신문 송건호 사장님과 북한취재기를 연재하고 있던 새누리신문사를 방문하고, 삼민사와 북한 취재기의 출판문제를 마무리 지었다.

북한 취재기를 정리해 ≪코리안스트릿저널≫과 한국의 ≪새누리신문≫에 두 차례 연재했는데 독자의 반응은 뜨거웠다. 북한을 비교적 정확하게 평가한 것 같다고 긍정적으로 받아들이는 의견이 대부분이었으나 "너무 조심하는 것 같다"는 지적도 있었다. 5공 치하에서 극성을 부리던 공갈 협박 전화가 전혀 없었던 것은 통일에 관한 시각이 많이 달라졌음을 의미했다. 하루는 나이가 지긋하신 어른이 전화를 해 와 글을 잘 읽었다고 말씀하시고는 "내가 북쪽에 살아서 공산독재가 얼마나 나쁜지 잘 알고 있다. 한국 정부를 비판하는 것은 좋으나 그렇다고 김일성 독재를 옹호하면 못쓴다"고 훈계하기도 했다.

연재가 끝날 때쯤 한 원로 목사님이 찾아와 북한에서 교회가 없어진 것에 대해 "그게 다 내 탓이지요"라고 했다. 그렇다, 우리 민족이 남북으로 갈라진 것도, 6·25 동족상잔이 벌어진 것도, 베트남과 독일 그리고 예멘이 통일이 되었는데도 우리만 아직도 분단국으로 남아 있는 것도 다 내 탓이다. 내 탓인데 남의 탓으로 돌려왔기 때문에 통일을 하지 못하고 있는 것이다. 내 탓인 줄 알면 그게 바로 통일이다.

한겨레신문의 송건호 사장님의 주선으로 삼민사에서 1990년 11월에 『북한은 변하고 있는가』를 출판했는데 반응이 좋았다. 짧은 기간의 방문소감을 실었던 다른 북한 방문기와는 달리 지난 10여 년간 언론인으로 북한에 대해 연구한 자료를 바탕으로 정치, 경제, 사회, 문화, 교육 등 각 분야를 이해할 수 있도록 기술해 당시 한국에서 화두가 되고 있던 북한 바로알기 교재로 적합하다는 평을 받았다. 여러 대학의 정치학과 교수들이 새 학기가 시작될 때마다 이 책을 추천도서로 권장해 새 학기가 되면 대학가 서점에서 주문이 들어와 3판까지 발행했다. 그러나 이 책은 나를 용공으로 모는 빌미가 되기도 했다. 내가 2003년에 세리토스 시의원 선거에 출마했을 때 이 책의 일부 내용을 발췌해 나를 빨갱이로 매도하는 사람들도 있었다.

시대적 소명을 다하다

6.29선언 이후 한국에서 대통령 선거 열기가 일면서 어느 정도 언론가 트이자 스트릿저널은 어지러울 정도로 쏟아지는 비화언론에 독자들의 시선을 빼앗기기 시작했다. 노태우 정부 출범 이후 한국의 언론은 완전하지는 않지만 전두환 군사독재 아래서는 생각할 수 없었던 엄청난 자유를 누리게 되었다. ≪한겨레신문≫을 필두로 ≪세계일보≫, ≪국민일보≫를 비롯해 수없이 많은 새로운 신문사가 생겨났고 수백 명의 기자들이 '전경환 새마을 사건', '청와대 비사', '제5공화국 비화' 등 갖가지 흥미진진한 기사들을 마구 쏟아내자, 그 누구도 태평양 건너 로스앤젤레스 한구석에서 달랑 3명의 편집국 인원이 만들어내는 기사에 열광하지 않게 되었다.

한국에서 민주화가 진행되자 스트릿저널은 시대적 소명이 과연 무엇인지 앞날에 대해 고민해야 하는 힘들고 고통스러운 나날을 보내게 되었다. 독일을 갈라놓았던 베를린 장벽이 무너지고 한국과 소련이 수교하는 시대변화에 맞춰 '남과 북, 두 조국을 어떻게 볼 것인가', '동구의 변화 어떻게 볼 것인가' 등 특집기사와 한반도 핵무기 철수 주장과 같은 새로운 시각을 제시하기 위해 노력했지만, 급박하게 돌아가는 한국의 정세와 비화언론에 빼앗긴 독자들의 시선을 되돌릴 수 없었다.

이제 누구도 한국의 정치 상황을 알기 위해 스트릿저널을 기다리지 않았다. 더구나 지면에서 통일 문제의 비중이 커지자 미주 한인사회로부터 친북, 용공이 아니냐는 의혹의 눈초리가 더 심해졌다. 1987년 12월 대통령 선거를 불과 열흘 앞두고 발생한 대한항공 추락사건에 대한 스트릿저널의 보도에 대해서도 논란이 많았다. 스트릿저널과 법정공방을 벌이고 있던 코리아타운 교민회에서는 이런 기사들만 모아 신문을 만들어 스트릿저널과 조재길을 빨갱이로 매도하는 데 이용했다.

미주 한인사회의 사정도 크게 변했다. 1980년대 초반의 한인언론은 신문의 시대라 할 수 있을 만큼 많은 일간·주간 신문들이 새로 창간되었다 사라졌는데, 후반에 들어서면서 라디오와 TV시대로 접어들고 있었다. 라디오코리아를 선두주자로 라디오서울이 생기고, TV방송인 KTE, KTAN은 저녁 황금시간대에 한인들의 눈과 귀를 사로잡았다. 신문의 광고시장이 줄어들자 주간 신문들의 영업활동은 점점 거칠어지기 시작했다. 스트릿저널의 광고주들은 하나같이 "광고가 나가면 정작 손님은 오지 않고 열댓 명의 다른 주간지 광고사원들이 들이닥쳐 장사를 못하겠다"고 아우성치기 시작했다. 결국 이들은 "우리는 라디오와 TV에만 광고한다"고 버티는 것 외에는 다른 방법이 없다고 하면서 스트릿저널의 광고를 중단했다.

급기야 주간 신문 전체가 황색신문, 폭력신문으로 거칠어졌다. 기자와 영업사원의 구분이 사라지고 광고주들은 '광고를 낼 것이냐, 폭로성 기사에 시달릴 것이냐'라는 선택을 강요받았다. 어떤 주간지의 기자가 일식당에서 회덮밥을 먹으면 어김없이 다음 날 배탈이 났고, 그 일식당은 다음 주에 주간지에 광고를 냈다. 주간지들은 점점 자극적인 기사로 안간힘을 쓰고 있었다. 그렇다고 우리도 다른 주간지들처럼 남의 뒤나 캐고 다닐 수는 없는 노릇이었다. 결국 스트릿저널은 1990년 3월부터 지면을 12면 줄여 32면으로 발행하기 시작했다.

더 근본적인 문제는 노태우 정부가 들어서면서 더 이상 스트릿저널에 압박을 가하지 않았다는 점이다. 본국의 언론들이 속속들이 파헤치고 있는데 구태여 스트릿저널의 기사까지 신경을 쓸 필요가 없게 되었기 때문이다. 언론 탄압이 사라지자 싸워야 할 명분과 투지를 일으킬 동력이 사라졌다. 그리고 이미 고착된 반정부신문 이미지 때문에 스트릿저널은 광고시장에서 여전히 제한을 받고 있었다. 용공시비 법정소송에서 승소한 후 나와 아내는 스트릿저널의 장래에 대해 심각하게 고민하기 시작했다.

물론 민족의 화해와 통일이라는 대장정의 길은 아직 시작도 하지 않았는데 여기서 할 일을 다했다고 짐을 내려놓기에는 마음이 너무 무거웠다. 그렇다고 투지도 대책도 없이 점점 왜소해지는 스트릿저널을 지켜보고 있자니 정말 가슴이 찢어지는 것 같았다. ≪라성일보≫ 공채기자인 한상천 부장과 젊은 여기자 정혜원, 할머니 기자 남소희 여사가 앉아 있는 편집국을 바라보는 것조차 나에게는 고통이었다. 특별한 대책도 없이 스트릿저널은 창간 10주년을 맞았다.

1991년 2월 8일 창간 10주년 기념행사를 끝으로 10년간 젊음을 바쳤던 ≪코리안스트릿
저널≫의 문을 닫았다.

나의 이러한 고민을 알게 된 몇 사람이 인수를 제의하기도 했으나
돈 몇 푼에 남의 손에 넘어가 황색언론이 되는 스트릿저널을 보는 것
은, 금지옥엽으로 키운 딸자식을 가세가 기울었다고 창기로 보내는 것
같아서 차마 할 수가 없었다. 주간광고지로 돌아가거나, 주 16면의 통
일문제전문 유가지로 전환하는 두 가지 방안이 대안으로 제시되었으
나 나는 완전히 탈진 상태였다. 마지막 희망은 ≪코리안스트릿저널≫
에 나보다도 깊은 애정을 가지고 있는 필자와 독자들이었다.

창간 10주년 기념호 96면을 발행하고 1991년 2월 8일 창간 10주년
기념 및 『북한은 변하고 있는가』 출판기념회를 개최했다. 그 자리에서
나는 "물질의 유혹과 권력의 탄압에 굴하지 않고 조국의 민주화와 통
일의 길을 함께 걸었던 ≪코리안스트릿저널≫에 보내주신 그동안의
성원에 감사드린다"는 말을 전하며 "막중한 통일언론의 사명을 다할

3. 민족화해와 통일의 지렛대

수 있도록 《코리안스트릿저널》 제2의 창간을 위해 적극적인 성원을 보내달라"는 호소를 했다. 그러나 결국 스트릿저널은 2월 28일 제517호를 끝으로 문을 내렸다. 나는 눈물을 흘리는 아내에게 "《코리안스트릿저널》은 시대적 소명을 다했다"고 다독이며 마음을 추슬렀다.

스트릿저널은 한국 정부의 통제를 받지 않는 기사로 독자들의 적극적인 호응을 받았다. 외형적으로는 1987년 2월 오렌지 카운티 지국에 이어 8월 뉴욕 지사 개설로, 총 3만 5천 부를 발행하는 양적인 성장을 이루어 미주 한인언론계에 큰 파장을 불러일으켰다. 로스앤젤레스를 중심으로 시작해 전 미주와 호주, 유럽까지 독자층을 확보해 한국 민주화운동의 대변지 역할을 담당했던 스트릿저널은 이렇게 역사 속으로 사라졌다. 이제는 남가주대학(USC) 대학도서관에서 창간호부터 517호까지 보관하는 유일한 한인신문이자, 연구자들의 자료가 되었다.

우리 부부가 《코리안스트릿저널》과 《라성일보》를 운영하며 한국의 민주화와 통일운동에 헌신했던 10년 사이에 아이들은 초, 중, 고등학교를 마치고 대학에 진학했다. 세 아이들이 모두 명문 위트니고교를 다녔는데, 막내 지아는 캘리포니아 주 수학경시대회에서 만점으로 1등상을 받고 8학년(중학교 2학년)을 마친 13살에 4학년을 건너뛰어 두 오빠들보다 먼저 대학에 진학했다.

아이들이 중, 고등학교를 다니던 1980년대 후반 우리는 경제적으로 가장 어려운 시기를 보내 아이들에게 아무것도 해주지 못했다. 우리 부부 모두 늦게까지 일을 해 아이들을 학교나 과외활동에 데려다준 적도 없었다. 만 16세에 운전면허를 딴 아이들 셋 모두 중고 차를 탔는데 그중에도 준석은 완전히 폐차 직전인 고물 차를 몰고 다녔다. 준석의 졸업식장에 갔을 때의 일이다. 아이들이 한 명씩 졸업장을 받으러 단상에 올라가면 몇몇 친한 친구들이 박수를 쳐주곤 했는데, 준석의 차례가 되자 갑자기 전교생이 "호보, 호보"라고 외치며 발로 마룻바닥을 구르며 박수를 쳐서 깜짝 놀랐다. 덜덜거리는 차를 몰고 학교 주차장에 들어서는 준석이를 보고 아이들이 '호보'(Hobo, 떠돌이 부랑자)라는 별명으로 불렀다는 사실을 알게 된 우리 부부는 아이들 볼 면목이 없어 한없이 부끄러웠다.

아이들을 돌볼 시간이 없었던 우리 부부는 여름방학이 되면 아이들을 한국에 자주 보냈다. 집에서 우리와 이야기할 때는 한국말을 사용했으며 한국에서 만화책과 연속극을 많이 보고, 당시 인기가 많던 가수들의 노래를 따라 배운 것이 한국말을 익히는 데 많은 도움이 되었다. 누가 시킨 것도 아닌데 대학에 진학한 후 세 아이는 한국어를 열심히 배웠고 그 덕에 한국말을 잘해 다행이라 생각한다.

남과 북 사이에서

아내는 언제나 나보다 강했다. 내가 앞서가며 일을 벌여놓으면 아내는 항상 조용히 뒤따라오며 일을 수습했다. 우리 두 사람이 황금 같은 3, 40대 시절을 다 바쳐 만들었던 《코리안스트릿저널》의 뒷마무리도 아내의 몫이기는 마찬가지였다.

스트릿저널의 뒷정리를 아내에게 맡기고 나는 1991년 5월에 세 번째로 평양을 방문했다. 『북한은 변하고 있는가』를 출판하기 위해 한국을 방문했을 때, 한겨레신문 송건호 사장의 소개로 임재경 부사장, 김종철 논설위원, 김태홍 이사 등 많은 분들과 북한의 실정과 통일문제에 관해 이야기를 나눈 적이 있었다. 이때 몇 분이 북한 방문기는 이미 많이 출간되었으니 북쪽 사람들의 이야기를 직접 들어보는 것이 좋겠다며 나에게 그 일을 추진해보라고 권했다. 정치, 경제, 문화, 체육, 여성, 종교 등 각 분야의 정책담당자나 중간 간부를 인터뷰해 책으로 발행하는 것에 대해 출판사 측에서도 적극적이었다.

평양으로 떠나기 전 한겨레신문의 워싱턴특파원 정연주에게서 전화가 왔다. 그는 북측 요원들로부터 무슨 말을 어떻게 전해 들었는지 마치 무슨 전권을 가진 사람처럼 "한겨레신문 이름을 팔지 말라"고 했다. "나는 한겨레신문의 이름을 팔 생각도, 이유도 없다"는 편지를 보내고 북경을 거쳐 평양으로 향했다. 그런데 고려호텔에 묵으며 며칠을 기다려도 도무지 인터뷰가 주선되지 않자 '누군가 장난을 쳤구나'라는 생각이 들었다. 어떻게 해야 할지 몰라 쩔쩔매는 안내원 오 선생에게 금강산 관광이나 하자고 해 3일 동안 원산과 금강산을 구경했다. 그러나 천하절경 금강산을 전세 낸 것처럼 혼자 보아도 흥이 오르지 않았다. 결국 나는 평양으로 돌아와 곧바로 출국했다. IPU총회가 끝난 직후라 고려호텔에서 재일 조총련계 사업가 한 명과 단둘이 묵었는데 그가 들려준 기구한 가족사와 북한과 사업하는 동안 겪은 이야기는 돌아오는 내내 내 마음을 무겁게 했다.

돌아오는 길에 서울에 들렀을 때 가톨릭 정의구현 평신도협의회가 명동성당 전진관기념관에서 강연회 자리를 마련해주어 300여 명의 신자들을 모아놓고 평양 장충성당 방문 때 겪은 북한의 실정과 교회에 대해 강연하는 기회를 가졌다. 그때 나는 "민주화에 앞장섰던 한국 가톨릭교회가 반공이데올로기를 극복하지 못해 통일에 소극적"이라 비판하고 "한국 가톨릭교회가 하루속히 피난민교회의 의식구조를 탈피해야 한다"고 역설했다.

서울에 머무르는 동안 나는 영구 귀국해 정치활동을 하는 게 어떻겠냐는 제안을 받았다. 대학 후배였던 국회 보사분과 위원장 백남치 의원은 민주당 지구당을 맡으라며 김영삼 총재를 독대하고 가라고 성화를 했고, 집안 어른들과 친구들은 고향에서 국회의원에 출마하라고 했다. 김대중 선생을 찾아뵙고 평민당 김상현 최고위원과 유재건 교수 등을 만나면서 나 역시 한국 정치에 대해 관심이 생기기 시작했다. 고향인 단양에 확고한 기반을 가진 정치인이 없는 데다, 각 정당의 속사정을 들여다보니 내가 두 야당은 물론 여당인 민정당의 공천을 받는 것도 큰 문제가 아니었다. 김영삼 총재가 있던 민주당과 김대중 총재의 평민당은 충청도에서 사람을 못 찾아 난리였으며, 당시 사촌 처남이 의전비서관으로 노태우 대통령을 보좌하고 있어 민정당 공천도 기대해볼 만했기 때문이다. 지역 사정으로 보아 민주당 공천으로 출마하는 것이 순리라는 생각이 들었지만 김영삼 총재에 대한 나의 선입견이 좋지 않아 만류에도 불구하고 나는 그냥 미국으로 돌아왔다.

몇 년 전 김영삼 총재가 로스앤젤레스에서 강연회를 한 적이 있었다. 그때 스트릿저널과 단독인터뷰를 했는데 김 총재가 강연회와 교포 간담회에서 했던 이야기를 반복하고, 질문에 상관없는 자기 말만 계속해서 어이가 없었다. 남북관계에 대해 질문을 했더니 갑자기 화장실로 들어갔고, 20여 분 후에 나와서는 다른 일정이 있다고 가버렸다. 정치인으로서 기본이 되어 있지 않은 김 총재가 어떻게 야당 지도자가 되었는지 이해가 되지 않아, 김 총재를 잘 아는 몇 사람에게 물어보았더니 "머리는 둔하지만 정치를 오래해 감각이 탁월하고, 소위 보스 기질이 있다"고 평했다. 그때 나는 이 사람이 야당 총재면 몰라도 대통령이 되면 큰일 나겠다고 생각했다. 불행히도 그때 내 예감은 적중했다.

정치 외에도 당시 경실련 사무총장으로 있던 서경석 목사의 소개로 알게 된 로출판 대표 노정선 씨와 남, 북, 해외를 아우르는 월간지 ≪우리겨레≫를 창간하는 문제에 관해 진지하게 검토하기도 했다. 서울과 미국에 사무실을 두기로 하고, 노정선 대표의 주선으로 서강대 신방과 유재천 교수, 경북대 김영호 교수와도 만나 준비위원회를 구성했으나 모금에 성과가 없어 진척되지 못했다.

한국정계 진출과 영구 귀국을 염두에 두고 내가 한국을 자주 방문하자 한 미주 동포가 자신이 북한으로부터 한약재의 해외 총판권을 받았는데 한국에서 수입을 맡을 사람이 있는지 알아보아 달라는 부탁을 했다. 당시 한국에서는 어떻게든 북측과 사업을 하려고 줄을 대느라 난리였다. 그런데 북측과 사업을 하려면 안기부와 먼저 선이 닿아야 했다. 이 점은 북쪽도 마찬가지였다. 결국 남북을 오가는 사업을 벌이려면 남쪽의 안기부와 북쪽의 조평통, 양쪽 모두의 손을 잡아야 한다는 것이었다.

남과 북 사이에서 자신의 소신에 따라 일을 한다는 것은 불가능한 일이다. 안기부나 조평통이나 어떻게든 자기편으로 끌어들이려고 애쓰기 때문에 양쪽으로부터 독자적인 위치란 있을 수 없다. 나 역시도 마찬가지였다. 북을 다녀온 뒤 가끔 헝가리에 있는 북한 대사관의 김철 서기관으로부터 전화가 왔다. 이런저런 이야기를 나누고 난 뒤 그는 항상 "참 좋은 의견인데 간단히 정리해서 보내줄 수 있겠느냐"고 했다. 한두 번 못 들은 척 넘기다 결국은 "내가 한국의 안기부 출신 영사와 가끔 식사도 하고 이야기를 나누는 것처럼 당신도 친구로 생각해 이런저런 이야기를 나눈 것이다. 하지만 나를 끌어들이는 것이 목적이라면 잘못 생각한 것이니 앞으로는 전화하지 말라"고 단호하게 말하고 전화를 끊었다.

나는 1991년 6월 한 달간 고향에 머물렀다. 처음 실시된 지방자치단체 선거를 참관하고 고향에 살고 있는 많은 친구들을 만나며, 다음 해에 있을 국회의원 출마를 비롯해 월간 ≪우리겨레≫ 창간과 귀국 문제 등을 진지하게 생각했다. 그러나 내가 쓴 『북한은 변하고 있는가』를 보고 이상하게 여기는 친구들의 반응과, 8월 범민족대회 기간 중 범민족언론인협회 위원장으로 일본의 민족시보, 조선신보 등을 방문하면서 느낀 점들을 통해 남과 북 모두를 아우르며 일하는 것은 한계가 있음을 절실히 느꼈다.

내가 있을 곳은 미국이라는 결론을 내리고 로스앤젤레스로 돌아왔다. 그런데 영구 귀국의 꿈을 접고 착잡한 심정으로 돌아오는 미국행 비행기 안에서 가슴 벅찬 장면을 보았다. 승객의 3분의 2 정도가 북가주 실리콘 밸리에 있는 컴퓨터 관련 컨벤션에 참석하기 위해 출국하는 20~30대의 청년들이었다. 그들은 하나같이 키가 훤칠하고 잘생겼으며 기백이 넘쳐 기내가 활기찼다. 전쟁과 가난에 찌들었던 우리 세대의 젊은 시절이나 독재와 시위로 얼룩졌던 몇 년 전의 한국에서는 상상할 수 없던 모습이었다. 바로 저들이 한국 민주화의 주역이며 조국의 미래는 내가 아닌 저들의 몫이라는 생각이 들었다. 그래서 이제는 조국으로 돌아갈 수 없다는 허전한 마음에 위안이 되었다.

한반도 핵문제와 통일

로스앤젤레스에 돌아오니 아내는 혼자 KS인쇄회사를 지키고 있었다. 《코리안스트릿저널》을 그만두고 나만 마음이 심란한 것이 아닐 텐데 혼자 난리를 치고 다닌 것 같아 미안한 마음이 들어 나는 예전보다 더 열심히 일하기 시작했다.

컴퓨터가 폭넓게 보급되면서 인쇄업계는 가히 혁명적이라 할 만큼 엄청나게 변하고 있었다. 디자인에서부터 필름, 제판에 이르기까지 인쇄의 모든 분야에 컴퓨터가 도입되어 전산화가 인쇄업계의 생사를 좌우하게 되었다. 나는 이런 변화에 적응하기 위해 마켓광고지 인쇄의 전 과정을 전산화하는 작업을 시작했다. 미국에 처음 왔을 때 로스앤젤레스 카운티 전산국에서 컴퓨터 오퍼레이터와 프로그래머로 일한 경험이 큰 도움이 되었다. 발 빠른 전산화는 KS인쇄소가 1990년대 후반에 크게 성장할 수 있는 계기가 되었다.

그러나 급박하게 돌아가는 한반도 정세는 나를 컴퓨터 앞에만 앉아 있게 내버려두질 않았다. 신문 발행인이란 직함을 벗은 나는 그동안 직접 관여하지 않았던 운동권의 전면에 나서기 시작했다. 1992년 5·18 민주화운동 12주년 기념 5월제 준비위원장을 맡은 것을 시작으로, 7월에는 김선명, 이종환 등 장기수의 단식투쟁을 지원하기 위해 '국가보

안법 철폐 및 양심수 석방을 위한 미국운동본부'의 공동의장을 은호기와 함께 맡아 양심수 겨울나기 지원 캠페인을 전개했다. 또한 통일희년기도회의 운영위원으로 참여해 각종 행사와 세미나의 주제발표자로 활발히 활동하기 시작했다.

그러던 중 1993년 북한 핵문제가 한반도를 전쟁 일보 직전으로 몰아가자 나는 반핵평화운동에 앞장서게 되었다. 1990년대 초반부터 주목받기 시작한 북한 영변의 핵시설이 태풍의 핵으로 떠오르며, 북한의 핵개발을 막으려는 미국과 북한 사이에 긴장이 고조되기 시작했다. 설마 전쟁이 벌어지겠냐는 안일한 태도를 가진 사람도 많았는데, 실제 미국은 영변의 핵시설을 제한 폭격하는 계획을 갖고 있었던 것으로 밝혀졌다. 그러나 운동권에서는 아무도 핵문제에 대해 정확한 정보나 대처방안을 갖고 있지 못해 그저 손을 놓고 있었다. 나는 스트릿저널에 게재했던 자료를 정리해 통일희년기도회에서 '한반도 핵문제의 현실과 문제점'이란 주제 발표를 시작으로 핵문제를 본격적으로 연구하기 시작했다.

나와 핵문제와의 인연은 호주 출신 피터 헤이즈 교수가 1988년 발표한 한반도 핵문제에 관한 논문을 스트릿저널에 전재한 데에서 비롯되었다. 헤이즈 교수는 현재 미국에서 '노틸러스'라는 인터넷사이트를 통해 한반도 핵문제에 관한 글을 발표하고 있는 핵문제 전문가다. 전 세계적으로 반핵평화운동이 확산되고 있는 가운데 유독 한반도만 반핵무풍지대로 남아 있었는데, 한반도에 주한미군이 1천 기 이상의 전술 핵무기를 비치하고 있다는 사실은 가히 충격이었다. 한반도에서 전쟁이 발생한다면 한반도는 초토화되고 우리 민족은 회복하기 어려운 참담한 피해를 입을 수밖에 없다는 사실을 알게 된 나는, 이후 전쟁 재발을 막기 위해 한반도 비핵화와 반전평화운동에 적극 참여했다.

나는 1993년 1년간 거의 사업을 제쳐놓고 YMCA시민논단, 한민족연구회, 조국통일북미주협회, 통일희년기도회 등이 주최한 세미나와 강연회에서 열세 차례 주제발표를 하고 여러 언론에 핵문제와 관련한 글을 써냈다. 그리고 원고를 정리해 1994년 6월 한국 삼민사에서 『한반도 핵문제와 통일』이란 단행본을 발행했다. 이 책은 한국의 권위 있는 계간지 ≪창작과 비평≫ 1994년 겨울호에 서평이 실린 것을 비롯해 한반도 핵문제를 가장 체계적이고 종합적으로 정리한 것으로 평가받았다.

1993년 11월에 나는 미국을 방문한 김영삼 대통령의 일정을 따라다니며 시위를 했다. 센추리플라자호텔 앞에서 밤새 시위를 하고 다음날 아침 로스앤젤레스 시청 앞에서 김 대통령이 도착하기를 기다렸다가 윤상해 목사와 함께 현수막을 펼치고 "핵문제를 평화적으로 해결하라"고 외쳤다. 김 대통령은 계단을 오르다 이 소리를 듣고 멈춰서 뒤를 돌아보며 손을 흔들었다. 나는 12월 4일 자 ≪새누리신문≫에 김영삼 대통령 앞으로 보내는 공개서한을 광고로 게재했다. '대결주의적 대북관계를 청산하고 핵문제를 평화적으로 해결'할 것을 촉구하는 내용이었다.

북한 핵문제로 한반도에 긴장이 최고조로 달했던 1994년 6월, 나는 제임스 라슨 목사, 데이비드 할리 목사 등 미 주류사회 민권운동가들과 함께 '한반도위기의 평화적 해결을 위한 긴급위원회'를 결성해, 14

일 로스앤젤레스와 워싱턴의 프레스클럽 두 곳에서 동시에 미 주류언론들을 상대로 한 기자회견을 가졌다. 이처럼 6·25전쟁 이후 한반도에 가장 짙게 드리워졌던 핵전쟁의 위협은 1994년 6월 15일 카터 대통령이 북한을 방문해 김일성 주석과 회담한 것을 계기로 북미 간의 협상이 재개되고, 10월 21일 북미제네바핵합의가 타결되면서 위기를 넘겼다. 북미협상이 진행 중이던 7월 빅 베어 산장에서 개최되었던 통일운동권 수련회에서 내가 제시했던 북핵문제 해결방안인 '북한이 가동 중인 중수로 2기와 방사화학실험시설을 폐기하는 대신 미국이 경수로를 제공'하는 방향으로 제네바 협상이 타결되자 통일운동권에서 핵문제에 대한 나의 연구와 판단을 모두 새롭게 평가하기도 했다.

북한 핵문제가 대화와 협상을 통한 해결방향으로 급선회하고 북한과 미국이 평양과 워싱턴에 대표부를 설치하는 것에 합의하자 미주 한인사회에는 새로운 변화의 바람이 불기 시작했다. 한국 정부의 독무대가 되었던 미주 동포사회에 한국과 북한이라는 두 개의 조국과 두 개의 대사관, 영사관이 생기면서 미주 동포사회는 한반도와 일본 동포사회에 이어 제3의 분단과 대립의 무대가 될 가능성이 높아졌다. 이러한 한반도 정세의 변화에 따라 1980년대 미주 민주화운동을 이끌었던 재미한국청년연합과 조국통일북미주협회란 양대 조직은 북한과의 관계설정과 통일운동의 노선 차이로 진통을 겪고 재편되었다.

그리고 미주 한인사회의 한편은 민권운동으로 눈을 돌리기 시작했다. 한인사회가 백만 명이 넘는 양적 팽창에도 불구하고 민권운동의 뿌리를 내리지 못한 가장 큰 이유는 한국 정부가 진보적인 인사들을 반정부, 용공으로 매도해 동포사회로부터 차단해왔기 때문이다. 1992

년 4.29사태가 일어나고 한국에서 문민정부가 출범한 것을 계기로 전국적 규모의 민권단체 결성이 추진되었다. 1994년 10월 28, 29일 뉴욕에서 미주동포전국협회(NAKA, 이하 '전국협회')가 결성되자 미국교회협의회장과 미국장로교총회장을 지낸 이승만 목사가 회장으로, 나는 부회장으로 선출되었다. 전국협회는 1.5세대, 학계, 교계의 새로운 인사들이 대거 참여해 대중운동단체로서 면모를 갖추었다.

1996년 10월 로스앤젤레스 총회에서 전국협회의 차기 회장을 맡기로 했던 나는 미주동포전국연합(이하 '동포연합')의 결성과 관련해 전국협회 부회장을 사임했다. 북한이 북미수교를 염두에 두고 미주 동포사회에 영향력을 강화하기 위해 친북세력을 통합하고 새로운 인물을 영입해 재편하면서 동포연합의 전국 회장과 각 지역 회장의 대부분을 전국협회의 회장단과 이사들로 내정했다. 나는 전국협회(NAKA)의 정체성을 위해 동포연합에 참여할 임원들이 전국협회의 직책을 먼저 사임할 것을 요구했으나 받아들여지지 않았고, 이에 전국협회 총회에 참가하지 않고 탈퇴했다. 로스앤젤레스 총회에서 선출된 임원들이 1997년 동포연합 결성에 대거 참여하자 전국협회는 전국 규모의 민권단체로 발전하지 못하고 지금까지 겨우 명맥만 유지하고 있다.

민족화해와 통일의 지렛대

1994년 미주 운동권이 재편되고 통일운동이 다시 활기를 찾기 시작하면서 나는 우리 민족의 장래와 통일에 관해 진지하게 논의하고 이를 발전시킬 수 있는 전문 매체의 필요성을 강하게 느꼈다. 이러한 나의 구상은 스트릿저널의 폐간으로 아쉬워하던 필진들과 독자들에게 좋은 호응을 얻었다. 이러한 폭넓은 공감대를 바탕으로 이사장에 김용성 박사, 부이사장에 은호기, 회장에 이활웅, 그리고 내가 부회장을 맡아 1994년 12월에 제1회 통일마당을 개최했다. 그리고 UC샌디에이고 교수 강태진 박사를 초청해 강연회를 개최하고 세미나 발표 및 토론내용, 관련자료를 모아 16페이지에 이르는 ≪통일마당≫ 제1호를 발행했다. ≪통일마당≫은 "우리는 모두 하나입니다"라는 기치를 내걸고 건강한 토론 문화의 정립을 위해 매달 세미나를 개최하고 월간으로 회지를 발간했다. 그러나 재정적인 뒷받침이 여의치 않아 이듬해 11월에 11호를 끝으로 마감했다.

그 무렵 나는 이장희 회장과 최영호 사장이 운영하던 라디오코리아에서 시사칼럼 방송을 시작했다. 매주 목요일 아침뉴스 중간에 7분가량 하는 방송이었지만 매주 원고를 준비하는 것이 쉽지가 않았다. 나는 그때그때 발생된 사건을 중심으로 민족의 장래와 통일문제에 관해 방송을 했다. 라디오코리아는 전반적으로 보수 성향이 강한 한인사회의 특성을 고려해 거의 모든 프로그램에 보수적 면이 강했다. 그런 상황에서 나의 칼럼은 내부에서도 말이 많았고 독자들로부터 항의를 받기도 했다. 그러나 고맙게도 경영진은 프로그램의 다양성을 유지하고 필진의 고유권한을 존중한다는 차원에서 한 번도 제동을 걸지 않았다. 3년 반 동안 방송된 원고는 1998년 6월 서울의 도서출판 오름에서 『통일로 가는 길이 달라진다』라는 이름의 책으로 출간되었다.

북한이 미주동포연합의 결성을 추진하면서 미주 한인사회는 양분

되었다. 나는 남과 북 어느 한쪽에 치우치지 않고 '남북 화해를 위한 지렛대 역할'을 하는 통일운동을 지향했다. 그러나 남과 북 양쪽은 모두 자기네 깃발을 들고 따라올 것을 요구했다. 미주 통일운동권은 해외운동으로서의 독자성은 찾아볼 수 없었고, 조직구성원의 의사보다는 북한의 조평통이나 한국 운동권으로부터 정통성을 인정받는지 여부에 의해 조직이 좌우되는 실정이었다. 1995년 로스앤젤레스를 방문했던 북한 해외동포원호위원회 전경남 부위원장은 자신들의 노선을 추종하지 않는 나와 통일마당에 대해 "거 뭐 통일에 도움이 됩니까"라고 한마디로 폄하했다. 이는 한국의 정치인들도 마찬가지였다. 가신이나 추종자를 원했지 한국의 민주화와 통일을 위한 노력은 그들의 관심 대상이 아니었다.

1990년대 스트릿저널을 발행하던 때에 미국에 망명 중이던 김대중 대통령과 인연을 맺은 나는 아태평화재단 김대중 이사장이 1994년과 1996년 두 차례에 걸쳐 로스앤젤레스를 방문했을 때 강연회 준비를 열심히 도왔다. 김대중 선생이 대통령에 당선되기 전에는 동교동에 들러 조찬도 함께했고, 로스앤젤레스를 방문한 김 선생 내외의 식사에 항상 초대받았었다. 특히 사범대학 선배인 이희호 여사는 각별히 선물을 보내주곤 했다. 그러나 김대중 선생이 대통령에 당선된 후 로스앤젤레스에 방문했을 때 나는 교포간담회의 초청자 명단에도 포함되지 않았다.

통일마당이 1년을 넘기지 못하고 중단되는 아픔을 겪고, 북의 지침에 따라 전국협회(NAKA)의 임원들이 동포연합으로 우르르 몰려가는 것을 보며, 나는 남과 북 그리고 한국의 정치권과 운동권 사이에서 독자적인 입장을 견지하는 것이 현실적으로 얼마나 어려운가를 절감했다. 그리고 1990년대 중반을 넘기면서 무비판적으로 북한의 조평통이나 한국 운동권의 결정을 추종하는 해외 운동권에 한계를 느끼기 시작했다.

투지에 불타는 젊은 혈기로 전두환 독재에 대항해 반독재·민주화투쟁을 하던 1980년대의 나는 암울했던 조국의 현실에 대해 침묵하거나 외면하는 지식인, 예술가들을 친정부 해바라기 인사라고 매도하는 데 주저하지 않았다. 그러나 한국에서 민주화가 진행되자 어느 날 갑자기 듣도 보도 못했던 민주투사들이 쏟아지는가 하면, 한인회장이 한국에서 한자리하기 위해 정신없이 날뛰는 모습을 보며 혼란을 느끼기 시작했다. 나는 서서히 민주와 독재, 통일과 반통일로 가르는 이분법적 사고에서 벗어나 보수와 반통일을 포용하는 유연한 자세로 바뀌고 있었다. 이는 연륜이 쌓인 탓이기도 했지만 그동안 내가 추구해왔던 가치관에 대한 회의 때문이기도 했다. 어떤 때에는 내가 써놓은 방송 원고를 보며 '내가 지금 올바로 알고 방송을 하고 있는 건가?' 하고 스스로 반문하기도 했다. 책은 별로 읽지 않고 겨우 신문이나 읽으면서 마치 세상을 다 아는 것 같이 행세하는 것이 부끄럽기도 했다. 이러한 회의는 아마도 독일을 경유해 평양으로 향하면서부터 더욱 심해졌던 것 같다. 브란덴부르크 광장에서 느낀 초라한 나의 모습과 서글픈 조국의 현실, 컴컴하다 못해 음산하기까지 했던 모스크바 공항에서 '과연 이것이 미국과 세계를 양분했던 구소련의 수도인가?' 하는 의문, 그리고 내 눈으로 확인한 지상낙원이라는 평양의 허상……. 이 모든 것은 과연 내가 제대로 알고 글을 쓰고 방송을 하고 있나 하는 의문을 갖게

3. 민족화해와 통일의 지렛대

했다.

나는 내가 추구해온 가치관에 대한 회의와 더불어 뭔가 잃어버렸다는 상실감을 지울 수 없었다. 연극 무대에서 내 역할을 누군가에게 빼앗기고 관객석으로 밀려난 것 같기도 하고, 어느 날 갑자기 실업자가 된 것 같은 기분이었다. 나를 빨갱이, 용공으로 매도하던 인사가 어느 사이에 북한을 다녀와 로스앤젤레스에서 북한그림 전시회를 하는가 하면, 너도나도 북한과 사업하는 통일역군이 되어 있었다. 몇 년 전 내가 방북을 마치고 한국에 들렀다는 사실을 알고는 나를 만나기 위해 백방으로 찾아다니던 운동권 출신 국회의원이, 로스앤젤레스 총영사관에 국정감사차 왔을 때는 연락조차 없기도 했다.

이런 회의와 상실감에 나는 방황하기 시작했다. 내가 《코리안스트릿저널》의 문을 닫고 핵문제와 통일운동에 나서자 아내는 성당에 열심히 다니기 시작했다. 아내는 미국에 정착하고 성당에 다시 다니면서 성가대를 시작해 지금까지 30년 넘게 성가대원으로 활동하고 있는데, 당시에는 연합성가대의 임원을 맡아 더 정신없이 바쁘게 움직였다. 우리 부부는 점차 사회운동과 종교라는 다른 영역에서 다른 사람들과 어울리며 따로 활동하기 시작했다. 우리는 회사일이 끝나면 흩어졌다 각자 밤늦게 집으로 돌아왔다. 미국 생활 초기 아내가 잠시 미국은행에 다닌 것 외에 결혼 이후 20년간 늘 아내와 함께 일했던 나는, 아이들이 대학에 가고 없는 텅 빈 집에서 혼자 아내를 기다리는 것이 무척 힘들었다. 아내가 멀어지고 부부 사이의 대화도 점점 줄어들고 있다고 느끼자 위기감이 몰려왔다. 아내가 나를 사랑한다는 믿음을 가지고, 서로가 독자적인 영역에서 활동하는 새로운 생활에 익숙해지는 데 나는 상당한 시간이 걸렸다.

모든 일에서 자신을 잃어가는 나를 추스르기 위해 공부를 다시 해야
겠다는 생각이 들었다. 1996년 6월 큰아들 광석이 UCLA를 졸업하던
날 가족이 함께 식사하는 자리에서 나는 아이들에게 "그동안 아빠가
힘들게 일하느라 너희들을 잘 돌보지 못했는데도 너희들이 공부를 열
심히 해주어 고맙다. 이제 내년에 준석이 대학을 졸업하면 아빠로서
최소한의 역할은 다한 것 같다. 미국에 유학을 왔지만 너희들을 키우
느라 공부를 마치지 못했는데 준석이가 내년에 졸업하면 다시 공부를
시작하고 싶다. 어떻게 생각하느냐?"고 물었다. 아내는 아무 말도 하지
않았고 아이들은 이구동성으로 대학원부터는 자신들이 알아서 할 수
있으니 아무 걱정 하지 말고 아빠가 하고 싶은 일을 하라고 동의했다.

나는 우선 인쇄회사를 정리하는 문제부터 알아보았다. 회사를 정리
하면 아내가 혼자 운영할 수 있는 아담한 사업체 하나는 마련할 수
있지 않을까 생각했다. 그러나 이러한 생각은 일방적인 희망사항일 뿐
이었다. 내가 사업보다 운동에 열중했던 탓에 회사는 규모에 비해 터
무니없이 매상이 적어 가격을 책정할 수조차 없었다. 또 한인들이 찾
는 사업체는 마켓, 식당, 세탁소 등 제한되어 있어 나처럼 새로운 사업
에 도전하려는 사람이 많지 않았다. 더 심각한 문제는 성능이 좋은 최
신기계에 비해 우리 회사의 윤전기는 너무 오래되어 값을 따질 형편이
되지 못했다. 회사를 팔지 않더라도 공장의 기계를 바꾸지 않으면 몇
년 안에 문을 닫을 수밖에 없는 실정이었다. 나는 눈앞이 아득해지는
느낌이었다. 평생을 신념과 소신을 갖고 열심히 살아온 결과가 너무도
허망했다. 재산이라고는 달랑 집 한 채뿐인 머리가 희끗희끗한 50대

3. 민족화해와 통일의 지렛대

중반의 처량한 나 자신을 발견한 것이다.

나는 고심한 끝에 1997년 12월 말로 모든 사회활동을 중단하고 한인 사회를 떠나기로 결정했다. 마침 12월 18일 대통령 선거에서 내가 그동안 지지해왔던 김대중 선생이 대통령에 당선되자 한결 마음이 편했다. 나는 아내에게 앞으로 3년간 사업에만 전념하겠다고 약속했다. 돈을 벌어도 3년 안에 벌고 파산을 해도 3년 안에 하겠다는 각오였다. 그 대신 3년간 사업을 열심히 해서 돈을 번 후에 사업체를 정리하고 공부를 하겠으니 반대하지 말라고 했다. 그렇게 나는 파란만장했던 20년간의 한인타운 생활을 청산하고 나와 아내가 청춘을 바친 미주 민주화·통일운동의 현장을 떠났다.

새로운 출발의 전환점에 서다

1998년 초 나는 가까운 지인들에게 "내가 일어서야 할 그날이 오면 결코 주저하지 않겠다"는 약속을 하고 라디오코리아의 시사칼럼을 비롯한 일체의 사회활동에서 물러났다. 그리고 한인 은행장들을 찾아다니며 "새로 사업을 시작한다는 각오로 회사운영에만 전념하겠으니 융자를 해줄 수 있느냐"고 부탁을 했으나 하나같이 머리를 흔들며 거절했다. 한인 장비융자 전문회사조차 융자한도를 넘는다고 귀담아 들으려 하지 않았다. 그런데 윤전기 제조회사의 영업사원들을 회사로 불러 장비융자 가능성을 물었더니 하나같이 "인쇄회사를 10년 이상 경영했는데 못 해줄 이유가 없다"고 경쟁적으로 자신들의 윤전기를 임대하라고 제안했다. 한인사회 은행들은 신문사를 운영하다 거덜이 난 나를 보았지만 미국 회사들은 내가 KS인쇄소를 경영한 실적을 인정한 것이다. 나는 하이델베르크 해리스라는 미국 최대의 윤전기 제조회사로부터 천연색 4도 인쇄를 할 수 있는 최신 윤전기를 100만 달러에 임대하기로 계약을 체결했다.

한 번 윤전기를 설치한 후에 이전을 하려면 이전비용이 엄청나게 들기 때문에 세를 들면 앞으로 문제가 생길 수도 있어 자체 건물을 알아보기로 했다. 6개월간 로스앤젤레스 전역을 다니며 시장에 나와 있는 산업용 부동산을 샅샅이 살펴본 끝에 로스앤젤레스 남쪽 콤프턴 시에 2만 제곱피트 건물을 95만 달러에 매입했다. 5%만 내가 지불하고 95%는 소규모사업융자(SBA)를 받은 것이었다. 카메라 등 그 밖의 장비들도 최신 윤전기에 맞게 새것으로 교체하고 나니 한 달에 내야 할 월부금이 2만 달러 가까이 늘었다. 한 달 매상이 3만 달러가 채 안 되는 회사 형편으로는 무모한 확장이었지만, 현상유지만 하다가는 2~3년 후에 문을 닫을 수밖에 없는 상황이라 선택의 여지가 없었다. 건물을 구입한 후 6개월간 내부공사와 윤전기 설치를 마치고 1999년 2월 말 회사를 새 건물로 이전했다.

그 사이에 방송 칼럼집 『통일로 가는 길이 달라진다』가 출간되었고 막내 지아가 예일대학 법대를 졸업해, 6월에 출판기념회 겸 지아의 졸업축하연을 열어 친지들을 초청해 인쇄회사 확장이전 잔치를 크게 했다. 이날 참석했던 지인들은 내색하지는 않았지만 속으로 '도대체 어떻게 하려고 저렇게 일을 벌이나' 하고 염려를 많이 했다고 한다. 특히 우리 회사의 세금보고를 담당해 회사사정을 가장 잘 아는 문승준 공인회계사가 걱정을 많이 했다. 그러나 누구보다도 걱정을 많이 한 사람은 매달 월부금을 갚아나가야 할 나와 아내였다. 우리는 3년간 최선을 다하고 그래도 안 되면 파산선고를 하자고 마음을 굳게 먹었다.

나와 아내는 정말 열심히 일했다. 우리는 다른 직원들보다 아침 일찍 출근하고, 직원들이 다들 퇴근한 후에도 거의 매일 밤 10시까지 일을 했다. 나는 주중에는 컴퓨터시스템을 관리하며 회사에서 멀지 않은 지역의 고객들을 찾아다녔고, 아내는 회사에서 광고디자인과 회계업무를 총괄했다. 월요일부터 금요일까지 주 5일 근무였지만 우리 부부는 토요일과 일요일에도 회사에 나가 밤늦게까지 일했다. 우리 부부는 3년간 거의 쉬는 날이 없을 정도로 일했다.

초고속 최신 윤전기의 도입으로 우리 회사도 다른 회사와 경쟁하는 데 뒤지지 않는 수준이 되었다. 인쇄 수준이 좋아지자 자연스럽게 새로운 주문이 밀려들기 시작했다. 마켓 광고지 인쇄는 특수 분야라 제한된 고객과 경쟁회사들이 서로 자세히 알고 있기 때문에 특별히 선전을 하지 않아도 된다. 회사를 확장 이전한 1999년에는 전년도 연매상의 2배, 2000년에 3배, 그리고 2001년에는 4배를 넘어서는 급성장을 했다. 나는 항상 적자경영을 면치 못했던 신문사를 운영하면서 마음의 부담이 되었던 직원들의 대우를 최고 수준으로 높여주었다. 일정 기간 이상 근무한 직원은 본인은 물론 배우자의 건강보험을 회사가 부담했고 직원들의 퇴직연금계좌도 만들었다. 직원들이 모두 열심히 일을 해서 2002년에 회사를 정리할 때는 인쇄공장을 이부제로 늘려야 하는 수준으로 성장했다.

매상은 증가했지만 인력은 별로 늘지 않아 인쇄용지를 비롯한 재료비를 제외하고는 모두 순수입이었다. 회사가 어느 정도 자리를 잡자 벌어들인 자금을 부동산에 투자해 은퇴를 준비하기 시작했다. 그래서 2001년부터 작은 상가 건물과 문을 닫은 주유소의 대지를 사기 시작했다. 당시 쉘 석유회사가 남가주 일대 300여 개 주유소의 문을 닫았는데 초기에는 모두 오염된 땅이라고 사기를 꺼려했다. 나는 대부분 번화가의 교차로에 위치한 좋은 땅들을 누군가는 개발할 수 있을 것이라고 생각했다. 그래서 환경오염 전문가에게 조사를 의뢰했고 3주 후 개발하는 데 문제가 없으니 사도 좋다는 의견을 받았다. 변호사와 법적인 문제를 상의한 후 아주 좋은 조건으로 주유소 대지 3개를 확보할 수 있었다.

2001년 내가 회사를 정리하겠다고 하자 아내는 이제 한참 돈을 벌기 시작했는데 무슨 소리냐고 반대했다. 아내의 완강한 반대에도 불구하고 번창하는 사업을 정리하기로 마음을 굳힌 것은, 처음부터 작정한 일이기도 했지만 그보다는 사업에서 오는 중압감 때문이었다. 경쟁사들은 규모 면에서 우리 회사의 수십 배가 넘어 내가 감당하기에 너무 벅찬 상대들이었다. 한 명밖에 없는 운전기사에게 무슨 변고라도 생기면 당장 공장이 돌아갈 수 없어 회사가 타격을 입기 때문에 월남계 운전기사의 출근이 늦어지기라도 하면 늘 불안했다. 여기서 실패하면 다시 일어서기 어렵다는 강박관념이 있었던 것이다. 예순을 바라보는 나이에 이 정도 벌었으면 은퇴하기에 충분하다고 아내를 설득했다.

아내는 큰아들 광석과 함께 회사를 운영하겠으니 은퇴하려면 나 혼자 하라고 했다. 마침 큰아들 광석은 UCLA를 졸업하고 한국에 원어민 교사로 갔다가 서강대학교 국제대학원을 졸업하고 돌아온 참이었다. 그러나 2월부터 8월까지 반년 동안 회사에서 일을 한 광석은 사업이 적성에 맞지 않는다며 법대에 진학하겠다고 9월에 회사를 그만두었다. 그러자 아내도 더 이상 반대하지 못했다. 운이 따르려니 1년 이상 아무도 관심을 갖지 않던 우리 회사를 두고 사려는 사람들이 경쟁을 벌여 예상보다 훨씬 높은 가격으로 2002년 3월에 회사를 팔 수 있었다. 아내는 회사에 매니저로 남아 2004년까지 일을 계속했다. 몇 년 전만 해도 아무도 사려고 하지 않았던 회사를 4년 만에 다시 일으켜 세워 은퇴를 할 수 있었던 것은 큰 축복이었다.

그러고 보면 우리 부부가 도와주지 못해 저희끼리 책가방을 챙겨 학교에 다녔던 세 아이 모두 자신들의 힘으로 법과대학원을 졸업하고 변호사가 된 것도 정말 감사할 일이다. 열세 살에 오빠들보다 먼저 대학에 들어간 지아는 어린 나이임에도 홈리스를 돕는 봉사단체를 조직해 열심히 일했고, 열여덟 살에 최우수상(Summa Cum Laude)을 받고 UCLA를 졸업했다. 지아는 1년간 한국에서 김앤장법률회사와 가톨릭정의구현 평신도협의회에서 인턴 생활을 한 후, 1996년 가을학기에 예일대학 법과대학원에 진학했다. 예일법대에서도 한인학생회를 조직하고 전국한인법대생연합회에서 활발히 활동한 지아는 1999년에 졸업해 변호사가 되었다.

UC어바인을 다니는 동안 성당에서 주일학교 보조교사로 봉사했던 둘째 준석이 역시 1997년에 대학을 졸업한 후 한국일보 서울 본사에서 잠시 인턴 생활을 하다 조지워싱턴대학 법과대학원에 진학해 변호사가 되었다.

1991년 UCLA 입학 후 4.29사태에 충격을 받은 큰아들 광석은 대학에서 프로포지션 187반대운동 등 학생운동에 적극 참여했다. 평생 사회운동을 해온 나도 아들이 나처럼 사회운동가로 험난한 삶을 사는 것은 걱정이었다. 광석은 1996년 UCLA를 졸업하고 원어민교사로 1년 간 일하고 싶다고 한국에 갔다. 미국에서 우리 다섯 식구끼리 외롭게 살다가 할아버지, 외할머니, 삼촌, 고모, 외삼촌, 이모 그리고 많은 사촌형제들의 사랑을 받자 광석은 한국에서 계속 살고 싶다고 서강대학교 국제대학원에 진학했다. 그러나 점차 문화적인 차이를 느껴 2001년 졸업 후 미국에 돌아왔고, 두 동생이 모두 법대를 졸업해 변호사가 되고 난 2002년에 로욜라대학 법과대학원에 진학했다.

언젠가 둘째 준석과 이야기를 나누다 "너희들이 학교 다닐 때 잘해주지 못해 미안하다"고 사과를 했더니 "아빠는 당연히 미안해해야 돼"라며 "아빠는 리틀 리그 야구시합에 단 한 번도 오지 않았다"고 가슴에 묻어두었던 말을 했다. 평소에 말을 하지 않아서 그렇지 아이들은 어릴 때 부모가 잘못한 것을 모두 기억하고 있었다. 지난 세월을 돌이킬 수는 없고 나는 미안한 마음에 여름방학 동안 아들의 저녁상을 차려주기로 약속을 했다. 일주일 정도 지나면 "이제 그만하셔도 돼요"라고 말할 줄 알았는데 준석이는 얼마나 가슴에 한이 맺혔던지 방학이 끝나는 날까지 그만두라는 말을 하지 않았다. 결국 나는 여름방학 3개월 내내 아들의 저녁상을 차려주었다.

제3부

오늘도
아메리칸드림을 향해 달린다

1. 60대에 이룬 아메리칸드림

미 주류사회 정치를 향한 새로운 도전

1980~1990년대 한국의 민주화와 통일운동에 헌신했던 내가 2003년 3월에 실시된 세리토스 시의원 선거에 출마하자 모두 의아한 눈초리로 바라보았다. 그럴 수밖에 없었던 것이 우리 가족을 포함해서 아무도 내가 미 주류사회 정치에 도전하리라고 예상하지 못했기 때문이다.

심지어 나 자신도 영어를 제대로 하지 못하는 내가 시의원 선거에 도전하리라고는 생각해보지 않았다. 1997년에 모든 사회활동을 중단하고 20년간 활동했던 한인타운을 떠날 때, 나는 그저 3년간 사업에 전념한 뒤 한국에 있는 대학원에 입학해 공부를 하고 싶다고 막연히 생각했을 뿐이었다. 미국에서 영어로 공부할 엄두도 나지 않고 또 예순을 바라보는 나이에 박사학위를 받겠다는 것도 무리여서, 그저 한국의 근대화 과정과 한국 현대사에 대한 것을 나름대로 가다듬어보고 싶었을 따름이었다.

2001년 인쇄회사를 정리하기로 결정한 뒤 나는 내가 담당하던 컴퓨터시스템을 관리할 직원을 채용해놓고 회사 밖의 일만 하기 시작했다. 갑자기 여유 시간이 많아졌지만 문제가 발생하면 곧바로 회사에 돌아가야 했기 때문에 멀리 가지는 못하고 15분 거리에 있는 집에서 일을 보거나 모처럼 세리토스 시 안에서 일하는 친지들을 찾아다녔다. 그러다 보니 자연히 내가 25년간 살아온 세리토스에 대해 새삼스럽게 관심을 갖게 되었다.

하루는 집에서 케이블TV에서 방영하는 시의회 회의를 시청하다 "한인사회가 세리토스에서 가장 큰 소수계 커뮤니티다"라는 한 시의원의 발언을 듣고 깜짝 놀랐다. 세리토스에 한인이 많이 산다는 것은 알고 있었으나 가장 많다는 것은 전혀 생각하지 못했던 일이었다. 그 이후 채널3 방송을 유심히 보기 시작했는데, 시의원은 물론 시에서 하는 행사에 참여하는 한인이 거의 없다는 사실을 발견하고 부끄러운 생각이 들었다. 그리고 미국에서 살아가는 우리 한인들의 자세가 바뀌어야 한다는 생각을 했다. 그때부터 나는 시에서 오는 신문을 열심히 보며 주민들과 함께 로스앤젤레스 박물관과 할리우드 연극 구경도 가고, 노인들과 함께 엘도라도 공원에 놀러가는 등 세리토스 시가 주관하는 행사에 열심히 참가하기 시작했다.

그러던 중 2001년 3월에 실시된 세리토스 시의원 선거에 한인사회에는 전혀 알려지지 않았던 한인 여성이 출마해 900여 표를 받아 최저 득표로 낙선한 일이 있었다. 한인후보가 낙선했다는 사실이 문제가 아니었다. 중국계 후보를 반대하는 다른 중국계가 동양계 표를 분산시키기 위해 한인후보의 출마를 종용, 이용했다는 사실을 알게 된 나는 한인으로서 수치스러움을 느끼고 분개했다. 그때부터 나는 세리토스에 오래 거주한 친지들을 열심히 찾아다니며 세리토스에서 가장 큰 커뮤니티인 우리 한인사회가 적극적으로 시정에 참여해야 한다는 것을 역설하기 시작했다. 1970년대 말 내가 부동산회사를 시작하던 한인사회 초창기에 세리토스로 이주해온 황선철, 이영건, 강중한, 찰리 정, 정진웅 등과 많은 이야기를 나누었는데 모두 적극적으로 찬성했다. 그중에서도 정진웅과는 거의 일주일에 한 번씩 만나 한인 정치력 신장과 시의원 선거 참여의 필요성에 의기투합했다. 그래서 나는 그가 추진했던 세리토스 시 우정의 축제, 세리프 후원의 밤 등 여러 행사를 적극 지원했다.

세리토스 시가 2002년 1월 1일에 있을 로스퍼레이드에 처음으로 참가하게 되자, 나는 세리토스 시 꽃차를 장식하는 자원봉사자로 2001년 10월부터 12월까지 3개월간 참여했다. 대부분의 자원봉사자들이 부정기적으로 참가한 데 비해 폴 벨런바움은 매주, 나는 격주로 토요일에 8시간씩 하루 종일 자원봉사를 했다.

정기적으로 참여한 내가 누구보다 일에 대해 자세히 알았기 때문에 다른 자원봉사자들이 "조셉, 나 좀 도와줘" 하고 찾는 경우가 많았다. 나는 세리토스 주민들과 함께 어울려 일을 하는 것이 무척 즐거웠다. 어린 중학생에서부터 노인에 이르기까지 다양한 인종의 남녀와 함께 일하면서 처음으로 다인종 사회인 세리토스 시의 참모습을 보았다. 하루는 한 백인 시의원이 자원봉사자로 참여했는데 그 시의원은 우리와 잘 어울리지 못하고 하루 종일 백인 몇 사람과 한구석에서 따로 일했다. 그날 나는 서로 엉터리 영어를 하면서도 다양한 인종이 함께 어울려 일하는 우리보다, 영어를 유창하게 하는 백인 시의원이 오히려 언어장벽을 갖고 있는 미묘한 모습을 보면서 내가 백인 시의원보다 일을 잘할 수 있겠다는 생각을 처음으로 했다.

여기에 2000년대 초반에 ≪로스앤젤레스 타임스≫에 보도된 두 개의 기사가 나에게 방향을 제시해주었다. 첫 번째는 2003년 ≪로스앤젤레스 타임스≫에 소개되었던 중국계 미국인 정치력신장연합(Chinese American United for Self Empowerment : CAUSE)에 관한 기사였다. 두 페이지에 걸쳐 소개된 장문의 요지는 다음과 같았다. "1980년대까지 미국에서 소수계 정치력은 아프리칸·아메리칸 커뮤니티가 주도했는데 1990년대 들어 히스패닉의 정치력이 크게 향상되었다. 2000년대에 들어 가장 두드러진 현상은 중국계의 주류정치 진출이 눈에 띄게 급성장하고 있다는 것인데, 이는 지난 10년간 CAUSE가 조직적으로 유권자등록캠페인을 전개하고 정치지망생들을 지원한 결과다." 더욱 놀라운 것은 중국 커뮤니티의 대표적인 기업인들로 이루어진 CAUSE의 이사진들이 막강한 자금동원 능력(10분간의 전화통화로 30만 달러의 정치자금을 모을 수 있을 정도)을 갖고 CAUSE의 활동을 뒷받침하고 있다는 것이었다.

2009년 4월, 나는 세리토스 부시장으로 CAUSE의 16주년 기념행사에 초대받아 참석한 적이 있었다. 그 자리는 중국 커뮤니티의 조직적인 정치력 신장운동의 결과를 다시 한 번 확인하고, 이와 대조되는 미주 한인 정치력의 현주소를 돌아보는 계기가 되었다. 행사에 참여한 내빈 가운데 나를 비롯해 일본, 필리핀계 선출직 공직자와 정치인 보좌관 등이 몇 명 있었지만 대부분은 중국계 정치인들이었다. 60여 명의 선출직 공직자를 포함해 정치인 보좌관, 선거운동 전문가 등 직업적인 중국계 정치가를 헤아리면 200명이 넘을 것이다.

중국 커뮤니티의 정치력 신장과는 대조적으로 1990년대 초 최초로 동양계 연방하원의원을 배출한 한인 커뮤니티는 1990년대 중반 허모사 비치에서 아트 윤 시의원이 당선된 이후 지난 10년간 로스앤젤레스 카운티에서 선출직 정치인을 배출하지 못하고 있었다. 2007년 내가 세리토스 시의원, 티나 조가 세리토스대학 평의원에 당선된 이후 정치력 신장운동이 활기를 띠기 시작했으나 현재 로스앤젤레스 카운티에 한인 선출직 공직자는 시의원 1명, 대학평의원 2명, 교육위원 1명 등 4명으로 중국과 월남 커뮤니티와 비교해 너무도 초라하기 그지없다.

중국과 월남 커뮤니티로부터 우리가 배워야 할 점은 선거에서는 돈, 표, 후보자의 3박자가 맞아야 하고, 정치력 신장을 위한 커뮤니티의 조직적이고 지속적인 노력이 필요하다는 것이다. 진정한 의미의 한인 정치력 향상은 한인이 집중적으로 모여 살고 있는 지역에서 한인들의 힘, 즉 표와 돈으로 한인후보를 계속해서 당선시키는 것이다. 그런 의미에서 세리토스에서부터 라팔마, 부에나팍, 플러턴, 라미라다, 라하브라로 이어지는 91번 고속도로 선상의 도시들은 한인이 가장 많이 거주하는 한인 정치력의 중심지로 앞으로 한인사회가 정치력 신장을 위해 전략적으로 접근해야 할 지역이다.

《로스앤젤레스 타임스》의 또 다른 기사는 "미국에서는 매 10년마다 실시되는 인구조사자료를 바탕으로 2년 뒤에 선거구를 재조정하는데 2000년 인구조사 결과를 바탕으로 세리토스 지역에 연방하원 선거구가 신설되었다. 그리고 2010년 인구조사결과에 따라 2012년에 선거구를 재조정할 때 역시 세리토스 지역에 주하원의원 선거구가 새로 생길 가능성이 높다. 새로 생길 주하원 선거구는 아시안계에게 유리한 선거구가 될 가능성이 높은데 문제는 아시안계가 얼마나 효과적으로 선거구 조정에 영향력을 행사하는가에 달렸다"는 내용이었다.

　나는 우리 한인사회가 힘을 모아 한인후보자를 키워 세리토스를 비롯해서 한인들이 집중적으로 모여 살고 있는 라팔마, 부에나팍, 플러턴에서 시의원을 당선시키고, 2012년 주 하원의원 선거에 한인후보가 당선될 수 있는 기반을 마련하겠다는 각오를 다지며 미 주류사회 정치를 향한 새로운 도전을 시작했다.

세리토스 시의원 선거 출마

　2002년 3월 회사를 새 경영진에게 넘겨주고 두 달간 인수인계를 마친 후 나는 평생 처음으로 가벼운 마음으로 집을 나섰다. 월드컵 축구의 열기로 뜨거웠던 6월에는 서울시청 앞 광장에서 붉은 물결에 휩쓸려 목이 터져라 '대-한민국'을 외쳤다. 그리고 3박 4일간의 일정으로 북한 평양 모란봉 경기장에서 아리랑축전을 관람하고 묘향산도 관광했다. 북한은 세계 어느 나라도 따를 수 없는 종합예술이라고 자랑하지만 나는 오히려 마음이 많이 아팠다. 선양에서 같이 갔던 미국 관광단이 해산된 후 나는 홀로 창춘을 거쳐 옌지에서 약 일주일간 머물며 투먼, 훈춘, 백두산을 관광했다.

　내가 연변을 찾은 것은 관광을 하기 위해서가 아니라 수년간 서신왕래를 하다 소식이 끊어진 김구춘 교수의 안부를 알아보기 위해서였다. 1991년 나는 연변대학 역사학과 김구춘 교수로부터 북한 취재기 『북한은 변하고 있는가』를 읽고 크게 감명 받았다는 편지를 받았다. 그

1. 60대에 이룬 아메리칸드림

이후 우리는 일 년에 한두 차례씩 우리 민족의 역사와 분단된 조국의 현실에 관해 의견을 교환하는 서신을 주고받았다. 김 교수는 1994년에 발행한 『한반도 핵문제와 통일』에 대해서도 찬사를 아끼지 않았다. 그런데 1998년 이후 소식이 끊겨 몹시 궁금하던 차에 아리랑축전 관광을 겸해 만주 여행을 떠나게 된 것이다. 장춘에서 김 교수가 암으로 투병 중이라는 소식을 듣고 몹시 걱정을 했는데, 막상 연변에서 만난 김 교수는 다행히 건강해 보여 너무나도 기뻤다. 김 교수는 "아직 할 일이 남아 있어 건강을 회복했다"고 말했다. 우리는 나이를 초월해 많은 토론을 하며 일주일 내내 즐거운 시간을 보냈다.

돌아오는 길에 한국에 들러 고향의 아버지와 김천의 장모님께 인사를 드리고 수안보, 청주 등지에 살고 있는 형제들과 친척들을 만나며 한가로운 시간을 가졌다. 그리고 광주를 방문해 오랜만에 윤한봉의 안내로 망월동 5·18국립묘지를 참배했다. 1985년에 광주위령탑 건립기금을 모아 헌금을 했는데, 이렇게 세워진 5·18민주화운동추모탑을 둘러보니 감회가 깊었다. 다만 윤한봉이 미국 망명 중 줄담배를 피운 탓인지 폐기종으로 건강이 나빴고, 그 탓에 한국에서 역할을 다하지 못하고 있는 것 같아 마음이 좋지 않았다.

두 달간의 여행에서 돌아온 나는 워싱턴과 뉴욕을 한 바퀴 돌며 노광욱 박사, 이행우 선생, 유태영 목사 등 통일운동의 원로들과 민족문제에 관해 의견을 교환했다. 그리고 역시 나는 공부를 좀 더 해야겠다는 생각을 했다. 그러나 막상 8월 중순에 세리토스로 돌아와서는 다시 정진웅과 2003년 시의원 선거에 누구를 한인후보로 추천할 것인지 상의하기 시작했다.

당시 세리토스 시 재산보존 커미셔너로 있던 찰리 정이 가장 적임자였지만 출마하지 않을 가능성이 높았고, 다음으로 1970년대부터 세리토스에서 태권도장을 운영하며 시의 각종 행사에 참가해온 김찬용 관장이 당선 가능성이 높다는 데 의견이 일치했다. 나는 일단 찰리 정 부부와 함께 식사를 하며 한인들의 시정참여의 필요성을 이야기하며, 찰리 정이 출마하면 적극 후원하겠다고 설득했으나 찰리 정은 완강히 출마를 고사했다. 그리고 여러 차례 김 관장을 찾아가 시의원 출마를 권유했으나 김 관장 역시 "나이가 많고 정치에 대해 관심이 없는 데다 국제태권도연맹의 직책을 맡아 자주 여행을 하기 때문에 시간이 없다"는 이유로 고사했다.

모두 한인후보가 필요하다는 데 공감을 표하면서도 나서는 사람이 없었다. 그래서 나라도 나서야겠다는 생각이 들어 가족들의 의사를 물어보았다. 우리 가족은 해마다 한 번 이상 함께 여행을 했는데, 그때는 경제적으로 여유가 있어 플로리다 팜비치에서 9월 초 노동절 연휴를 함께 보냈다. 시의원 출마 의사를 처음 들은 가족들은 모두 한목소리로 반대했다. 아이들은 "아빠, 그 영어로 어떻게 시의원을 하겠다고 그래", "시청에 한 번도 가보지 않았는데 어떻게 그런 생각을 하게 되었어"라며 어이없다는 표정을 지었다. 나는 아이들에게 "한인 선출직 공직자가 없는 것은 출마를 하지 않았기 때문이다. 도전하지 않고 얻을 수 있는 것은 하나도 없다. 100% 가능성 있는 기회란 결코 오지 않는다. 51%의 가능성만 있으면 도전해야 한다"고 설명했다. 그러나 아내 역시 나를 괴롭혔던 용공논쟁이 재연될까 우려해 반대했고 나도 사실 자신이 없었다. 그래서 시의원 출마를 더 이상 생각하지 않고 연방하원의원 후보인 린다 산체스의 선거운동을 도와주겠다고 가족에게 약속했다.

미 주류사회 정치에 별로 관심이 없던 내가 제일 먼저 인연을 맺은 정치인은 현재 우리 지역구에서 4선을 한 연방하원 린다 산체스 의원이다. 2000년 인구조사결과에 따라 우리 지역에 새로운 연방하원 선거구가 생겼는데 현직의원이 없는 상태에서 여러 후보가 민주당 경선에 출마했다. 그중 린다 산체스 후보는 산타아나 지역의 로레타 산체스 의원과 함께 최초의 여성자매 의원으로 당선될 가능성이 높아 2002년 6월 예비 선거에서 전국적인 주목을 받고 있었다.

때마침 2001년 11월에 변호사 시험에 합격한 둘째 아들 준석이 검찰청이 신규채용을 동결하는 바람에 집에서 놀고 있었다. 법대 재학 중 검사를 목표로 로스앤젤레스 카운티 검찰청에서 인턴과정을 밟으며 변호사회사는 아예 알아보지 않았는데, 변호사 시험에 합격하고 오히려 실업자 신세가 되었던 것이다. 그래서 준석에게 집에서 놀지 말고 린다 산체스 예비 선거나 도와주라고 권했는데, 준석이 약 3개월간 자원봉사자로 일한 것이 계기가 되어 린다 산체스 의원과 우리 가족은 인연이 되었다.

휴가에서 돌아와 9월부터 나는 주말마다 산체스 후보의 선거운동에 자원봉사를 했다. 11월 총선거까지 주말마다 선거사무소에서 주는 홍보지를 들고 유권자 가정을 방문해 유권자를 설득했는데 참 재미있었다. 유권자가 지지의사를 밝히면 동의하에 집 앞 잔디밭에 선거입간판을 설치하는데, 내가 다른 자원봉사자들보다 월등히 많은 동의를 받아 선거사무소에서 모두 놀라워했다. 10월 초에는 레이크우드종합병원에 근무하는 파키스탄계 의사 닥터 샤와 공동으로 린다 산체스 후보를 위한 선거자금 모금행사도 주최했다. 그때 나는 산체스 후보에게 열심히 발로 뛰는 선거운동을 하라는 의미로 운동화를 선물했다. 영어를 한마디도 못하는 줄 알았던 내가 무난히 행사를 진행하자 지켜보던 준석은 "아빠가 나보다 영어를 더 잘하는 것 같다"고 놀라워했고, 아내 역시 나를 다시 보는 눈치였다.

11월 4일 총선거가 끝나자 10일부터 세리토스 시의원 선거의 후보자 등록이 시작되었다. 나는 마지막으로 김찬용 관장을 찾아가 출마를 권유했으나 거듭 사양하기에 "한인후보가 있어야 한인들이 유권자등록도 하고 투표에 참가하니 나라도 출마하겠다. 후원회장으로 도와주었으면 좋겠다"고 부탁했고 "뒤에서 열심히 돕겠다"는 약속을 받았다. 그리고 아내에게 "아무래도 내가 나서야 할 것 같다"고 이야기했다. 그러자 아내는 대뜸 "선거비용으로 얼마나 쓸 예정이냐"고 물었다. 내가 "한 10만 달러는 필요할 것 같다"고 대답하자 아내는 "그러면 인쇄소를 팔 때 예상보다 더 받은 돈을 안 받은 것으로 치면 되겠다"며 흔쾌히 허락했다. 연방하원의원에 당선된 린다 산체스도 선거사무소의 모든 가구들을 나에게 물려주며 적극적으로 지원하겠다고 약속했다. 이렇게 해서 나의 험난한 세리토스 시의원 선거 도전이 시작되었다.

2003년 3월 4일 세리토스 시의원 선거에 현직 의원인 폴 볼린, 글로리아 카페와 3차례 시장을 역임했던 다이애나 니드햄, 2001년 시의원 선거에 낙선했던 중국계 로라 리, 처음으로 출사표를 던진 인도계 피노 파탁 그리고 나, 이렇게 6명이 출마했다. 이들 중 3명이 선출된다. 그러나 미국 선거에서 현직의원을 이긴다는 것은 일반적으로 어려운

1. 60대에 이룬 아메리칸드림

처음 연방하원에 도전한 린다 산체스 후보에게 발로 뛰는 선거운동을 하라고 운동화를 선물했다.

일이라 결국 한 자리를 놓고 4명이 다투는 셈이었다.

2002년 10월 린다 산체스 후보를 위한 모금행사를 주관할 때 나는 중국계 로라 리를 초청해 린다 산체스에게 소개했었다. 그 이후 시의원 선거에 출마하기 전에 로라 리 후보에게 중국 커뮤니티의 분열로 당선이 어려울 것이니 이번에 한인후보를 도와주면 다음에 적극 후원하겠다고 제안했었다. 로라 리가 불과 200여 표 차이로 낙선해 당선가능성이 아주 높다는 것을 알았다면 오히려 다음에 한인후보를 지원하겠다는 로라 리의 제안을 받아들여 서로 협력했을 것이다. 그러나 그때는 내가 지역정치 사정에 대해 전혀 감을 잡지 못했던 때라 결국 우리는 타협점을 찾지 못하고 각각 출마했다.

아무런 사전조사나 준비도 없이 오직 '세리토스 시에서 가장 큰 커뮤니티인 한인사회가 정치력을 발휘해야 한다'는 명분 하나로 출마한 나는 선거운동을 어떻게 해야 할지 전혀 몰랐다. 처음에는 한인사회에서 유일하게 선거를 치른 경험이 있는 찰스 김의 도움을 받기로 했으나 찰스 김이 본격적인 선거운동은 1월부터 한다고 미루다가 12월 말에 시간이 없다고 손을 들어 난감하기 짝이 없었다. 급하게 수소문한 끝에 선거가 중반에 접어 든 1월 중순에 다른 주에서 활동했던 한인 입양아 출신 선거전문가 코트니 푸를 선거매니저로 맞아 선거운동을 시작했다.

한인유권자등록과 시민들에게 우편물을 발송하는 것 말고는 뭘 해야 할지 생각하지 못했다. 당시 ABC교육위원이던 밥 볼드윈의 집에서 랜디와 로스메리 이카나미 모자, 크리스 푸엔테 등 약 20명과 간단한 다과모임을 한 차례 가진 것이 다른 커뮤니티를 상대로 한 선거운동의 전부였다. 영어를 잘 못해서 전화로 선거운동을 한다거나 다른 커뮤니티 행사를 찾아다니는 것은 엄두도 내지 못했다. 후보자 토론회는 방청객이 즉석에서 질문하는 것은 두 번 모두 참가하지 않았고, 사전에 질문서를 보내주는 토론회만 미리 원고를 준비해 참가했다.

그 대신 나는 린다 산체스의 선거운동을 한 경험을 살려 열심히 유권자 가정을 집집마다 찾아다니며 선거운동을 했다. 한인을 만나면 유창한 한국말로, 동양계 유권자에게는 엉터리 영어로 투표참여의 필요성을 역설했지만 백인을 만나면 겨우 내가 후보자라는 소개만 하고 얼른 돌아서서 줄행랑을 치는 형편이었다. 린다 산체스의 선거운동을 할 때는 재미있었는데 막상 내가 후보자가 되니 영어로 말하는 것이 더욱 어려웠다. 선거 막바지에 이르러서야 겨우 백인 유권자와 몇 마디 말을 주고받을 정도가 되었다. 내가 영어를 잘하지 못하는 것에 대해 대놓고 반대를 하는 사람도 있었다. 그럴 때마다 좌절감을 느꼈지만 '네가 지지를 하지 않아도 내가 찾아가야 할 유권자가 아직 많이 있다'고 스스로를 위로하며 다음 가정으로 발길을 돌렸다. 선거가 끝날 때까지 세리토스 시의 골목을 열심히 누볐다. 유권자 가정을 가장 많이 방문했던 때가 바로 2003년 첫 번째 선거였다.

미국 선거에서 쟁점으로 부각된 용공논쟁

주류사회를 대상으로 한 선거운동은 부진했지만 거의 10년 만에 나온 한인후보에 한인사회의 호응은 뜨거웠다. 많은 사람들이 한인 정치력을 거론할 때 한인들의 저조한 참여율을 문제점으로 지적하지만, 한인후보가 출마한 경우 세리토스 시 전체 선거참여율은 6~8%나 높게 나왔다. 한인들은 한인후보가 없으면 투표에 참가하지 않지만 한인이 출마하면 열심히 선거에 참여한다는 것을 의미한다.

한인사회의 적극적인 성원에 힘입어 통일운동을 할 때부터 나를 도와준 윤상해 목사, 성당 교우 최동원 등과 함께 아내가 조직적으로 진행한 한인유권자등록과 부재자투표신청은 900여 명의 한인을 새로 등록시키는 큰 성과를 거두었다. 규모가 큰 교회는 대체로 정치와 거리를 두는 편인데 세리토스 동양선교교회의 석태운 목사님은 적극적으로 나의 선거운동을 지원해주셨다. 세리토스 시의원 선거에 출마한다는 인사장을 보냈더니 개인적으로 후원금을 보내주는 고마운 분들도 있었으며 ABC골프회에서는 유일하게 성금을 모아주기도 했다. 이처럼 한인후보를 적극 지지해준 한인들에게 정말 감사를 드린다.

선거운동이 부진하자 주류사회에서는 나에 대해 전혀 관심을 갖지 않았는데 한인사회는 시끄러웠다. 아내가 우려한 용공논쟁이 나를 반대하는 몇 사람에 의해 제기되었기 때문이다. "세리토스 시청에 조재길이 빨갱이라는 투서가 들어왔다", "린다 산체스 선거사무소로 조재길이 빨갱이라는 전화가 왔다"는 소문이 떠돌기 시작했다. 후원회장과 나를 지지하는 단체장들은 "왜 빨갱이를 지지하느냐"는 항의전화를 받았고, 나에 관한 기사에 시비를 거는 전화가 신문사로 걸려왔다.

선거가 중반에 접어들면서 중부한인회장 조이 안과 정진웅이 중국계 로라 리 후보의 선거운동을 돕기 시작하면서 내가 빨갱이라는 온갖 흑색선전이 난무하기 시작했다. 주로 1990년에 출판한 『북한은 변하고 있는가』의 일부 구절을 거두절미하고 인용해 "조재길이 김일성은 나의 심장이라고 말했다", "조재길의 집에는 김일성의 사진이 걸려 있다", "조재길은 북한을 40여 회 다녀왔다" 등 터무니없는 소문이 나돌았다. 이런 와중에 2월 3일 로스앤젤레스에 거주하는 한인 예정웅이 북한으로부터 자금지원을 받아 간첩활동을 했다는 혐의로 FBI에 채포되는 사건이 발생했다. 이 사건으로 한인사회에 반공바람이 불기 시작하자 "조재길이 예정웅과 가장 가깝다", "FBI에서 조재길을 수사하고 있어 곧 체포될 것이다", 심지어는 "조재길의 선거입간판을 집 앞 잔디밭에 꽂아놓으면 FBI에서 조사하니 얼른 빼버려라" 같은 악선전이 나돌아 선거 분위기가 점점 험악해졌다.

선거전 중반에 합세한 선거운동 전문가가 지역사정을 잘 알지 못해 일에 두서가 없는 데다 예정웅 사건으로 선거 분위기가 급박하게 돌아가자 나는 선거운동을 계속할 힘을 잃었다. 전세를 뒤집기에는 너무 늦은 상황이라고 판단한 나는 아내를 비롯해 윤상해 목사, 최동원 등 주요 봉사자들과 상의한 후 그동안 적극 후원해주신 석태운 목사님을 찾아갔다. 전후 사정을 듣고 난 석 목사님은 패배를 하더라도 다음 기회를 위해 끝까지 최선을 다하라고 나를 일으켜 세워주었다. 그러나 결국 6명 중 3명을 뽑는 선거에서 현직의원 폴 볼린, 글로리아 카페와 두 번째 도전한 중국계 로라 리가 당선되고 나는 5위로 낙선했다.

선거에서 떨어진 충격보다는 20년 이상 가깝게 지내온 사람들이 왜 그처럼 기를 쓰고 나를 반대하는지 도무지 이해가 되지 않았다. 정진웅은 1978년 세리토스로 이사해 올 당시 내가 그의 집을 소개한 인연으로 가깝게 지냈으며, 2001년부터 2년간 한인 정치력 향상을 위해 함께 노력하자고 의기투합했던 사이였다. 그리고 조이 안은 자신이 우리 아이들의 이모라고 할 정도로 20년 이상 가깝게 지내온 관계였다. 그런데 무슨 이유로 그렇게 기를 쓰고 반대했는지, 나의 대인관계에 무슨 문제가 있는 것은 아닌지 사람에 대한 깊은 회의감에 빠졌다.

나는 악의적인 허위사실을 유포해 명예를 훼손하는 것은 언론의 자유라는 이름으로 보호될 수 없다는 생각에 조이 안과 정진웅 등을 상대로 명예훼손 소송을 제기했다. 민사소송의 첫 단계는 과중한 판사의 업무를 덜기 위해 예심판사가 증인심문 등 증거조사절차를 거치지 않고, 소장과 첨부서류만 검토해 본안소송의 진행여부를 결정하기 때문에 물적 증거가 중요한 역할을 한다. 이들이 구두로 소문을 퍼뜨린 사실을 입증할 여러 명의 증인이 있었지만 소장에 첨부할 물적 증거를 확보하기 어려웠다. 마침 조이 안이 주간지 S저널과의 인터뷰에서 나를 빨갱이라고 비난한 기사가 있어 이를 번역해 소장에 첨부했다. 그런데 그 기사가 자신에게 불리하다고 생각한 조이 안은 "자신이 중부 한인회장이라는 직함을 사용하지만 창립총회를 개최한 사실이 없어 법적으로는 존재하지 않는 단체"라고 항의했고, S저널은 "중부한인회 임원이란 기사 표현이 잘못되었다"는 취지의 정정기사를 게재했다. 유일한 물증이 정정보도로 신뢰성을 상실하자 예심판사가 소송을 기각해 나는 더 이상 소송절차를 밟지 못했다.

조이 안은 내가 2005년, 2007년 세리토스 시의원 선거에 출마할 때마다 계속 나를 빨갱이라고 비난하고 나섰다. 그러나 FBI의 조사를 받아 곧 체포될 것이라는 소문과는 달리 내가 아무 제재를 받지 않고 정치활동을 계속하자, 한인사회는 더 이상 조이 안의 허위선전에 귀를 기울이지 않게 되었다. 특히 선거본부가 두서없이 우왕좌왕했던 첫 선거와는 달리 2005년 두 번째 선거 때는 대처가 신속했다. 조이 안이 기자회견을 한다는 소식이 돌자 당시 텍사스 주 댈러스에 머물고 있던 연방하원 린다 산체스의원이 급히 세리토스로 돌아와 주류사회 정치인 및 지지자 30여 명을 모아놓고 반박 기자회견을 한 덕에 선거에 별다른 영향을 미치지 못했다. 2007년 세 번째 선거에서도 조이 안은 중국계 시의원 로라 리의 선거운동을 도우며 악선전을 계속했지만 나는 아예 묵살했다. 그러나 내가 시의원에 당선된 뒤에도 그는 세리토스 시로 유인물을 보냈고, 2008년에는 내가 시장이 되면 안 된다는 연판장을 돌렸다는 소리를 들었다.

1. 60대에 이룬 아메리칸드림

시의원 선거 재도전

처음부터 당선에 대한 확신을 갖고 출마한 것이 아닌 데다 중반에 이미 선거운동을 거의 포기한 상태였지만 막상 낙선을 하고 나니 허망하기 그지없었다. 그러나 전혀 준비가 안 된 후보인 나를 단지 같은 한인이라는 이유로 적극적으로 성원해준 한인사회와, 선거 후반에 생면부지의 나를 스스로 찾아와 지지해준 타 민족 지지자들에게 감사한 마음이 앞섰다. 선거에 떨어진 마당에 낙선축하연을 베풀 수 없어 선거운동 기간에 지나간 나의 환갑잔치를 4월에 열기로 했다. 그간 성원해준 분들을 초대했더니 예상보다 훨씬 많은 250여 명의 여러 커뮤니티 인사들이 찾아와 나를 위로하며 재도전하라고 격려해주었다.

낙선 후 나는 로렌하이츠 지역에 구입했던 쉘 주유소 대지에 착공한 상가 건물의 신축공사장을 오가며 착잡한 심정을 달랬다. 그런데 2003년 5월 중국 연변대학 역사학과의 김성호 교수로부터 "박사학위 과정에 입학하지 않겠느냐"는 연락을 받았다. 막 선거운동을 시작하던 2002년 12월 김구춘 교수로부터 이미 한 차례 같은 제안을 받았으나 "선거가 끝나고 생각해보겠다"고 답변을 한 후 한동안 잊고 있었다. 그런데 갑자기 김구춘 교수가 암이 재발해 돌아가시면서 연변대학교 교장을 16년간 역임한 원로 박문일 전 교장과 역사학 박사과정 주임인 김성호 교수에게 "조재길을 박사과정에 입학시켜 공부를 시켜달라"는 유언을 남기셨다는 연락을 받은 것이다. 나는 이것이 운명이라는 생각이 들었다.

필요한 서류를 구비해 입학원서를 제출했으나 처음에는 내가 석사과정을 마치지 않았다는 이유로 지린성 교육국의 승인을 받지 못했다. 그러나 연변대학 교수님들이 내가 서울에서 발행했던 세 권의 저서를 중국어로 요약해 첨부한 서류를 지린성 교육국에 다시 제출한 덕분에 석사학위 소지자와 동등 학력보유자로 인정을 받아 2003년 9월 학기에 연변대학 박사과정에 입학할 수 있었다. 이후 매년 9월과 3월 두 차례씩 한 달간 연변에 머물며 지도교수님들로부터 매일 오전, 오후 두 차례 강의를 들었고, 과제를 받아 미국으로 돌아와 연구를 하고 리포트로 제출해 학점을 취득했다.

첫 선거를 통해 아무래도 영어가 많이 부족한 나보다는 젊은 세대를 찾아 지원해야겠다는 생각이 들었다. ABC교육구의 세시 그룹 교육위원이 나를 교육구의 한 분과위원에 임명하겠는 제안에 나 대신 둘째 아들 준석을 추천했다. 준석은 린다 산체스의 선거운동에 자원봉사를 했고 세 아이 중에서 가장 열심히 나의 선거를 도왔다. 마침 보험회사 법무담당 변호사로 일할 때라 시간적 여유가 있어서 시의원 선거에 출마하는 문제를 의논했더니 관심이 있는 듯했다. 나는 2004년 8월 중순에 한인정치력향상위원회를 발족하고, 2005년 3월 선거에 대비해 준비 작업을 시작했다. ABC교육위원 밥 볼드윈과 크리스 푸엔테는 나의 재출마를 강력히 권했지만, 한인들은 대체로 영어를 잘하는 준석의 출마를 지지했다. 나는 아무래도 영어에 자신이 없어서 한 한인 기자와 대화하며 "나보다는 둘째 아들 준석이 출마해야 할 것 같다"는 이야기를 했더니 다음 날 "아들이 아버지의 대를 이어 시의원에 도전"이라는 보도가 났다. 그런데 기사가 나간 후 2003년 선거 중반에 후원회

1. 60대에 이룬 아메리칸드림

장을 사퇴했던 김찬용 관장이 시의원 선거 출마를 준비하고 있다는 사실을 알게 되었다. 중국계 로라 리 시의원에 의해 재산보존커미셔너에 임명되어 활동하고 있던 김 관장은 "로라 리, 폴 볼린 두 시의원과 공화당위원회의 지지를 받아 출마한다"고 선전했다.

우리 가족은 준석이 아직 변호사로 자리를 제대로 잡지 못해 이번에 출마하는 것은 무리인 데다, 한인 가운데 두 명이 출마하면 분명 사람들은 "앞으로 기회가 많이 있는 젊은 사람이 양보해야 한다"고 할 것이니 변호사 업무에 전념하는 것이 좋겠다고 준석을 설득했다. 출마 의사를 굳혔던 준석을 가까스로 설득한 후 나는 김 관장에게 "양측이 만나 한인 정치력 향상을 위해 서로 협력하는 문제를 논의하자"고 제안했다. 처음에는 나의 제안에 긍정적으로 답변했던 김 관장은 기다려도 연락이 없다가 별안간 시내 네 곳에 대형 선거입간판을 내걸었다. 일반적으로 선거 입간판은 신년연휴가 끝나는 1월 초에 설치하는데, 관례를 깨고 선거가 6개월이나 남은 9월 초에 설치했다는 것은 나와 아예 대화를 하지 않겠다는 의미였다. 그 후 몇 차례 더 대화를 시도했으나 기회를 갖지 못했다. 이에 한인 정치력 신장운동을 여기서 멈출 수 없다는 생각에 나는 다시 출마하기로 결심했다.

나는 선거에 다시 출마하는 것이 별로 마음에 내키지 않았고 한인사회가 둘로 갈라져 당선에 대한 자신감이 없었다. 그런데 막상 내가 출마를 선언하자 예상하지 않았던 여러 커뮤니티 단체들이 적극적인 반응을 보였다. 사람들은 첫 번째 도전에서 1990년대의 당선권이 넘는 2,600표를 획득한 나를 가장 당선가능성이 높은 후보로 꼽았다. 그리고 인도, 필리핀, 중국 등 다른 커뮤니티의 주요 지도자들과 지역 민주당 조직인 휴버트 험프리 민주당위원회가 내게 적극적인 지지를 표명했다.

2003년 선거에서 나를 적극 지지했던 린다 산체스 연방하원을 위시해서 캘리포니아 주 존 치엥 조세형평위원, 주디 추, 베티 카넷 하원의원, 몬테리팍 시 마이크 잉 시장, 아티샤 시 토니 멘도자 시의원, 하와이안가든 시 레오나드 챠데스 시의원 등 지역 정치인들이 나를 지지해 선거가 초반부터 활기차게 진행되었다. 특히 세리토스 정치사정에 정통한 크리스 푸엔테는 노인들에게 상하이 서커스 공연 표를 제공하는 등 여러 가지 기발한 선거전략을 제시해 선거운동 초반에 기선을 제압하는 데 상당한 성과를 거두었다.

선거후보자는 대체로 다른 사람이 함께 다니며 소개를 해주는데 나는 그럴 만한 사람이 없어 혼자 다니며 직접 나를 소개했다. 12월 20일경 그날도 나는 혼자서 중국 커뮤니티에서 제일 큰 봉화노인회의 연말파티장소를 찾아갔다. 그 자리에는 중국계 로라 리 시의원이 김찬용, 짐 에드워드 두 후보를 초청해 내빈석에 함께 앉아 있었다. 나는 내빈석으로 이들을 찾아가 인사를 한 후, 중국노인회장의 허락을 받아 각 테이블을 돌며 노인들과 일일이 악수하고 몇 마디 아는 중국말로 친밀하게 인사를 했다.

식이 시작되자 시의원들과 커미셔너들이 단상에 올라가 소개를 받았다. 김찬용, 짐 에드워드 두 후보는 모두 커미셔너였지만 나는 커미셔너가 아니라 기회가 주어지지 않았다. 그러나 나는 사회자에게 인사를 하고 싶다고 청해 맨 마지막에 중국 커뮤니티 단체장 사이에 끼어 단상에 올라갔다. 내빈이 하도 많아 다들 소개만 받고 말 한마디 못하고 내려왔는데 내가 단상에서 한국식으로 넙죽이 세배를 하자 소란스럽던 장내가 갑자기 조용해졌다. 그리고 일어나 "한국에서는 새해를 맞으며 어른들에게 이렇게 큰절을 한다"고 간단한 인사말을 하자 모두 박수를 치며 대단히 좋아했다. 이후 기념사진도 함께 찍으며 중국 노인들과 잘 어울렸더니 이날 처음으로 인사를 나눈 테드 슈 전 회장이 다른 내빈들이 떠난 뒤 나를 모든 회원 앞에서 다시 소개하며 "우리 모두 조셉 조를 지지하자"며 박수를 쳐주었다.

선거 초반에 선거운동을 맡았던 크리스 푸엔테가 다른 사람들을 잘 포용하지 못해 린다 산체스의 선거를 도왔던 실무진으로 교체되면서 선거운동 규모가 크게 커졌다. 이때 한인은 물론 중국, 필리핀, 인도 등 여러 커뮤니티의 400여 명의 지지자들이 참가한 가운데 개최했던 나의 후원행사는 세리토스 선거사상 전무후무한 최대 규모였다.

내가 선두주자로 부상하면서 모든 공격의 화살이 나에게 집중되었다. 그중에서도 해마다 수백만 달러의 적자를 보는 퍼포밍아트센터의 운영을 개선하겠다는 나의 공약이 많은 유권자들로부터 호응을 받았는데, 막판에 상대후보 측에서 "조셉 조가 당선되면 퍼포밍아트센터를 팔아넘긴다. 퍼포밍아트센터를 사려는 투자자들이 조셉 조에게 막대한 선거자금을 대주고 있다"는 역선전으로 백인유권자들을 자극했다. 그러나 나를 비롯한 선거운동원들 모두가 지나치게 승리를 자신해 선거 막판의 역풍에 제대로 대처하지 않았고, 결국 나는 200여 표 차이로 다시 고배를 마셨다.

박사학위 취득과 장학재단 설립

두 번째 시의원 선거에서 내가 낙선하게 되리라고는 누구도 예상하지 못했다. 개표가 거의 끝나는 시간까지도 앞서다 막판에 역전을 당하고 나니 나 역시도 도저히 믿어지지 않았다. 선거 다음 날 아침 일찍 아무도 없는 선거사무소에 혼자 앉아 있으려니 내 마음은 어수선한 사무실 분위기 못지않게 황량하기 그지없었다. 다른 무엇보다 아내가 빨리 마음을 추스르고 일어날 수 있을지 걱정이었다. 한 시간 정도 넋을 놓고 앉아 있는데 뜻밖에도 아내가 사무실에 나와 깜짝 놀랐다. 아내는 다음 선거에 써야 한다며 선거입간판을 뽑으러 가야겠다고 했다. 그제야 나도 마음을 가다듬고 흐트러진 사무실을 정리하기 시작했다.

일주일간 아내는 세리토스 시내 골목을 샅샅이 다니며 선거입간판을 모두 모아 왔다. 이렇게 우리는 두 번째 선거에 떨어진 다음 날부터 세 번째 세리토스 시의원 선거를 준비하기 시작했고, 나는 ≪롱비치 프레스텔레그램≫ 신문과의 인터뷰에서 2007년 재도전 의사를 밝혔다.

2003년에 시작한 연변대학 박사과정은 2년 동안 필수과목을 모두 이수해 학위논문 준비만 남아 있었다. 한국, 중국, 일본의 근대화 과정과 그 차이점에 대해 학위논문을 쓰기 위하여 근대사를 중점적으로 연구했지만 쉽지 않았다. 선거에 다시 도전하려면 연구 시간이 모자랄 듯해 휴학 의사를 밝혔으나 김성호 교수가 만류했다. 박사과정은 한번 휴학하면 다시 시작하기 어려울 뿐더러 나는 나이도 많고 미국에 거주하고 있어 더 힘들 것이라 했다. 그러면서 내가 1994년에 발행한 『한반도 핵문제와 통일』의 내용이 좋으니 최근의 상황을 보완해서 논문으

2006년 6월 중국 지린성 연변대학에서 역사학 박사학위를 취득했다.

로 완성하는 것이 좋겠다는 의견을 제시했다.

당시 한반도 정세는 북한의 핵보유 선언과 6자회담 개최를 놓고 급
박하게 돌아가고 있었다. 나는 이에 대한 올바른 시각을 제시하는 것
이 내가 해야 할 일이라 생각했다. 나는 그동안 모아두었던 국내외 책
과 논문, 신문과 인터넷의 각종 자료들을 다시 꺼내 읽기 시작했다.
그리고 지도교수 김성호 교수와 현대사 전공 강용범 교수의 지도를
받아 논문 「朝鮮半島 核問題 研究」를 완성해 2006년 1월 박사학위 논문
심사를 통과했다. 논문은 일반 대중들이 이해하기 쉽도록 시사해설서
형식으로 고쳐 단행본으로도 출간되었다. 책은 2006년 5월에 도서출
판 한울에서 『북핵위기와 한반도 평화의 길』이란 이름으로 출간되었

고, 6월에는 연변대학 박사학위 수여식에 아내와 함께 다녀왔다.

이에 앞서 2월, 우리 부부 이름으로 설립한 장학재단의 비영리단체가 연방 국세청의 승인을 받았다. 우리는 박사학위 취득 축하를 겸해 9월에 16명의 고등학생과 대학생에게 장학금을 수여하는 기념행사를 가졌고, 이후 해마다 9월에 3차례 장학금 수여식을 열어 지금까지 총 49명에게 장학금을 지급했다. 내가 거듭 시의원 선거에 출마하고 장학 재단까지 만들자 상당히 재력이 있는 줄로 아는 사람들이 많다. 그러나 장학재단을 만든 것은 재력이 있어서가 아니라 하느님께서 주신 축복에 감사하는 마음 때문이었다. 은행 융자를 받아 신축한 상가 건물을 팔아 제법 큰 규모의 상가를 구입하게 된 것도, 제대로 뒷바라지를 해주지 못했는데 아이들이 모두 바르게 자라준 것도, 대학을 졸업한 지 40년 만에 박사학위를 받은 것도 모두 감사한 일이 아닐 수 없다.

2007년 3월, 시의원 선거를 향한 세 번째 도전을 시작했다. 2005년 선거에서 한인 표를 분산시켰던 김찬용 관장이 출마하지 않아 선거 초반에 이미 대세는 결정되다시피 했다. 승기를 잡기 위해 요란스럽게 앞서 나가다 역풍을 맞았던 지난 선거를 거울삼아 우리는 신중하고 조용하게 선거운동을 진행했다. 이미 두 차례 선거를 치른 경험이 있었기 때문에 별도로 선거전문가의 자문을 받지 않고 직접 모든 선거운동을 총괄했다. 안델라 자야스라는 실무자급 책임자가 주류사회 선거운동을 맡았고, 한인사회 선거운동은 제임스 오, 유석희, 최동원, 김덕호 등 자원봉사자들과 함께 이번에도 아내가 꾸려나갔다.

선거사무소와는 별도로 오구 후원회장을 비롯해 남문기 로스앤젤

2007년 세리토스 시의원 선거에 세 번째로 도전했다. 여러 커뮤니티의 지지가 큰 힘이 되었다.

레스 한인회장, 존 안 오렌지 카운티 한인회장, 이정섭 중부골프회장 등 여러 사람이 외부에서 후원을 해주었다. 또한 선거전략을 함께 상의하는 제임스 오, 안충모, 하워드 김, 김홍식, 케네스 차, 사무엘 김, 피터 김 등 10여 명의 참모진도 구성되어 요란스럽지 않으면서도 짜임새 있게 선거진용이 꾸려졌다.

한인사회는 물론 주류사회도 내가 당선될 것을 기정사실로 받아들였다. 연방하원 린다 산체스 의원을 비롯해 캘리포니아 주 존 게리멘디 부지사, 존 치앵 주 재정감독관, 주디 추 조세형평위원, 루 코레아 주 상원의원, 베티 카넷, 토니 멘도쟈, 마이크 잉 주 하원의원, 하와이 안가든 시 레오나드 챠데스, 베티 슐츠 시의원, 레이크우드 시 존 스캇 시의원 등 많은 정치인과 각 커뮤니티 지도자들이 공식적인 지지를 표명해 선거운동이 순조롭게 진행되었다.

제3부_ 오늘도 아메리칸드림을 향해 달린다

그중에서도 로스앤젤레스 카운티에서 정치적으로 가장 영향력이 큰 노조연합의 공식적인 지지를 받은 것이 중요한 전기가 되었다. 나는 본래 언론인으로서 민권운동과 노조운동을 지지하는 친노조성향의 민주당원임에도 지난 두 차례 선거에서 노조의 지지를 받지 못했다. 그런데 이번 선거에서 공무원노조는 처음부터 적극적으로 나를 지지하고 나섰다. 100여 명의 노조 대의원들 앞에서 나는 "청소부와 주유소 종업원으로 미국 생활을 시작했으며, 신문사 사장으로 민권운동을 지원해 노동자들의 사정을 잘 이해하고 있다. 인쇄회사를 경영할 때 성공할 수 있었던 비결은 직원들을 잘 대우해준 것이었다"라고 짧게 인사를 했다. 후일 그 말이 아주 인상적이었다고 이야기하는 대의원들이 많았다. 로스앤젤레스 카운티 노조연합의 마리아 엘리나 두라조 사무총장은 나를 위해 특별기자회견을 마련해 노조연합이 최초로 공식 지지한 한인후보는 조셉 조라는 사실을 대대적으로 홍보했다.

지난 선거 때와는 달리 한인교계에서도 적극적으로 호응해주었다. 남가주 사랑의 교회는 처음으로 비전광장에 유권자등록을 위한 자리를 마련해주었고, 주보에 유권자등록에 적극 참여하자고 홍보했다. 목사님은 광고시간에 "교회가 특정 정당이나 후보자를 지지하지는 않지만, 유권자등록을 하고 투표에 참여하는 것은 지역사회를 섬기는 교인들의 사명"이라고 독려해주었다. 뒤이어 은혜한인교회, 감사한인교회 등 중부지역의 많은 교회들도 유권자등록에 동참했다.

모든 한인 언론사들도 "이번에는 반드시 조셉 조를 당선시켜야 한다"며 전폭적인 지지를 보냈다. 선거 당일 각 라디오 방송은 매 시간마다 선거에 참여하라고 유권자들을 독려했다. 선거사무소에서도 판세

1. 60대에 이룬 아메리칸드림

의 변화에 따라 천연색 프린터로 홍보물을 제작해 배포하고, 각 커뮤니티별로 지도급 인사들의 지지의사를 모아 별도로 홍보물을 만들어 배포하는 등 기동성 있게 대처했다. 나 역시 선거당일 투표가 끝날 때까지 한 사람이라도 더 투표하게 하려고 유권자 가정을 찾아다녔다. 투표 마감이 30분 남았을 때는 나를 지지하겠다고 했지만 투표를 하지 않았던 80대 백인 노인을 찾아가 "내가 투표소까지 운전을 하겠으니 함께 가서 나에게 투표를 해줄 수 있겠느냐"고 부탁하기도 했다. 그때 노인은 "당신은 내 한 표가 그렇게 필요하냐"고 반문했다. "당신의 한 표가 꼭 필요하다"는 내 말에 노인은 난감한 표정을 지으며 "미안하지만 지금 아내가 아파서 도저히 혼자 두고 갈 수가 없다. 하느님은 이미 결과를 아시고 계실 것이니 이제 그만 집으로 돌아가 결과를 기다리는 것이 좋지 않겠냐"고 했다. 나는 "내게는 당신의 한 표가 소중하지만 당신의 부인을 돌보는 것이 더 중요하다"고 고맙다는 인사를 하고 6년여에 걸친 선거운동을 마감하고 돌아섰다.

60대에 이룬 아메리칸드림

2007년 3월 7일 오후 8시 투표마감과 동시에 개표가 시작되었다. 개표 초반의 우편투표에서 나는 현직의원 로라 리와 함께 앞서기 시작했다. 그러나 지난 선거에서도 우편투표에서 600여 표 앞서다 막판에 200여 표로 역전을 당했기 때문에 마음을 놓을 수가 없었다. 개표가 진행되는 동안 계속해서 두 차례 시의원과 시장을 지낸 브루스 베로스와 접전을 벌였으나 최종집계에서 102표 차로 제치고 2위로 세리토스

2007년 3월 세리토스 시의원에 당선된 후 지지자들과 자원봉사자는 물론 많은 한인 언론사의 취재기자들이 함께 기뻐해주었다.

두 차례 낙선 뒤의 승리라 가족 모두 감격스러워했다.

1. 60대에 이룬 아메리칸드림

시의원에 당선되었다. 이로서 나는 예순이 넘은 나이에 사업에 성공하고, 박사학위도 받고, 시의원에 당선되며 그야말로 아메리칸드림을 이루었다.

당선이 확정되고 난 뒤, 선거사무소에서 간단한 축하연을 준비했다고 해서 가보았더니 흥분과 열광 그 자체였다. 밤 11시가 넘은 시간인데도 자원봉사자들과 후원자들이 모여들어 좁은 선거사무소는 발을 들여놓을 틈이 없을 지경이었다. 지지자들과 함께 시의회 사무실에 들어서자 개표종사자들과 각 후보자의 선거운동을 도왔던 자원봉사자들은 물론, 많은 한인 언론사의 취재기자들이 기다리고 있었다. 다른 사람들은 눈치 채지 못했겠지만 나는 사실 한인 언론사들의 열띤 취재 열기 때문에 영어로 연설을 하지 않아도 된다는 사실에 안도했다. 보통 후보자는 별도의 장소에서 개표 상황을 지켜보다 당락의 윤곽이 드러나면 축하연이 진행되는 장소로 나가 준비한 당선수락연설을 한다. 그러나 나는 개표가 끝나는 순간까지도 마음을 놓을 수가 없어서 연설을 미처 준비하지 못했기 때문이다.

세 차례 시의원 선거운동을 하면서 가장 어려웠던 점은 역시 영어였다. 나는 학교에 다닐 때부터 논리력이 필요한 수학은 잘했어도 암기력이 필요한 영어는 잘하지 못했다. 1974년 도미해 미국에서 30년 넘게 살았지만 로스앤젤레스 카운티 전산국에서 공무원으로 근무한 3년 8개월을 제외하고는 거의 영어를 사용하지 않고 한국어를 하며 살아왔다. 더구나 전산국에서조차 업무 특성상 대화보다는 각자 맡은 일을 처리하는 시간이 많아 영어로 말할 기회가 많지 않았다. 이후 오랫동안 한국어 신문을 발행하면서 한국 정치에 관심을 갖고 한국인 직원들과 일한 나는 영어 연설을 해본 적이 없었다. 내 영어 실력은 문법과는 상관없이 단어들을 연결해 말하거나 동사의 과거, 현재, 미래형을 구분하지 않고 마구잡이로 사용하는 식이었다. F와 V, L과 R, P와 B 등의 발음을 정확히 구분하지 못해 '쌀'과 '이'의 발음을 거꾸로 해 아이들이 "아빠는 이(lice)를 먹느냐"고 웃기도 했다.

세리토스 시의원이면서도 '세리토스'라는 발음을 제대로 하지 못해 한 글자 한 글자 불러주어야 하는 경우가 많았다. 선거운동을 하면서 본격적으로 영어 공부를 시작한 셈이다. 미국인 선거매니저는 이런 나에게 "선거운동하면서 영어 공부하는 후보자는 아마 당신이 처음일 것이다. 세상에 당신 같이 미친 사람은 처음 본다"고 했다.

이처럼 영어의 기초가 없는 내가 선거에서 당선될 수 있었던 것은 선거운동에 영어가 중요하지만 전부는 아니기 때문이다. 나는 영어에 자신이 없어 전화로 상대방을 설득하는 것은 엄두도 내지 못했다. 그래서 직접 유권자들을 찾아다니는 가정방문 위주로 선거운동을 했다. 가정방문을 하다 개에게 물리기도 하고, 손전등을 들고 늦은 시간에 다니다 불평을 듣기도 했지만 정말 열심히 했다. 사람을 만나지 못하고 문에 선거홍보물만 남겨두고 오는 경우가 많았고, 유권자가 집에 있는 경우에도 인사만 하고 나오는 경우가 대부분이었다. 유권자들은 후보자가 자신의 집을 방문하는 일은 고맙게 생각하지만, 후보자와 길게 이야기하는 것은 원하지 않았다. 그래서 3분 안에 대화할 수 있는 주제를 몇 가지 준비했다. 중국 사람에게는 내가 연변대학을 다녀 한자를 많이 알아 중국 책을 읽고 쓴다는 말을 했고, 필리핀 사람에게는 내가 가톨릭교도임을 강조했다. 또 인도 사람에게는 파람짓 싱이나 피

노 파탁 등 인도계 지지자들에 대해 언급했다.

　유권자는 모두 같은 한 표를 갖고 있기 때문에 한 사람에게만 너무 많은 시간을 소비하는 것은 경제적이지 못하다. 그래서 준비한 주제로 10분 이내의 짧은 대화를 이어가다 보니, 첫 번째 선거운동이 끝나갈 무렵에는 유권자들과 간단한 대화를 나눌 수 있는 수준이 되었다. 어쩌다 이야기를 많이 하는 유권자를 만나면 열심히 들어주며 가능한 한 그의 의견에 동조해주고 되도록 토론에 말려들지 않도록 했다. 상대방이 전혀 알지 못하는 문제를 제기하면 솔직히 지금까지 한 번도 생각해보지 않은 분야인데 좀 더 알아보고 답변을 해주겠다고 하고 내가 준비한 주제로 화제를 바꾸었다.

가족사진을 이용한 2002년 크리스마스카드로 가족의 가치를 중시하는 미국인들에게 좋은 인상을 심어줄 수 있었다.

제3부_ 오늘도 아메리칸드림을 향해 달린다

사실 영어를 잘한다고 해도 의견이 다른 상대방을 설득한다는 것은 쉬운 일이 아니다. 또한 유권자를 설득하기보다는 들어주는 것이 상대편을 기분 좋게 만들어 좋은 인상을 남길 수 있다. 가장 어려운 부분은 후보자 토론회인데 나는 60여 개의 예상질문에 대한 답변을 준비해서 미리 암기했다. 사실 영어를 잘하는 미국인도 1~2분 안에 제대로 된 답변을 한다는 것이 쉬운 일이 아니어서, 준비한 답변을 간단명료하게 대답하는 나보다 더 힘들어했다.

나에게 선거운동은 자신과의 싸움이었다. 영어에 자신이 없다 보니 사람이 많이 모인 곳을 찾아갈 용기가 나지 않았다. 그래서 문 앞에서 돌아서려는 나 자신을 달래고 격려해서 앞으로 나가는 것이 선거운동의 가장 중요한 과제였다. '오늘 내가 이 모임에 참석하지 않으면 이번 선거에서 진다'고 나 자신에게 채찍질을 하며 힘든 선거운동을 계속했다. '지금이라도 선거운동을 그만두는 것이 개인적으로는 훨씬 쉽고 편하겠지만, 내가 여기서 그만두면 다음에 도전하는 사람은 내가 걸어온 힘든 길을 다시 시작해야 한다. 그러니 내가 조금만 더 가면 된다'는 생각이 나를 다시 앞으로 나아갈 수 있게 했다.

내가 여기서 그만둔다면 그동안 맺은 정치인들과의 인맥, 다른 커뮤니티와의 유대관계, 그리고 선거를 치르면서 얻은 유형무형의 자산이 아무런 의미가 없다는 사실이 나를 멈출 수 없게 했다. 선거운동을 내가 평생해온 사회운동의 연장선으로 생각했기 때문에 가능했던 것이다. 그러나 다른 한편으로는 한인사회의 정치력 향상을 위해 힘든 싸움을 하는 나를 두고 자신의 명예나 추구하는 것으로 치부하는 사람들을 보면 갈등이 일어나곤 했다.

1. 60대에 이룬 아메리칸드림

내가 당선될 수 있었던 데에는 생면부지의 다른 커뮤니티 지지자들의 덕이 컸다. 한인 커뮤니티 안에서 유권자등록운동만 했던 첫 번째 선거에서도 득표의 절반 이상이 한인 커뮤니티 밖에서 얻은 것이었다. 영어를 잘 못하는데도 시의원으로 받아들이는 미국사회의 포용력이야말로 오늘날 미국이 세계를 이끌어가게 된 원동력이라 할 수 있으며, 앞으로도 세계의 지도국으로 남을 수 있는 가장 큰 자산이라 생각한다.

선거운동에서는 가족의 역할도 상당히 중요하다. 나는 아내와 아이들의 도움을 많이 받았다. 다른 후보들은 등록유권자를 상대로 득표활동만 했지만 우리는 한인 시민권자를 상대로 유권자등록과 우편투표를 신청하도록 권장하는 캠페인에 더 치중했다. 아내는 한인 자원봉사자와 함께 한인 커뮤니티 선거운동을 총괄했다. 프랑스에서 유학 중이던 딸은 선거운동을 돕지 못했지만 두 아들은 퇴근 후나 주말에 전화유세와 가정방문을 하며 열심히 도왔다. 법과대학원을 졸업하고 모두 변호사가 된 세 아이와 함께 찍은 가족사진을 이용해 연하장을 돌렸는데 예상외로 호응이 좋았다. 세 자녀가 모두 변호사로 성장했다는 것이 가족의 가치를 중시하는 미국인들에게 깊은 인상을 남긴 것 같았다.

그러나 내가 시의원에 당선될 수 있었던 가장 큰 이유는 자원봉사자들의 헌신적인 노력과 한인사회의 단결된 힘에 있었다. 이번에는 반드시 한인을 시의원으로 당선시켜야겠다는 한인사회의 염원이 결실을 맺은 것이다. 1990년과 1994년의 찰스 김, 2001년의 제인 장에 이어 2003년과 2005년에 내가 낙선을 거듭하면서 세리토스 시의원 당선은 남가주 한인사회의 정치력 향상을 위해서 반드시 넘어야 할 과제가 되었다. 김창준 의원이 1990년 다이아몬드바 시의원, 1991년 시장을 거쳐 1992년 연방하원에 진출해 3선에 성공했으나 선거자금모금의 불법성 문제로 FBI의 조사를 받으면서 한국 대기업의 지상사에 막대한 벌금이 부과되었다. 이때 사그라진 한인 정치력의 불씨를 다시 살리자는 무언의 약속이 나를 통해서 실현된 것이다. 그런 의미에서 내가 시의원에 당선된 것은 개인적인 성취에 앞서 남가주 한인사회의 정치력 향상에 새로운 전기를 마련한 의미가 되었다.

1. 60대에 이룬 아메리칸드림

2. 한국계 미국 정치인으로 새로운 출발

더 기쁜 날을 위해

당선과 낙선은 그야말로 하늘과 땅만큼 차이가 났다. 두 차례 낙선의 아픔을 경험한 뒤라 당선의 기쁨은 더욱 컸다. 전날 밤 수고한 자원봉사자들과 밤늦도록 기쁨을 나누다 늦게 잠자리에 들었는데도 당선된 다음 날 아침은 상쾌하기 그지없었다. 무엇보다도 선거를 세 번 치르느라 고생이 많았던 아내의 밝은 모습을 보는 것이 정말 기뻤다. 나는 일주일 내내 그동안 수고한 분들에게 전화를 하고 걸려오는 축하 전화를 받느라 정신이 없었다. 남가주는 물론 동부와 한국의 친지로부터 한꺼번에 전화가 와 살면서 가장 많은 통화를 했다.

시내 여러 곳을 찾아다니며 감사의 인사를 드렸다. 일주일간 아침저녁으로 공원에 나가 산책하는 주민들에게 인사를 하고, 낮에는 마켓과 상점들을 돌고, 점심·저녁 시간에는 식당을 찾아다니며 당선사례를 했다. 또한 한인타운의 언론사를 방문해 그동안 성원해주신 한인동포들에게 충심으로 감사의 인사를 전했다. 모두 하나같이 진심으로 축하해주었다. 그중 한인동포 한 분이 내 손을 잡으며 "오늘이 평생에 가장 기쁜 날이겠어요"라고 축하의 말을 전했다. 사실 평생 동안 이렇게 많은 축하인사를 받아본 날이 없었다. 그런데 나는 무심코 "저는 더 기쁜 날을 위해 오늘부터 새로 시작하겠습니다"라고 대답했다. 의아해하시는 그분에게 "오늘도 정말 기쁜 날입니다. 그러나 저는 한인도 일을 잘한다는 평가를 받고, 또 저의 뒤를 이어 한인 시의원이 당선되는 것을 보고 물러나는 날이 오늘보다 더 기쁜 날이 될 것입니다"고 설명했다. 무심코 던진 이 한마디 말은 그날부터 나의 새로운 좌표가 되었다.

힘든 줄 모르고 10여 일을 정신없이 보내고 나니 갑자기 조용해졌다. 빗발치던 전화가 잠잠해지자 생각할 수 있는 여유가 생기면서 갑자기 겁이 나기 시작했다. 내가 시의원으로서 맡은 일을 제대로 할 수 있을지 두려운 생각이 들었다. 영어도 문제였지만 아이들이 한 이야기처럼 나는 세리토스에 30년 이상을 살면서도 그동안 시청에 한번 가본 적이 없었다. 두 차례 낙선한 후 당선자들의 취임식에 마지못해 참석한 것 외에는 시의회에 참석해본 적도 없었다. 당선 직후 폴 볼린 시장과 아트 갈루치 시 매니저로부터 전반적인 설명을 듣기는 했지만 그때까지 사실 시의원이 무슨 일을 하는지조차 정확히 몰랐다. 심지어 나는 미국인들과의 공식적인 회의에 참석한 적이 없어 회의의 절차나 규칙에 대해서도 아는 바가 없었다. 나는 이러다가 한인 망신이나 시키지나 않을지 걱정이 되었다. 누구라도 후임자를 임명하고 사퇴할 수만 있다면 당장이라도 그렇게 하고 싶은 심정이었다.

마치 달리는 호랑이 등에 올라탄 것과 같은 기분이었다. 떨어지지 않기 위해서는 그저 앞만 보고 힘껏 달리는 방법 이외에 다른 길이 없었다. 무조건 최선을 다하기로 마음을 단단히 먹고 우선 지나간 몇 차례 시장 이·취임식 녹화 비디오를 보며 취임식에서 내가 해야 할 발언들을 써서 외웠다. 시장 이·취임식 행사였지만 내가 한인 최초로 시의회에 입성하는 날이라 세리토스 시 역사상 처음으로 100여 명이 넘는 한인 후원자들과 한인 언론사들이 참석해 나는 로라 리 신임 시장과 함께 행사의 주인공이 되었다. 다른 사람들이 눈치를 챘는지 모르겠지만 나는 너무나 긴장된 상태였다.

미국 정치의 출발점이 바로 시의원이라고 할 수 있다. 그러나 시의원이 되기 이전에 자녀들이 다니는 학교의 학부모회와 방과 후 각종 스포츠클럽에서 코치와 감독으로 커뮤니티에 자원봉사하고, 시의 각종 자문기구 커미셔너와 위원을 거쳐 경험을 쌓은 다음에 시의원에 출마하는 것이 정석이다. 이러한 경험이 전혀 없어 시정에 문외한인 나는 모든 것을 처음부터 새로 배워야만 했다. 세리토스 시는 인구가 적은 소도시지만 자체적으로 수도와 전기의 공급체계, 시립도서관, 공연장을 갖고 있어 기구나 예산 면에서 다른 도시에 비해 규모가 훨씬 크다. 따라서 배워야 할 것도 많고 시 직원 수도 상당히 많다. 간부급 직원의 얼굴과 이름을 익히는 것도 쉬운 일이 아니었다. 한 달에 두 번 시의회 회의가 있는 둘째 주와 넷째 주에는 거의 모든 일을 전폐하다시피하고 회의 안건을 검토하고 발언 내용을 적어 연습했다.

한인사회 안에서만 생활해온 나로서는 미국사회와 미국인들의 생활에 관한 일반 상식이 부족해 시의원들과 함께 식사하는 자리도 무척 힘들었다. 미국인들이 좋아하는 미식축구 선수를 비롯해 운동선수, 할리우드 스타와 온갖 연예계 소식, 정치, 경제, 문화 등 미국사회 전반에서 벌어지는 각종 사건들에 대해 주고받는 대화를 내가 따라간다는 것은 불가능한 일이었다. 그렇다고 식사시간 내내 말 한마디 하지 못하고 앉아 있을 수는 없었다. 하는 수없이 내가 미리 한두 가지 시사문제를 준비했다가 슬쩍 물어보는 식으로 대화에 끼어들려고 노력했다.

시의원에 당선되고 첫 번째 닥친 과제가 시의원 자문기구에 커미셔너와 위원을 위촉하는 일이었다. 도시계획, 공원관리, 재산보전, 경제개발 그리고 예술역사 등 5개 커미션에 각 1명의 커미셔너, 축제위원과 안전위원에 각기 2명 그리고 예술교육후원재단 이사 1명 도합 10명을 위촉하는 일이 쉽지 않았다. 그중에서도 인종과 성별을 어떻게 안배하느냐가 가장 중요한 문제였다. 그동안 선거를 열심히 도와준 지지자들을 우선적으로 고려했지만 선거운동에 직접 관여하지 않았던 사람도 추천을 받아 인종, 성별, 연령을 모두 고려해 임명했다. 다른 커뮤니티에서는 추천된 여러 사람 중 한 명을 고르는 것이 힘들었던 반면한인 위원은 적당한 후보자를 찾기가 어려웠다.

수석 커미셔너인 도시계획위원에 김홍식, 재산보전위원에 케네스 차, 안전위원에 이정섭, 축제위원에 미셸 윤, 예술교육후원재단에 이사 수잔 성 등 5명의 한인과 공원관리위원에 유대계 알론 발리비, 예술역사위원에 히스패닉계 크리스 푸엔테, 경제개발위원에 인도계 피노 파탁, 축제위원에 중국계 제니퍼 홍, 안전위원에 필리핀계 지넬 파드레 등 총 10명을 임명했다. 내가 시의원에 출마한 이유가 한인의 정치력 향상을 위해서였으며 또 한인들의 전폭적인 지지로 당선된 만큼 10명 중 절반에 달하는 5명을 한인으로 임명한 것인데, 한인을 너무 많이 임명했다고 말들이 많았다. 그래서 나는 "전체 위원 총 50명 중

2. 한국계 미국 정치인으로 새로운 출발

5명이 한인이다, 전체 인구의 18%를 차지하는 한인사회로서는 결코 많은 수가 아니며 다른 시의원들이 한인을 임명하지 않으니 내가 많이 임명할 수밖에 없지 않느냐"고 반문했다.

그런대로 취임식을 치르고 각 자문기구 위원들의 임명을 마무리 지어 어느 정도 시의원으로 자리를 잡아가던 4월 말, 예술교육후원재단의 모금행사가 퍼포밍아트센터에서 개최되었다. 부부동반으로 500여 명이 참석해 각종 기증품들을 경매한 후 식사를 하며 공연을 관람하는 미국사회에서 가장 전형적인 행사였지만, 나로서는 미국 생활 33년 만에 처음 갖는 호사스러운 경험이었다. 내가 실수할까봐 떨린다고 아내가 참가하지 않아 한인이라고는 500여 명 중 오로지 나 혼자였다. 또한 1980년대부터 계속 시의원을 배출해온 중국계는 로라 리가 현직 시장이었음에도 10명 미만이었고, 필리핀계와 일본계를 모두 합해도 아시안계가 20명이 채 넘지 않았다. 로스앤젤레스 카운티 단 카나베 슈퍼바이저가 사회를 보며 진행한 경매에서 5만여 달러를 모금하는 광경을 지켜보며, 앞으로 내가 시장으로 이들의 앞에 서야 한다고 생각하니 마치 거대한 벽을 마주하고 있는 것과 같이 답답하고 외로웠다.

가장 열심히 일하는 시의원

세상의 모든 일이 다 그렇지만 어떤 시의원이 되느냐란 정말 마음먹기에 따라 다른 것 같다. 시의원은 기본적으로 한 달에 두 번 있는 시의회에 참석해 의안을 심의하고 회의 수당을 받는 일종의 봉사직이다. 목요일에 있는 회의에 앞서 전주 금요일에 의안과 자료를 받아 충분히 검토할 시간을 주기 때문에 회의에서 의안을 심의하는 것은 어느 정도 기간이 지나면서 그런대로 할만 했다. 시간이 없어 사전에 검토하지 못하고 회의에 참석하더라도 시 직원의 의안 설명을 듣고 의문사항을 질문한 후 표결에 참여할 수 있어, 다른 시의원들은 시의원 활동을 별로 부담스럽게 생각하지 않고 즐기는 것 같았다. 그러나 나에게는 모든 것이 새로운 사실이라 시에서 매일 보내주는 자료와 시의회 안건을 일일이 사전을 찾아가며 읽고 시의회 의안은 물론 관련 자문위원회의 토론과정을 비디오로 조사하는 데 상당한 시간이 소요되었다.

　다른 시의원들과는 달리 나는 거의 매일 오전에 출근해 시 매니저

시의원과 시장으로 일하는 데 많은 도움을 준 시 매니저 아트 갈루치.

2. 한국계 미국 정치인으로 새로운 출발

아트 갈루치와 10여 분 정도 대화를 나누며 의회 안건은 물론 행정 전반에 대해 자세하게 설명을 듣고 토론을 했다. 처음에는 영어를 잘 못해 창피한 생각도 들었지만 아트가 내 영어 실력에 맞게 차분하게 설명을 해주어 영어회화 연습을 하기 위해서라도 매일 시청에 출근했다. 사실 시청에라도 들르지 않는다면 하루 종일 영어를 사용할 기회가 전혀 없었다. 그래서 단 몇 분이라도 아트와 대화를 하려고 했고, 그와 헤어져 시청을 나오면서 대화 중 내가 틀린 부분이 무엇이었는지 하나하나 생각해보며 고치려고 노력했다.

이렇게 열심히 노력하다 보니 나는 시의회에서 의안의 가장 중요한 핵심을 지적하고 바른 판단을 한다는 평가를 받게 되었다. 특히 토론 과정에서 나를 제외한 4명의 시의원이 2대 2로 의견이 갈리는 경우가 많아 자연히 내가 어떤 입장을 취하느냐가 중요한 변수로 작용하는 경우가 많았다. 내가 결정적인 역할을 하는 구도가 형성되자 일부에서는 시의회에서 선출하는 시장선거에 로라 리 부시장을 건너뛰고 나를 부시장에 선출하자는 제안이 있었지만, 나는 서로 화합하고 존중하는 분위기가 중요하다고 이를 일축했다.

2008년에 잔 크로리 시의원이 건강상의 이유로 사임하고 후임을 선출할 때도 시의회에서 선출하느냐 주민들의 직접선거로 선출하느냐를 놓고 의견이 갈렸다. 보궐선거를 실시하는 비용을 절약하기 위해 시의회에서 선출하자는 주장이 많았으나 어느 후보자도 4명의 시의원 중 3명의 지지를 받기가 쉽지 않았다. 후보로 거론되는 4명의 후보 모두 2명의 지지를 확보할 가능성이 높아 결국 내가 누구를 지지할 것인가에 관심이 집중되었다. 지난 선거에서 차점으로 낙선한 캐럴 첸 커미셔너를 시의회에서 선출하는 것이 순리라는 의견도 있었으나, 시 역사상 최초로 아시안계가 다수를 차지하게 되는 중대한 사안인 만큼 경비를 지출하더라도 주민들이 투표로 결정해야 한다는 나의 주장이 관철되었다. 이렇게 실시된 보궐선거에서 중국계 캐럴 첸이 당선되어 시 인구의 60%를 차지하는 아시안계가 처음으로 시의회에서도 다수를 차지하게 되었다.

시의원은 효율적으로 일을 하기 위해 공부도 많이 해야 한다. 우선 시의원으로서 지켜야 할 사항들에 관한 윤리교육을 2년마다 의무적으로 받아야 하고, 시의원 활동으로 인해 시가 소송을 당해 피해를 입지 않도록 주의해야 할 사항을 가르치는 시의원교육 과정을 이수해야 한다. 이 밖에도 각 시정부의 효율적인 로비활동을 위해 결성된 전국적인 조직인 전국도시연합, 전국시장협의회와 지방단위 조직인 캘리포니아도시연합, 캘리포니아협약도시협회, 게이트웨이도시협의회 등 여러 조직이 주관하는 지도자교육 과정을 다녀와야 하고 분과위원회에도 참여해야 한다. 일 년에 몇 차례 워싱턴 디시와 캘리포니아의 수도인 세크라멘토를 비롯해 전국의 여러 도시에서 개최되는 이들 협회의 연례총회와 세미나에도 참석해 가능한 한 많은 것을 배우기 위해 노력했다.

시청 지하 차고에 시장과 시의원 전용 주차장이 있지만 나는 사람들과 조금이라도 더 어울리기 위해 항상 일반 주차장에 차를 세우고 만나는 시민이나 직원들과 인사를 했다. 시의원에 당선되고 2009년에 마라톤을 시작하기 전까지 2년간, 나는 운동 삼아 아침마다 한두 시간씩 시 구석구석을 걸어 다녔다. 처음에는 공원을 순회하며 주민들과 아침

운동을 함께했고, 그다음에는 세리토스를 비롯해 아테시아, 하와이안 가든, 레이크우드 등 ABC교육구내 모든 학교와 상가, 공장지대도 돌아보았다. 주민들과의 의사소통을 좀 더 원활히 하기 위해 당선 1주년인 2008년 3월부터는 매월 초에 영문으로 월간 시정보고를 작성해 약 3천 명에게 이메일을 보내기 시작했다. 선거운동 중 확보한 유권자 명부와 친지들의 이메일주소, 그리고 3년간 꾸준히 추가한 명단이 총 1만 명 이상에 달한다. 그러다 보니 각종 행사에서 만나는 많은 사람들로부터 월간 시정보고를 잘 보고 있다는 인사를 많이 받는다.

2008년부터는 한인사회단체 대표들과의 간담회와 주택가 공원에 주민들을 초청해 불고기를 대접하는 주민과의 간담회를 격월로 개최했다. 주민과의 만남에 앞서 일주일 동안 직접 공원 주변의 주택가에 초대장을 돌리며 주민들을 만나 인사했다. 주민간담회에서 제기된 민원이나 건의사항은 시 매니저에게 전달해 조치를 취하게 하고, 그 결과는 보고서로 만들어 다시 주민들에게 알려주었다. 그러자 많은 주민들이 선거운동 기간이 아닌 평상시에 정치인이 주민을 찾아다니고 간담회를 여는 것은 처음 본다며 좋아했다. 2009년 ≪유에스에이 투데이≫가 잘못된 자료를 근거로 하여 세리토스 시를 공기오염도가 가장 나쁜 지역이라고 보도해 환경오염이 가장 큰 이슈로 제기되었을 때도, 나는 열심히 자료를 정리해 문제를 제기하고 관련 정보를 신속히 이메일로 통보해 주민들에게 큰 호응을 받았다.

공식적인 업무나 각종 행사 이외에 개인적으로 찾아오는 시민들의 애로사항을 듣고 도와주는 것도 쉽지 않았다. 세리토스 시는 재정적으로 여유가 있어 좋은 프로그램이 많아 대부분의 주민들이 시 행정에 만족하는 편이지만, 불만을 토로하는 시민들도 상당히 많이 있다. 대게는 시 관계자들과 협의해 해결하도록 도와주지만, 때로는 시와 몇 년에 걸쳐 분쟁을 계속하는 경우도 있어 한 사람을 일 년 넘게 수십 번을 만나기도 한다. 심지어는 내가 개인적으로 전기공사기술자를 보내 차고를 고쳐준 적도 있다.

시의원으로 당선된 첫 해인 2007년은 그야말로 살아남아야겠다는 일념으로 혼신의 노력을 다한 해였다면, 2008년은 어느 정도 자신감을 갖고 체계적으로 일하기 시작한 해였다. 한인 정치력 향상이란 명분 아래 무턱대고 뛰어든 나를 적극적으로 성원해준 한인들과 세리토스 주민들에게 보답하기 위해 열심히 노력한 결과, 스스로 자신감을 갖게 되고 주민들에게도 열심히 일하는 시의원으로 인정받기 시작했다. 2008년 3월에는 아시안마약남용기구로부터 감사패를 받았고, 6월에는 한인사회의 대표적인 정치력신장 운동단체인 한미연합회 오렌지 카운티 지부로부터 성취상을 받기도 했다.

잔 크로리 시의원의 사퇴로 실시된 2008년 6월에 실시된 보궐선거 당시, 정치적으로 영향력이 큰 공무원노조가 보궐선거의 후보자 4명을 면담하며 "현직 시의원 4명 중 누가 제일 일을 잘한다고 생각하느냐"라는 질문을 했는데 3명이 나를 지목했다고 한다.

전환점에 선 세리토스

1956년 시로 독립할 당시만 해도 명칭이 데어리 밸리(Daily Valley)였던 것에서도 알 수 있듯이 세리토스는 원래 로스앤젤레스와 오렌지 카운티 중간에 위치한 목장지대였다. 그러다 시로 승격되면서 5번, 91번, 605번 고속도로가 지나가고 105번, 405번 고속도로와 가까워 교통이 편리한 여건을 살려 도시계획에 따라 중산층 주택지가 된 것이다. 대부분이 주거지역이지만 20여 개가 넘는 자동차판매상들이 한자리에 모여 있는 미국에서 제일 큰 자동차판매단지(Cerritos Auto Square)가 있기도 하고, 로스세리토스 센터와 세리토스 타운센터 등 상가와 호텔, 사무용 건물을 잘 안배해 해마다 판매세 수입이 상당히 많다. 게다가 로스세리토스와 로스코요데스라는 두 개의 재개발단지에서 들어오는 부동산세 수입으로 시의 재정상태가 아주 양호해 다른 도시들과는 달리 주민에게 일체의 세금을 부과하지 않고 최고의 서비스를 제공하고 있다.

9제곱마일에 불과한 작은 지역에 25개의 공원이 있어 도시 전체가 하나의 큰 공원과 같고, 세계적으로 유명한 시립도서관과 퍼포밍아트센터, 노인회관이 들어서 있어 최고 수준의 주민복지시설을 자랑하고 있다. 또한 풍부한 재원으로 각종 프로그램을 주민들에게 제공하고, 범죄율이 낮아 미국에서 가장 살기 좋은 도시로 손꼽히고 있다. 2008년에는 전국에서 10개 도시를 뽑는 최고영예의 올 아메리카 도시상을 비롯해 전국에서 가장 살기 좋은 10대 도시, 가주경제개발상, 로스앤젤레스 카운티에서 사업하기 좋은 10대 도시상, 최우수 아동도서관상, 아름다운 조경상, 우수시정부방송상 2개 부문 등 총 8개의 상을 수상했다.

세리토스 시가 이처럼 주변의 도시들과는 비교할 수 없을 정도로 좋은 평가를 받다 보니 선거 때가 되어도 특별한 쟁점이 없는 것이

특징이다. 선거 기간 중 주민들을 만나 애로사항을 물어보면 대부분은 시정에 만족한다고 대답한다. 주민들의 최대 관심사항은 시 전역 도로의 야간주차 금지규정과 집 앞 가로수가 너무 커서 보도와 배수관을 파손시키는 것과 같이 지극히 지엽적인 문제들이다. 심지어는 다른 시에서는 심각한 쟁점이 될 수 있는 퍼포밍아트센터의 연 300만 달러 적자도 별로 심각하게 받아들이지 않고 있다. 주민들은 대체로 세리토스 시에 대해 자부심을 갖고 시정에 만족한다는 반응을 보이고, 시의원들도 별다른 문제의식을 갖지 않았다.

그러나 이런 일반적인 평가와는 달리 지난 수십 년간 많은 변화가 있었음에도 세리토스 시가 올바로 대처하지 못했으며, 아무런 문제가 없다고 생각하는 것 자체가 문제라고 생각한다. 우선 1970년대 이래 한인을 비롯한 아시안계 인구가 급격히 증가해 2000년 인구조사를 보면 아시안계가 시 전체 인구의 58%를 차지할 만큼 다수임에도 이러한 변화가 시정에 전혀 반영되지 않고 있다. 시의원인 내가 영어구사에 문제가 있다는 것은 아시안계 대부분이 나처럼 영어구사에 어려움을 겪고 있다는 것을 의미한다. 그럼에도 세리토스 시정부는 인종의 다양성에서 오는 이러한 문제점을 해결하기 위해 이중 언어를 구사하는 직원을 고용하는 문제나 영어 이외에 한글과 중국어로 된 홍보물을 제작하는 것과 같은 대책을 세우지 않고 있다. 시 인구의 다수를 차지하는 한인을 비롯한 아시안계 주민들이 시 정치는 물론 각종 행사에 적극적으로 참여하지 않는 것도 세리토스 시가 해결해야 할 중요한 과제 중 하나다.

2007년 인구조사결과에 의하면 세리토스 시에 사는 55세 이상의 노인이 15,645명으로 시 전체인구의 29.3%에 달할 만큼 노령화가 심각하다. 이처럼 노인인구가 증가했는데도 시정부는 최고 수준의 노인회관에서 많은 프로그램을 제공하는 것으로 할 일을 다했다고 생각한다. 그러나 은퇴연금 등 고정적인 수입에 의존하고 있는 노인들은 경제적으로 많은 어려움을 겪고 있다. 특히 자녀들의 초청으로 나이가 들어 미국으로 이주해 연금을 받지 못하는 아시안계 노인들이 겪는 경제적 어려움과 문화적·사회적 갈등은 백인들로서는 상상하기 어려운 문제다.

2006년 세리토스 시는 설립 50주년을 맞아 각종 기념행사를 성대하게 거행했다. 50주년을 맞았다는 것은 세리토스 시가 더 이상 신흥 개발지역이 아닌 개발이 완료된 지역임을 의미한다. 그동안 시정부는 풍부한 재원을 활용해 최고 수준의 새로운 시설을 개발하는 데 주력했다. 그러나 2007년 하반기 시의회는 간선도로변 주택의 낡은 벽을 누가 수리할 것인가라는 문제를 가지고 거의 반년 동안 논란을 벌였다. 수령이 30~40년이 넘은 도로변 가로수의 뿌리로 인해 파손된 보도 수리문제, 낡은 상수도와 하수관 보수공사 등 이제는 개발보다 낡은 시설들의 보수공사가 중요한 이슈로 떠오르기 시작했다.

2008년부터 시작된 세계적인 불경기는 지금까지 재정적으로 아무런 문제가 없는 것으로 생각했던 세리토스 시에도 심각한 영향을 끼쳤다. 불경기로 인해 자동차의 판매를 비롯해서 소매상들의 매상이 줄어들면서 판매세에 의존해온 세리토스의 세수입이 급격히 줄어들고, 이자율의 하락으로 예비재원의 이자수입이 떨어졌다. 게다가 만성적인 적자에 허덕이는 캘리포니아 주정부가 예산의 부족분을 메우기 위해 시정부의 재개발기금을 전용하려 하자, 세리토스 시는 거의 1,000만 달러의 재정손실을 가져와 예비재원에서 전용할 수밖에 없게 되었다. 세리토스 시가 재정적자를 기록하리라는 것은 불과 일 년 전만 해도 아무도 예상하지 못한 사태였다. 게다가 세리토스 시의 재개발계획이 2013년과 2016년에 각각 만료되면 시 예산의 4분의 1이 넘는 재개발예산이 점차로 줄어들게 되어 이에 대한 대책을 마련하는 일도 시급한 문제로 제기되고 있다.

이런 문제점들을 초선 의원인 내가 한꺼번에 제기하는 것은 너무 부담스러운 일이었다. 그래서 우선 문제점에 대한 논의를 시작할 수 있는 기구를 마련해야겠다는 생각에 2009년 1월 시의회에 시의 커미션과 위원회 제도를 개편하는 방안을 제출했다. 비효율적인 기구들을 통합·개편하고 인종의 다양성과 노령화에 대처하기 위해 인간관계위원회와 노인위원회를 신설해 시정부와 주민 간의 원활한 의사소통을 촉진하자는 나의 제안에 대해 주민들의 반응은 호의적이었지만, 변화를 거부하는 시정부와 기존 커미셔너들의 완강한 저항으로 받아들여지지 않았다. 그러나 세리토스 시의 장래에 관해 심각하게 고민해야 할 단계에 접어들었다는 문제의식을 부각시켰다는 점에 많은 주민들이 공감했다.

다인종·다문화 국가인 미국에서 가장 대표적인 다인종사회인 세리토스 시는 21세기 글로벌시대에 맞게 누구도 소외감을 갖지 않고 시정부에 친밀감을 느낄 수 있도록 변해야 한다. 시정부와 주민 간의 의사소통이 원활하게 이루어지기 위해서는 영어 홍보물 외에 적어도 주민의 10% 이상이 사용하는 언어로 홍보물을 제작해 영어 구사에 어려움을 겪고 있는 주민들의 불편을 덜어주어야 한다. 주민들을 대변하는

2. 한국계 미국 정치인으로 새로운 출발

다인종사회인 세리토스 시의 다인종축제.

시의원은 물론 커미셔너와 자문위원들도 주민들에게 더욱 가깝게 다가가야 한다. 시정부와 커뮤니티 단체들이 더욱 효율적으로 협력하고, 특히 각 커뮤니티의 노인단체들과 협력해 고령화 사회에서 발생하는 노인복지문제에 더욱 관심을 기울여야 한다. 주변 도시들과의 현격한 소득격차가 시의 범죄율 증가와 안전문제에 미치는 영향은 점차 증대하고 있다. 개발보다는 환경, 교통, 치안 등 폭넓은 지역문제를 해결해야 한다. 다양한 인종과 문화가 조화를 이룬 21세기 글로벌시대를 대표하는 모범적인 도시로 새로운 50년을 내다보는 청사진을 제시해야 할 시점이다.

로스앤젤레스 카운티 내 유일한 한인 시의원

세리토스 시의원에 당선된 것은 내게 새로운 삶의 시작을 알리는 일이었다. 사업에만 전념했던 때와 달리 나는 완전히 다른 사람으로 살고 있다. 1980년부터 1997년까지는 한인타운에서 한국의 민주화와 통일을 위해 투쟁하는 운동가였으나, 2002년 세리토스 시의원 선거운동을 시작하면서 나는 미 주류사회에서 활동하는 정치인으로 거듭났다. 활동영역이나 접촉하는 주변 인물들은 물론 관심사항과 사고방식 그리고 일상생활에서 사용하는 언어까지 철저히 달라졌다. 심지어 복장과 외모도 변했다. 평생 정장을 입지 않고 항상 편한 복장에 허름한 차를 타고 다녔는데, 시의원에 당선된 후에는 항상 정장을 입었다. 언제 누구를 만날지 몰라 집 부근 마켓에 잠시 들를 일이 있어도 옷차림에 신경을 썼다. 반백의 머리도 염색했다.

외형적으로 완전히 다른 삶을 살게 되면서 가장 어려웠던 것은 바로 나 자신에게 느끼는 내적 혼란이었다. 시의원에 당선되기 직전의 호칭은 조 박사였고, 성공한 사업가로 아는 사람이 많았다. 그렇지만 예순이 넘어 받은 학위 때문에 박사라고 불리는 것도 어색했고, 시의원이 되고 나서는 부족한 점이 많다는 생각을 떨쳐버리지 못했다. 시의원이 무슨 일을 하는지, 미 주류사회에서 정치활동을 하는 것이 얼마나 힘든지 심각하게 생각해보지도 않고 한인 정치력 향상과 1.5세, 2세들을 지원하겠다고 무작정 정치일선에 뛰어들어 여기까지 온 지금, 과연 어디까지가 내가 해야 할 몫인지 가늠하기 어려웠다.

시의 각종 행사에 가능하면 모두 참가하고 한인 커뮤니티는 물론

2. 한국계 미국 정치인으로 새로운 출발

노조의 권익옹호를 위한 행사에 동참한 필자.

중국, 인도, 필리핀 등 다른 커뮤니티의 행사에도 열심히 다니다 보니 나는 완전히 전업 시의원이 되었다. 두 번째 선거부터 노인단체들의 지지를 받았기 때문에 각 커뮤니티의 노인회 행사는 빠지지 않고 열심히 참석했다. 또한 로스앤젤레스 카운티 전체에서 유일한 한인 시의원이기에 로스앤젤레스와 오렌지 카운티 두 곳에 있는 한인타운의 각종 행사에도 참석해야만 했다. 그뿐만 아니라 한인들이 비교적 많이 사는 지역의 여러 커뮤니티, 특히 산가브리엘 지역의 중국 커뮤니티는 한인 사회 대표로 나를 많이 초청했다.

선거기간 중 나를 위해 특별기자회견까지 해준 로스앤젤레스 카운티 노조연합의 마리아 엘리나 두라조 사무총장의 배려에 보답하는 마음으로 노조연합의 노동절 행사, 노동자대우개선을 위한 행진, 서비스

노조의 연래행사인 '10킬로 달리기' 등 노조의 각종 행사에도 참석했다. 그리고 민주당의 유권자 등록캠페인과 대통령선거캠페인에도 동참하다 보니 주말도 없이 열심히 일할 수밖에 없었다. 연방과 주 상·하원의원들은 보좌관들이 대신 행사에 참석하고 의원 자신은 중요한 행사에만 참석하는 데 반해, 보좌관이 없는 시의원들은 모든 행사를 직접 챙겨야 하기 때문에 더 힘이 든다. 그중에서도 나만큼 많은 행사에 참가해야 하는 시의원은 그리 많지 않을 것이다. 아내가 "남편이 아닌 시의원하고 산다"고 불평을 하지만 내가 참석하지 않으면 한인은 한 사람도 없다는 생각을 하면 어느 행사도 소홀히 할 수 없었다. 그래서 행사가 많은 날에는 하루에 다섯 곳 이상을 마라톤 하듯 뛰었다.

많은 행사에 참석하느라 바쁘기도 했지만 선출직 공직자는 반드시 소개하고 인사를 시키는데 영어가 서툴러 여간 힘든 것이 아니었다. 처음에는 갑자기 인사말을 시키면 어쩌나 겁이 나서 행사에 초대받는 것 자체가 스트레스였다. 대부분 소개로 끝나는 경우가 많지만, 인사말을 준비하지 않은 경우에는 행사를 마칠 때까지 불안해 정식으로 식순에 들어 있지 않아도 1~2분 정도의 인사말을 준비했다. 제일 곤란한 경우가 한인 행사에 초대받았는데 외국인이 몇 명 섞여 있어 갑자기 영어를 해야 하는 경우였다. 외국인들은 내 영어가 서툴러도 내가 하는 말을 알아들으려고 노력하지만, 한인들은 내가 하는 말보다는 영어를 얼마나 잘하는지가 관심이라 한인들 앞에서 영어하는 것이 훨씬 더 힘들었다.

시의원에 당선된 후 나는 미 주류정치에 진출할 한인 인재들을 발굴하기 위해 열심히 주변의 젊은이들을 눈여겨보며 출마 가능성을 타진

했다. 내가 임명한 세리토스 시 커미셔너와 위원들을 위시해 선거를 도와주었던 지지자들은 물론, 플러튼 지역에서 모임을 갖고 있던 아이켄 회원들과 라팔마, 부에나팍, 플러튼에서 출마할 가능성이 있는 젊은이들을 열심히 만나 정치에 참여해야 하는 필요성을 역설했다. 2007년 11월 세리토스대학 평의원 선거에 한인 2세 티나 조 위원이 당선되면서 로스앤젤레스 카운티에서 두 번째 한인 선출직 공직자가 나오자, 외국인들에게 한국인의 성씨인 '조'가 갑자기 유명해졌다.

내가 세리토스 시의원에 당선된 것은 침체되었던 한인사회의 정치력신장에 새로운 전기가 되었다. 2008년 11월 선거에 세리토스와 경계를 맞대고 있는 라팔마 시에서 1.5세 스티브 황보 후보, 그리고 플러튼 시에서 버지니아 한 후보가 각각 시의원에 출마했다. 이들을 포함해 남가주에 총 7명의 후보가 출마해 어바인의 강석희 시장, 최석호 시의원, 리버사이드 카운티의 제임스 나 교육위원 등 3명의 당선에 그쳤지만 한인 정치력 향상을 위한 중요한 성과라 할 수 있다.

2007년에 세리토스대학 평의회 선거, 2008년에 라팔마와 플러튼의 시의원 선거, 2009년에 ABC교육위원 선거를 치르면서 나는 정치적 경륜과 입후보를 위한 결단은 전적으로 후보자 자신들의 몫이며, 정치지망생에게 조언을 해줄 수는 있어도 후보자는 내가 찾아서 만드는 것이 아니라는 사실을 알게 되었다. 2012년 하원의원 선거에 나설 다른 한인후보를 찾는 것도 현실적으로 가능하지 않다는 사실도 점점 분명해졌다.

전환기를 맞은 세리토스 시의 변화에 부응해 새로운 비전을 제시해야 한다는 나의 주장에 많은 세리토스 주민들이 공감하면서 내가 2011

년에 재선을 위해 출마하는 것이 기정사실이 되는 분위기가 조성되고 있었다. 내가 끙끙대면서 영어로 말하는 것이 안쓰럽고 실수하지나 않을지 마음이 졸여 일 년간 시의회 방청은 물론 TV중계방송도 시청하지 않았던 아내 역시, 내가 재선 출마를 망설이는 기미를 보이면 "그럴 것 같으면 왜 시작을 했느냐"며 한마디로 오금을 박았다.

나는 1.5세, 2세들을 위한 정치활동 지원과 나의 정치적 진로에 대해 고민하기 시작했다. 60대 후반에 접어든 내가 과연 언제까지 정치활동을 계속할 수 있을지, 얼마나 훌륭한 정치인이 될 수 있을지 의문을 떨쳐버리지 못하고 있었다. 아내가 힘들어한다고 아이들이 걱정할 때는 정말 아내에게 미안하기 그지없었다. 그러나 그렇다고 그냥 사업체를 정리하듯 그만둘 수도 없는 일이었다.

한국계 미국 정치인으로 거듭나다

2008년 11월 대통령 선거에서 오바마 대통령의 당선은 정치적인 진로에 대해 고민하던 내게 미국정치에서 새로운 희망을 보는 계기가 되었다. 인종, 성별, 빈부의 차이를 떠나 누구에게나 기회가 주어지는 새로운 시대의 개막을 알리는 역사의 현장에 우리 가족 모두가 동참해야 한다고 생각했다. 변호사, 검사로 바쁜 아이들에게 오바마 대통령 취임식에 참석하도록 휴가를 신청하게 했다. 우리 가족은 파인스타인 연방상원의원과 린다 산체스 연방하원의원의 초청으로 오바마 대통령의 취임식에 참석했다. 200만 명이 운집한 그곳에서 나는 미국 민주주의 실체와 세계를 이끄는 힘을 보았으며, 미국 시민으로서 감동적인

2. 한국계 미국 정치인으로 새로운 출발

오바마 대통령의 취임식에 참석하기 위해 필자의 가족 모두가 워싱턴에 왔다.

역사의 현장에 동참한다는 사실이 자랑스러웠다.

2008년 1월 초등학교와 중학교 동기인 강신조가 세리토스로 찾아와 오바마 대통령후보의 선거만 끝나면 막내아들 유진이 법대에 진학하기로 약속했으니, 아들이 법대를 졸업하면 한인이 많이 있는 로스앤젤레스에서 정치를 시작할 수 있도록 후원해달라는 부탁을 했었다. 불과 4년 전 스무 살의 대학생으로 미시간 주 앤아버 시의원에 도전했다가 낙선한 유진이 오바마 대통령의 특별정치보좌관으로 백악관에 입성하는 것을 보며 나는 시야가 넓게 트이는 느낌을 받았다.

한반도의 평화와 민족 통일에 중대한 전기가 될 현시점에 내가 정치를 계속하다 보면 한인사회와 세리토스는 물론, 두 개의 조국인 한국과 미국을 위해서도 기여를 할 수 있다는 생각을 하게 되었다. 해외에서 가장 많은 한인이 거주하는 로스앤젤레스 카운티의 유일한 한인 시의원으로서, 내 뒤에 오는 후배들이 내 등을 밟고 앞으로 나아가는 그날까지 정치활동을 계속하는 것이 내게 주어진 사명이라는 결론에 도달했다. 비록 힘이 들더라도 제2의 고향인 세리토스와 한인사회를 위해 정치를 계속하겠다고 마음을 정리하니 새로운 희망과 용기가 저절로 솟구치는 것을 느꼈다.

내가 이처럼 일흔을 바라보는 나이에 정치를 계속하겠다고 결심할 수 있었던 데는 93세까지 건강하게 사시다 돌아가신 아버지가 큰 힘이 되었다. 아버지는 우리 집안에서 환갑을 지낸 남자가 없다고 고등학생이던 나에게 장가를 가라고 권하셨던 분이다. 아버지의 장례를 치르고 미국으로 돌아오면서 나도 90세까지 살 수 있을 것이라는 막연한 희망을 갖게 되었다. 그리고 '미국에 사는 한국인'에서 '한국계 미국시민'으로 거듭나 미 주류사회 정치인으로 새로운 삶을 시작했다.

2009년 3월에 세리토스 부시장에 취임한 후 나는 2010년에 시장직을 맡고, 2011년 3월에는 재선에 도전하겠다고 발표했다. 그리고 나는 한인사회가 나아가야 할 방향을 제시하고, 내가 지금까지 쌓아온 인맥과 경험을 한인 정치력 향상에 기여하기 위해 조직을 결성하기로 했다. 유권자등록과 정치지도자 훈련프로그램을 담당할 비영리단체로 한인정치력신장위원회를 연방과 캘리포니아 주 정부에 등록했다. 또한 비영리단체와는 별도로 한인후보는 물론 주류정치인의 선거운동을 지원하기 위해 한인정치활동위원회를 결성해 2009년 6월 연방하원 보궐선거에 출마한 주디 추 캘리포니아 주 조세형평위원과 2010년 6월 예비선거에 캘리포니아 주 검찰총장 후보로 출마한 테드 루 가주하원의원을 위한 정치자금모금파티를 주최했다.

나는 60대 노인이란 생각을 떨쳐버리기 위해 운동을 더 열심히 해 체력을 기르기로 했다. 원래 운동을 잘하지 못해 매일 아침 한 시간 정도 걷는 것이 전부였는데 2009년부터는 달리기로 했다. 로스앤젤레스 인근에는 여러 달리기 동호회가 있다. 그중에 세리토스 공원에서 매주 일요일 아침 7시에 모이는 이지러너스(Easy Runners)클럽이 있는데 등록회원만 400명이 넘을 정도로 활동이 활발하다. 그동안 성당 미사와 봉사활동 시간과 겹쳐 참가하지 못했는데 4월부터 이지러너스 마라톤 동호회에 가입해 6주간 달리기 강좌를 듣고 열심히 달리기 시작했다.

처음에는 1마일을 달리는 데도 몇 번이나 쉬어야 했지만 꾸준히 훈련한 덕에 7월 서비스노조에서 주최한 10킬로미터 달리기대회에서 처음으로 완주를 했다. 완주라고는 하지만 마지막 2킬로미터 정도는 억지로 걸어서 들어왔다. 전날 저녁 서울대총동문회에서 주최한 행사에 참가해 동문들과 인사하느라 저녁식사를 제대로 하지 못해 배가 몹시 고픈 데다, 달리기 전에 여러 정치인과 인사하느라 준비운동을 전혀 하지 못했다. 더구나 세리토스 부시장으로 대회 참가자들에게 소개받고 출발선의 맨 앞에서 출발하는 바람에 다른 젊은 선수들에게 휩쓸려 너무 빨리 뛰기 시작했다. 급기야 코스를 제대로 알지 못해 약 3분의 1 지점을 반환점으로 알고 속도를 내다 결국에는 기진맥진한 상태가 되었다. 더구나 시상식에서 입상자에게 메달을 수여하느라 장시간 햇볕에 노출되어 있었는데, 그 탓에 얼굴이 부어올라 2주 동안 밖에 나가

미국암협회에서 주최하는 '생명을 위한 24시간 이어 걷기대회'에 Never Give Up팀으로 참가한 필자. 시의원 당선 후 필자는 4년 동안 이 대회에 참가했다.

지도 못하고 심하게 앓았다.

그렇지만 10킬로미터를 완주했다는 것 자체가 내게는 큰 힘이 되었다. 이후 10킬로미터를 쉽게 완주할 수 있었고, 자신감이 생겨 주 4회 정도 샌 가브리엘 강둑을 따라 연습을 계속했다. 그래서 8월 15일에 실비치 시까지 13.1마일 단축마라톤 거리를 혼자 달릴 수 있었다. 10월 11일에는 롱비치 국제마라톤대회에서 처음으로 단축마라톤을 완주하기도 했다. 비록 기록은 2시간 33분이지만 2만 2천 명의 출전자 중 1만 4천 명이 완주한 가운데 전체 6,430등, 65세 이상 연령대에서는 34등을 했다. 단축마라톤 완주는 노년이란 중압감을 떨쳐버리고 자신감을 회복하는 데 많은 도움이 되었다.

그런데 내가 마라톤경기 코스에서 달리는 모습을 촬영한 여러 장의 사진들을 보고는 충격을 받았다. 하나같이 구부정한 허리에, 기진맥진

2. 한국계 미국 정치인으로 새로운 출발

한 모습이어서 쓸 만한 것이 없었다. 그 사진들을 보면서 평소에도 약간 어깨를 구부리고 걷는 내 모습이 다른 사람들 눈에 저렇게 비쳤을 것이라 생각하니 부끄러웠다. 세리토스 시를 대표하는 시장인데 어깨를 축 늘어뜨리고 다니는 것은 주민들에게 예의가 아니라는 생각도 들었다. 그래서 허리를 펴고 달리는 연습을 하고 평소에도 똑바로 당당히 걷는 데 신경을 쓰기 시작했다. 이왕 자세를 바꾸는 김에 식사를 빨리 하는 것과 차의 시동을 걸자마자 운전을 시작하는 등 몇 가지 나쁜 습관도 바꾸기 위해 노력했다. 나는 먼 길을 떠나기에 앞서 차를 재정비하듯 잘못된 습관들을 고치고 마음 자세를 새롭게 가다듬었다.

한인 1세이기 때문에 영어를 능숙하게 하지 못하는 것이 부끄러운 일은 아니라고 하더라도 결코 자랑은 아니다. 더구나 정치를 계속하기 위해서는 영어로 연설을 잘하는 것이 급선무였다. 나는 항상 "언제라도 너무 늦은 경우는 없다(Never too late)"라는 말을 믿고 새로운 것을 배우고 도전해왔다. 내가 50세가 넘어 한글타자를 배우기 시작했을 때 "그 나이에 한글타자를 배워 뭐 하느냐"는 소리를 들었다. 한글타자를 배우기 전에는 원고지에 정리한 글을 아내가 타자를 쳐주어야 했지만, 한글타자를 배운 후에는 4권의 책을 혼자 타이핑할 수 있었다. 그래서 늦은 나이지만 새로 영어공부를 하기로 결심했다. 영어연설클럽인 토스트 마스터에도 등록하고, 영어를 사용하는 다른 커뮤니티 행사에 열심히 참여해 영어로 말하는 기회를 많이 갖으려 노력했다.

세리토스 시장 취임

2010년 3월 10일, 100여 명의 한인을 비롯해 많은 하객들이 참석한 가운데 나는 세리토스 시의회에서 한인으로서는 처음으로 세리토스 시장으로 선출되었다. 전 연방하원 김창준 의원이 1991년 다이아몬드 바 시장에 당선된 후 19년 만에 로스앤젤레스 카운티에서 두 번째로 뽑힌 한인 시장이었다.

로스앤젤레스 카운티는 해외에서 가장 많은 한인이 살고 있지만, 김창준 전 의원이 정치자금법 위반으로 연방수사국의 조사를 받은 후유증으로 한인들이 정치활동을 기피하면서 다른 소수민족에 비해 정치력이 크게 뒤떨어졌던 곳이다. 이런 상황에서 내가 시장으로 선출되자 미주 한인사회는 물론 한국 언론에도 보도되었고, 많은 사람들이 진심으로 축하해주었다. 그러나 나는 시장선출을 둘러싸고 그동안 세리토스 시의 정치를 주도해온 주류사회의 예상치 못한 반발에 부딪혀 큰 시련을 겪어야만 했다.

미국의 지방자치제는 주마다 차이가 있지만 대체로 인구 20만 명이상의 도시는 주민들이 시장을 직접 선출하고, 그 밖의 작은 도시들은 시의회에서 시장과 부시장을 선출한다. 시의회에서 시장을 선출하는 경우 시마다 차이가 있기는 하나 시의원 경력과 득표순에 따라 돌아가며 맡는다. 그래서 지난 1년간 부시장으로 일한 내가 시장으로 취임하는 것을 모두 당연한 것으로 생각했다. 다만 부시장을 누가 맡을 것인가에 대해 시의원들 간의 의견이 일치되지 않아 경합 중인 두 시의원이 2월 말까지 합의하도록 기다리고 있었다. 그런 와중에 한국전 참전용사를 한국으로 초청하는 것과 연관된 조찬기도회를 준비하는 과정에서 문제가 발생했다. 일부 시의원들이 나의 시장 취임에 대해 반대하고 나선 것이다.

경기도 용인시에 소재한 새에덴장로교회(담임목사 소강석)는 2007년 이후 해마다 6·25를 전후해 100여 명의 한국전 참전 미국 재향군인들을 한국으로 초청해 감사의 뜻을 전하는 뜻 깊은 행사를 개최하고 있었다. 2009년 6월 새에덴장로교회 김현욱 장로가 세리토스 시를 방문해 세리토스 시에 거주하는 한국전 참전용사 40명을 한국으로 초청하겠다고 제안했다. 우리는 새에덴장로교회 담임이신 소강석 목사님이 취임식이 있을 3월 10일에 맞춰 세리토스 시를 방문해, 3월 11일에 있을 시의회 정례회의에서 참전용사들의 한국방문 초청을 공식 발표하기로 정했다. 그 후 시장 취임식을 3주가량 앞두었을 때 소 목사님의 바쁜 일정으로 인해 3월 11일 저녁 시의회에 참석하지 못한다는 연락을 받고, 부득이 11일 아침에 조찬기도회를 갖기로 행사계획을 변경했다. 그런데 행사일정을 조정하는 과정에서 일부 시의원들이 행사의 경비 지원여부, 한인사회 행사 후원에 시의 명칭 사용여부, 새에덴장로교회에 증정할 공로상 서명절차 등에 이의를 제기하며 분위기가 바뀌기 시작했다. 인터넷 웹사이트에 "조셉 조가 너무 정치적이라 시장에 적합하지 않다"고 나를 공격하는 글이 올라오며 상황이 급변했다.

이미 2월 중순에 시장 이·취임식 초청장을 발송했고 신문과 방송에 시장 취임예정 기사가 보도된 마당에, 나도 모르게 다른 시의원을 시장으로 선출하려는 움직임이 있다는 사실을 알게 되자 당혹스럽기 그지없었다. 더욱 난감한 것은 급박하게 돌아가는 상황을 내가 전혀 몰랐으며, 사태의 해결에 도움을 줄 수 있는 사람이 한 사람도 없다는 사실이었다. 내가 어려울 때마다 아내가 큰 힘이 되었지만 이번에는 지나치게 걱정할 것 같아 한마디도 상의할 수가 없었다. 아직 뿌리를 내리지 못한 나와 한인사회의 정치력의 한계를 뼈저리게 느낀 순간이었다.

거센 파도 앞에 외롭게 돛단배를 젓고 있는 자신을 발견한 나는 시장 취임에 연연하지 않고 내 입장을 당당히 밝히기로 마음을 비웠다. 주류사회의 거센 반발에도 불구하고 나는 부정이나 비리에 연루되지 않았기 때문에 떳떳할 수 있었다. 오히려 한국전 참전용사들의 한국방문을 돕는 과정에서 발생한 절차상의 문제라 40여 명의 노병들과 소강석 목사님을 비롯한 새에덴교회의 3만여 성도들이 내 뒤에 있다는 생각에 마음이 든든했다. 세리토스 사상 최초의 한인시장 탄생을 기대하는 한인사회의 한결같은 여망도 내게 힘을 실어주었다.

설사 내가 시장에 취임하지 못하는 사태가 발생하더라도, 지난 3년간 누구보다 열심히 노력한 나에 대한 세리토스 주민들의 평가와 지지 또한 확신하고 있어 다음 선거에서 당당히 재선해 시장에 취임할 자신이 있었다. 그러나 사정을 알지 못하는 한인들이 나를 미리 시장으로 호칭하고 한인 언론사들의 취재 요청도 잇따라 곤혹스럽기 그지없었다. 나는 개별적으로 시의원들을 한 명씩 만나 나의 입장을 밝히고 지지를 호소했으나 이·취임식 당일에도 사태의 추이를 예측하기 어려웠다.

이·취임식장에 주말마다 마라톤연습을 함께한 이지러너스 회원을 비롯해 100여 명의 한인들이 참석해 크게 격려가 되었다. 대부분의 주민과 축하객들이 전혀 의식하지 못했지만 장내는 긴장감이 감돌았다.

2. 한국계 미국 정치인으로 새로운 출발

시장 취임 후 가족들과 함께.

결국 투표에서 나는 시의원 전원의 만장일치로 시장에 선출되었다. 그러나 부시장 선거에서는 세리토스 시 역사상 처음으로 두 후보를 놓고 경선이 진행되었다. 일부 커미셔너들은 투표장면을 지켜보지 못하고 밖에서 서성이다가 나의 선출이 확정되고 나서야 식장에 입장했다.

시장 취임을 축하하기 위해 새에덴장로교회의 소강석 목사님 부부, 이종민 목사님, 김종대, 김현욱 장로님 등을 비롯해 경북 청도군과 전남 화순군에서 대표단이 오고 한인사회 각계에서 많은 축하객들이 참석했다. 그러나 한국에서까지 축하객들이 온 것을 주류사회에서 달갑게 보지 않아 소강석 목사님만 단상에 모셔 기도와 축하의 말씀을 들었고, 다른 분들에게는 한국식 큰절을 올리는 것으로 대신했다. 축하화환들도 모두 치우고 TV카메라 취재도 사양하는 등 가능한 한 조용

제3부_ 오늘도 아메리칸드림을 향해 달린다

히 취임식을 치러야 했다. 나는 소수민족으로서 주류사회에서 활동하는 한계를 절감했다.

이런 파란곡절을 겪으며 시장에 취임한 나는 곧바로 시의원과 시매니저를 대동하고 워싱턴 디시에서 개최된 전국도시연합 연례총회에 참석한 후 연방정부 상·하원의원들을 만났다. 마치 아무 일도 없었던 것처럼 3박 4일 일정을 동료 시의원들과 함께하는 동안, 한편으로는 이들이 두렵기도 했고 다른 한편으로는 나와 한인사회 정치력의 현주소를 돌아보는 기회가 되기도 했다. 당시 사태는 표면상으로는 조찬기도회와 관련한 절차상의 문제에서 비롯되었지만 아시안계 정치력 신장에 위기감을 느낀 기득권세력의 정치적 전략에서 비롯된 것이었다. 아시안계와 민주당을 분열시키기 위해 아직 주류정치에 뿌리를 내리지 못한 나와 한인사회를 흔들려는 이러한 시도는 앞으로도 계속될 것이다.

그러나 다른 한편으로는 내가 지난 3년간 나름대로 최선을 다해 주민들로부터 좋은 반응을 받았지만, 다른 시의원들에게는 질시와 경계의 대상이 되었다는 점에서 내 책임도 결코 적지 않다는 생각을 하게되었다. 내가 세리토스 주민을 대표하기보다는 한인사회와 아시안계를 대변하는 것으로 부각되어 반발을 초래한 것이다. 로스앤젤레스 카운티의 유일한 한인 시장이기에 앞서 미국인 시장이 되기 위해 주류사회의 지지를 확보하는 것이 우선시되어야 한다. 나는 세리토스 시를 대표하는 시장이란 새로운 직분에 더욱 충실하기 위해 지난 3주간의 정치적 소용돌이를 털어버리고 동료 시의원들에게 어려운 난국을 타개하기 위해 함께 노력하자고 악수를 청했다.

2. 한국계 미국 정치인으로 새로운 출발

미국의 주인으로 살기 위해

워싱턴 디시에서 돌아와 피로가 채 가시지 않은 3월 21일, 나는 로스앤젤레스 마라톤대회에 도전해 첫 마라톤을 완주했다. 아내는 건강을 위해 운동하는 것을 반기면서도 무리하지 말라고 신신당부했다. 나 역시 일흔을 바라보는 나이를 생각해 마라톤 완주는 감히 엄두도 내지 못했다. 그러나 롱비치마라톤대회에서 단축마라톤을 완주하고 나자 은근히 마라톤 완주에 대한 욕심이 생기기 시작했다.

2010년 2월 7일 헌팅턴 비치마라톤대회에서 이지러너스클럽 참가자 76명 중 젊은이들을 제치고 내가 2시간 13분이란 예상외의 성적으로 11등을 하자 아내는 무리하지 않는다는 조건으로 마라톤 도전을 허락했다. 첫 마라톤 완주라는 목표를 정하고 혼자 세리토스에서 실비치까지 다녀오는 연습을 했는데 26.2마일을 5시간 16분으로 완주하고 별 탈이 없었다. 자신감을 얻은 나는 로스앤젤레스 마라톤에 도전하겠다고 신청했고 한인언론이 이를 보도하면서 한인사회에 화제가 되었다.

3월 21일 나는 뉴욕마라톤동우회 권이주 회장, 이지러너스 이강열 회장과 함께 로스앤젤레스 다저스 스타디움을 출발했다. 다운타운 시청을 돌아 월트 디즈니홀로 향하는 1가는 유독 경사가 심해 힘든 코스였지만 윤장균 코치가 함께 뛰면서 속도를 조절해주어 크게 힘들지 않았다. 에코팍을 거쳐 한인타운 북쪽을 지날 때는 한인 언론사들이 취재를 하기 위해 대기하고 있어 세 번이나 멈추어야 했다. 공군출신 김경진 회원이 현수막을 둘러메고 따라와 펼쳐놓고 권 회장과 함께 신문, 라디오, TV 등 6개 한인언론과 인터뷰했다. 인터뷰하는 데에 이

롱비치국제마라톤에서 단축마라톤 완주 후 이지러너스 회원들과 함께. 60대 후반을 넘어선 노인이라는 의식을 떨쳐버리기 위해 마라톤을 시작했다.

미 많은 시간을 지체해 우리는 기록을 염두에 두지 않기로 했다. 가벼운 마음으로 뉴욕에서 온 권 회장에게 할리우드 명성의 거리, 명품으로 유명한 로데오 거리, 부촌으로 유명한 비벌리힐즈 등 아름다운 로스앤젤레스의 명소들을 소개하며 달렸다. 첫 마라톤이지만 신체적 이상 없이 5시간 15분 만에 완주했다.

로스앤젤레스 마라톤에서 나의 첫 마라톤을 같이 뛰어준 권이주 회장이 3월 23일 미국 대륙횡단 마라톤에 도전했다. 나는 한인타운에 있는 다울정에서 함께 출발하며 권 회장이 매일 30마일을 달려 뉴욕 유엔본부까지 110일간 3,500마일을 달리는 장도를 격려했다. 권 회장의 대륙횡단 마라톤은 로스앤젤레스에서 뉴욕까지 미국대륙에 굵은 획을 긋는, 우리 한인 이민 107년사에 기록될 사건이었다. "우리 한인도

2. 한국계 미국 정치인으로 새로운 출발

미 대륙의 주인이다"는 역사적인 선언이었던 것이다.

　로스앤젤레스 시청 앞 잔디밭에서 권 회장을 헹가래 치고 돌아오면서, 문득 2007년 내가 처음 시의원에 당선되었을 때 시 매니저 아트 갈루치가 나에게 세리토스 시청 출입문의 코드를 알려주며 "당신이 이 시의 주인입니다"라고 한 말이 떠올랐다. 이제 시장인 내가 세리토스 시의 주인이며 우리 한인 후예들이 미국의 주인으로 이 땅에 뿌리를 내리고 살아갈 것이라는 감동에 휩싸였다.

　1903년 우리의 선조들이 하와이 사탕수수농장의 노동자로 미국에 첫발을 디딘 이후, 우리 한인사회는 놀라운 발전을 했다. 특히 1965년 이민법 개정 이후 급격히 증가한 한인 이민자들이 올림픽가에 자리를 잡으며 로스앤젤레스와 오렌지 카운티는 해외 한인사회의 중심으로 성장했다. 그중에서도 한인이 시 전체 인구의 18%를 차지하는 세리토스를 비롯한 중부 지역은 해외에서 한인이 가장 많이 모여 살고 있는 지역으로 한인 정치력의 중심이라 할 수 있다. 이제 시의원, 교육위원, 대학평의원 등 모든 선출직에 한인이 일하고 있고, 내가 시장에 취임함으로써 한인 정치력 향상을 위한 새로운 도약의 발판이 마련되었다고 할 수 있다. 앞으로 세리토스에서 시작된 한인 정치력은 라팔마, 플러튼, 부에나팍, 라미라다 등 인근 도시로 확산되고 캘리포니아 주는 물론 전 미주에서 많은 선출직 공직자가 당선될 것이다. 우리 한인사회가 주지사와 연방정부 고위공직자를 배출해 당당한 미국의 주인으로 살아갈 미래를 그리면 나는 가슴이 뛴다.

　나는 한동안 잊고 있던 가족여행을 떠날 계획을 세웠다. 우리는 이민 초기에도 일 년에 한두 차례 캠핑이나 여행을 다녀왔다. 그러나 세

미국 독립기념일 행사에서 동료 시의원들과 함께 자유의 종을 울렸다.

아이가 모두 변호사가 되면서 바빠지고 나 역시 시의원 선거와 박사과
정을 밟느라 2003년 이후 우리 가족은 함께 여행을 하지 못했다.

　그러나 사실 가족여행이 중단된 이유는 내가 다음 여행지로 다코다
주 러시모어를 고집했는데 아이들이 반대를 했기 때문이었다. 중학생
시절인가 너대니얼 호손의 「큰 바위 얼굴」을 읽고 언젠가 미국에 가면
미국 역사상 가장 존경받는 조지 워싱턴, 토머스 제퍼슨, 에이브러햄
링컨, 시어도어 루스벨트 등 4명의 대통령 얼굴이 새겨져 있는 러시모
어를 가야겠다고 생각했다. 그러나 아이들이 교통도 불편하고 볼거리
도 별로 없는 그곳에 왜 가려 하느냐고 반대를 했다. 그러나 내가 세
차례 도전 끝에 시의원에 당선되자 아이들도 다음 가족여행은 러시모
어로 가자며 내 뜻을 따라주었다.

2. 한국계 미국 정치인으로 새로운 출발

해마다 시장 이·취임식에서 시의원들이 자신의 가족을 소개할 때마다 나는 우리 다섯 식구 외에는 미국에 친척이 없는 데다, 아이들이 모두 서른이 넘도록 결혼을 하지 않아 "내년에는 더 많은 가족을 소개하고 싶다"는 말을 했었다. 그런데 올해에는 "지난 3년 동안 되풀이했던 내 희망이 현실이 되었다"고 말할 수 있어 정말 기뻤다.

2008년 말 프랑스에서 돌아온 막내 지아는 지난 연말 예일대 법과대학원을 졸업한 마이크 김 변호사와 결혼해 뉴욕으로 이주해 내 시장취임식에 참석하지 못했다. 그러나 큰아들 광석이 치과의사인 미셸 안과 결혼해 그녀의 부모님과 함께 참석해 정말 기뻤다. 머지않아 사위, 며느리, 손자, 손녀들과 함께 가족여행을 갈 생각을 하면 흐뭇하기 그지없다. 그날은 부모님의 뜻을 거역하고 도미해 망명 아닌 망명 생활을 하느라 불효한 아들을 "어디서나 네 자식들 잘 키우면 나는 괜찮다"며 용서해주신 어머니도 저세상에서 우리를 축복해주실 것이다.

맺는말 '나'의 거울에 비친 자화상

    2007년 시의원에 당선된 후 라디오코리아 시사대담프로에서 최영호 사장이 "조 회장은 부동산으로 성공했다가 어려운 여건 아래 신문사를 운영하느라 고생하고, 민주화와 통일운동을 하다 빨갱이라는 소리도 듣고, 북한방문기와 핵문제에 관해 책을 쓰고 라디오칼럼 방송도 하고, 인쇄 사업을 하다, 이제 시의원에 당선되어 정치인이 되었는데 본인은 자신을 어떻게 생각하느냐"고 나의 다양한 경력에 대해 질문했다.

    아내가 늘 말하는 것처럼 우리 부부는 앞에서 끌어주는 사람도 뒤에서 밀어주는 사람도 없이 다른 사람이 가지 않은 길을 개척하다 보니 한 길을 가지 못했고, 항상 새롭게 시작해 굴곡이 많은 먼 길을 돌아왔다. 이런 나를 멀리서 지켜본 한 후배 언론인이 정성 들여 말린 예쁜 풀꽃과 함께 프로스트의 시 「가지 않은 길」을 곱게 적어 보내온 적도 있었다. 그리고 우리를 평생 옆에서 지켜본 이자실 선생은 얼마 전 아내에게 "내가 중매는 잘했지? 그렇지만 참 파란만장한 삶이었다"고 위로하기도 했다. 그처럼 우리 부부의 삶은 참으로 굴곡이 많았다.

그러나 내가 일생 마음에 사표로 모신 함석헌 선생이 장준하 선생을 두고 "누구나 한 길을 10년 이상 걸었으면 일가를 이루었다고 평할 수 있다"고 하신 말씀에 빗대면, 나는 ≪코리안스트릿저널≫을 10년간 발행하고 라디오 칼럼, 신문기고가로서 17년간 살아온 언론인이다. 1980년대에는 전두환 군사독재에 맞서 반독재·민주화운동을 했고 1990년대에는 민족의 화해와 한반도 평화를 기원한 통일운동가였다. 2000년대에는 6년간 세 차례 선거를 치렀으며 이제 4년간의 시의원 임기를 마치면 10년간 정치활동을 한 정치인으로 새로운 인생을 시작한다.

나는 농민, 노동자, 소수민족 등 우리 모두가 함께 잘 사는 세상을 추구해온 사회운동가로 미주 한인동포사회와 제2의 고향인 세리토스, 떠나온 조국과 내가 지금 살고 있는 미국을 위해 그리고 더 나아가 전쟁이 없는 세계를 꿈꿨다. 그러다 보니 지금까지 나 자신이나 우리 가족의 생계에 대해 심각하게 생각해본 적이 없다. 가족의 생계는 물론 회사의 운영까지 아내가 도맡아 했다. 미국 생활 초기에 아내가 미국은행에서 키펀치 오퍼레이터, 내가 로스앤젤레스 카운티에서 컴퓨터 오퍼레이터로 잠시 떨어져 일한 것 외에 우리 부부는 항상 함께 일했다. 명목상 사장인 내가 앞장서 일을 벌여놓으면 모든 뒷감당은 고스란히 아내의 몫이었다.

우리 부부는 참으로 열심히 일했다. 미국 생활 초기에는 청소부, 주유소 종업원으로 정신없이 뛰어다녔고, 아침 7시 로스앤젤레스 카운티 전산국으로 출근해 오후 3시 반에 일을 마치고, 5시까지 오렌지 카운티 어바인 시에 있던 오디오 마그네틱사 전산실로 출근해 밤 1시에 퇴근하는 생활을 2년 반 동안 계속했다. 신문사와 인쇄소를 운영할 때도 주말과 휴일 없이 일했다. 특히 나를 파산 직전까지 몰고 갔던 《라성일보》를 발행할 때는 직원들이 퇴근한 후 홀로 신문 원본을 들고 그렌데일에 있는 미국 인쇄회사로 달려갔다. 인쇄와 발송 준비 작업을 마쳐 다운타운 우체국에서 신문을 발송하고 나면 새벽 1시가 넘었다. 오렌지 카운티 한인타운 상가의 가판대까지 돌아 집에 돌아올 때는 4시가 다 되어 날이 훤하게 새기 시작했다. 마켓광고지를 전문으로 인쇄했던 KS인쇄회사는 3년 안에 승패를 결정하겠다는 비장한 각오를 갖고 일했으며 시의원, 시장이 된 지금은 밤낮과 주말을 가리지 않고 일하고 있다.

나는 누구보다도 열심히 일했지만 내 의지나 능력으로 이룬 것은 하나도 없는 것 같다. 농민이 잘 사는 세상을 만들겠다는 어린 소년의 꿈은 태평양 너머 그리움의 대상일 뿐이다. 정치와 담을 쌓고 살기 위해 전공을 컴퓨터로 바꾸고 비정치적인 광고전문지 《주간광고》를 만들었으나 시대적 요청을 거부하지 못하고 결국 반독재·민주화 투쟁의 한가운데 섰다. 이민 1세로서 높은 언어장벽에 눌려 영어가 유창한 젊은 세대의 뒷바라지를 나의 사명으로 생각했으나, 일흔을 바라보는 나이에 미 주류사회에서 정치인으로서 새로운 출발점에 섰다. 내 의지대로 인생을 살았다기보다 나에게 주어진 소명을 다하기 위해 나름대로 최선을 다했을 뿐이다.

인생에서 '만약'이란 있을 수 없지만 돌아보면 내 인생의 행로를 바꿀 수 있었던 몇 번의 전환점이 있었다. 여섯 번의 사법시험 낙방 뒤 미국 유학으로 진로를 바꾼 것은 내 인생에 가장 극적인 변화였다. 내가 1978년 로스앤젤레스 카운티에서 만들었던 두 권의 유니박 컴퓨터 오퍼레이터 매뉴얼 중 하나인 CMS(Communication Management System) 교본은 바로 전화선을 통해 컴퓨터를 연결하는 오늘날 인터넷의 기초라 할 수 있다. 컴퓨터 프로그래머로 제트추진연구소나 유니박 자문회사에 합류했다면 나는 우주개발에 참여하는 과학자나 실리콘 밸리의 첨단산업분야에서 IT 전문가로 일했을 것이다. 1979년 한인타운에 부동산회사를 세우지 않고 공부를 계속했다면 한국으로 돌아가지 않았다 하더라도 1980년 광주에 매몰되어 반정부운동에 참여하지는 않았을 것이다. 그러나 내가 다시 그 시점으로 돌아간다 하더라도 나는 같은 결정을 했을 것이다. 그것은 나의 결정이라기보다는 운명이었다.

연방하원 주디 추 의원은 나를 "아무도 못 말리는 사람(No one can stop him)"이라고 했다. 좌절하지 않고 도전하는 의지의 화신으로 알려졌지만 사실 나는 내가 저지른 수없이 많은 잘못과 실수를 부끄러워하는 소심한 사람이다. 돌아보면 부끄러워 다른 선택을 했었더라면 더 좋았을 것이라고 생각하는 경우도 많다. 잘못을 되풀이하지 않기 위해 반성하고 실수를 통해 배우며 새로 출발했다. 나 자신이 한심하다는 생각이 들 때 나는 농구황제 마이클 조던의 말을 떠올린다. "나는 그동안 9,000번의 슛을 실패했다. 나는 여태까지 300경기를 졌다. 내가 마지막 슛을 성공시켜 경기를 멋지게 승리로 이끌 거라고 모두 믿었을 때, 나는 스물여섯 번이나 이들을 실망시켰다. 나는 지금까지 살아오면서 수많은 실패를 거듭해왔다. 그리고 그것이 내가 성공한 이유이다.”

시의원 당선 후 나는 “절대로 포기하지 않는다(Never Give Up)”는 별명을 얻었다. 4년째 참가한 미국암협회주최 24시간 이어 걷기대회(Relay for Life)에 참가하는 우리 팀의 이름도 네버기브업이다. 미국에 오기 전 학원에서 3개월간 컴퓨터 기초를 배운 실력만 가지고 컴퓨터 오퍼레이터와 프로그래머로 취직하겠다고 6개월간 로스앤젤레스와 오렌지 카운티 전역을 찾아다니며 60여 회 면접시험을 봤다. 전혀 알지 못하는 것을 물어보면 집에 돌아와 책을 찾아보고 다음 회사를 찾아갔다. 또 다른 것을 물어봐 떨어지면 다시 공부해서 또 다른 회사의 문을 두드렸다. 나는 1970년대에 이렇게 인터뷰하며 컴퓨터를 공부해 로스앤젤레스 카운티 전산국에 취직했다. 인쇄회사를 할 때는 한 달 내내 마켓을 찾아다녀도 새로운 계약을 한 건도 맺지 못하던 때가 더 많았다. 들르는 곳마다 다 계약을 할 수 있다면 세상에 재벌이 안 될 사람은 하나도 없을 거라고 스스로 위안을 하며, 몇 번을 거절당한 마켓을 몇 달 뒤에 또 찾아갔다. 두 차례 시의원 선거에서 떨어질 때는 가소롭다는 듯 돌아서는 백인의 집을 나서며 영어를 제대로 못하는 시의원 후보를 지지하는 백인을 기대하는 것은 무리라고 자신을 달랬다. 또 노골적으로 반감을 표시하는 경우에는 내가 찾아가야 할 유권자는 많다고 마음을 다잡으며 다음 집으로 발걸음을 옮겼다. 시장이 된 오늘도 나는 시 매니저 아트 갈루치와 대화를 나누고 시청 앞 계단을 내려오며 오늘 대화에서 어떤 문장이 틀렸는지 되짚어보며 영어공부를 한다.

그렇다고 내가 한 번 결심한 일을 항상 끝까지 관철시킨 것은 아니다. 나는 항상 세상에 길은 하나만 있는 것이 아니라 수없이 많으며, 나는 그중의 한 길을 걷고 있을 뿐이라고 생각했다. 끊임없이 '오늘 내가 바른 길을 걷고 있는가' 하는 의문을 제기했다. '아니다'라는 결정을 할 때까지는 계속하지만 한 번 돌아서면 미련을 갖지 않고 다른 길을 갔다. 사법시험에 6번 낙방하고는 미련 없이 미국 유학으로 방향을 바꾸었다. 내가 오를 수 있는 한계인 '유리천장'을 보고는 신분이 보장된 로스앤젤레스 카운티 공무원직을 떠났다. 시대적 소명을 다했다고 생각했을 때 나와 아내의 젊음을 송두리째 바쳤던 ≪코리안스트릿저널≫의 문을 닫았다. 세계적인 대변혁을 따라가지 못하고 있다는 생각에 통일운동을 접고 한인타운을 떠났다. 회사의 규모가 내가 감당할 수 있는 한계를 넘었다는 판단에 한참 신나게 돈을 벌기 시작한 회사를 정리했다.

내가 이처럼 파란만장하고 굴곡이 많은 삶을 살면서도 오늘까지 나를 지켜낼 수 있었던 것은 오직 나 자신과 인간에 대한 무한한 신뢰 때문이다. 대학동기 최용학이 나를 천상천하 유아독존이라고 평했듯이 나는 그 누구에게도 머리를 굽히지 않을 정도로 자존심이 강하다. 그렇지만 우리는 모두 다 같은 하느님의 아들로 이 세상의 모든 사람은 존엄한 존재라고 생각한다. 나는 평생 동안 특별히 친한 사람도 없고 용서할 수 없을 만큼 미워한 사람도 없다. 사람을 한없이 좋아하고 신뢰하는 나는 한평생 사회운동과 정치를 해야 할 운명으로 타고났다고 할 수 있다.

보수적인 환경에서 성장했지만 줄곧 진보적인 사회운동에 앞장섰다. 1980년대 반정부·민주화운동을 하면서도 나는 폐쇄적인 운동권과

는 달리 한인사회 중심에서 대중과 함께했다. ≪코리안스트릿저널≫
은 1세와 1.5세, 2세들을 연결하는 교량 역할을 했다. 1990년대는 두
개의 조국 남과 북, 그리고 내가 충성을 서약한 미국 모두가 함께하는
세상을 위해 노력했으나 독자적인 해외운동을 인정하지 않는 남과 북
사이에서 한계를 절감했다. 한인사회의 정치력 향상이란 명제를 위해
미 주류사회 정치에 뛰어들었으나 나는 한인사회는 물론 세리토스 주
민 모두의 시장으로 새로운 비전을 갖고 변화를 위해 일하고 있다.
대학과 군복무를 마치고 미국에 오기까지 한국에서의 삶은 인생을
준비하는 제1의 인생이었다. 비록 몸은 미국에 있었지만 한국인으로
서 한국의 민주화와 통일에 젊음을 바쳤던 나의 청·장년기는 제2의
인생이라 할 수 있다. 이제 나는 예순이 넘은 나이에 한국계 미국시
민으로서 새로운 삶, 제3의 인생을 시작하고 있다. 한인 정치력 신장
은 나 개인을 위해서가 아니라 우리의 2세, 3세들이 미국의 주인으로
살아가기 위한 미주 한인 모두에게 주어진 과제다. 나는 오늘 새로운
출발점에서 미주 한인사회, 세리토스 시를 비롯한 지역사회, 떠나온
모국, 앞으로 나와 우리의 후손이 살아가야 할 미국을 위해 내게 주
어진 소명이 무엇인지 겸허하게 생각해본다.

지은이

조재길(Joseph Cho, 趙在吉)
1943년 일본 규슈(九州)에서 태어났다. 서울대학교 사범대학을 졸업한 후 오산고등학교와 보성고등학교에서 교사로 재직하다 1974년 미국으로 이주했다. 캘리포니아 주립대학 노스리지 캠퍼스(California State University, Northridge) 대학원에서 수학했으며, 2006년 중국 연변대학에서 역사학 박사학위를 취득했다.

로스앤젤레스 카운티 전산국 매니저 보, 제일부동산회사 대표, ≪코리안스트릿저널≫과 ≪라성일보≫ 발행인, 라디오 코리아(LA) 칼럼니스트, KS Printing Co. 대표, Lucy and Joseph Cho Foundation 대표 등을 지냈다. 캘리포니아 주 세리토스 시의원을 거쳐 현재는 캘리포니아 주 로스앤젤레스 카운티 세리토스 시장으로 있다.

남가주언론동우회 회장, 조국통일범민족연합 미주본부 중앙위원, 미주동포전국협회(NAKA) 부회장, 통일마당 부회장, 남가주공군사관장교회이사장, 휴버트 H. 험프리 민주당위원회 이사 등 활발한 사회활동을 해왔다.

저서로『북한은 변하고 있는가』(1990),『한반도 핵문제와 통일』(1994),『통일로 가는 길이 달라진다』(1998),『북핵위기와 한반도 평화의 길』(2006) 등이 있다.

소명
한인 최초의 미 세리토스 시장, 조재길 자서전

ⓒ 조재길, 2010

지은이 ┃ 조재길
펴낸이 ┃ 김종수
펴낸곳 ┃ 도서출판 한울
편집책임 ┃ 이교혜
편집 ┃ 원경은

초판 1쇄 발행 ┃ 2010년 8월 2일
초판 2쇄 발행 ┃ 2010년 10월 11일

주소 ┃ 413-756 파주시 교하읍 문발리 535-7 302(본사)
      121-801 서울시 마포구 공덕동 105-90 서울빌딩 3층(서울 사무소)
전화 ┃ 영업 02-326-0095, 편집 02-336-6183
팩스 ┃ 02-333-7543
홈페이지 ┃ www.hanulbooks.co.kr
등록 ┃ 1980년 3월 13일, 제406-2003-051호

Printed in Korea.
ISBN 978-89-460-4319-0 03810

* 가격은 겉표지에 표시되어 있습니다.